Arena-Taschenbuch
Band 2964

Sissel Chipman,
geboren 1965, wuchs auf der norwegischen Insel Nøtterøy auf. Mit 16 Jahren ging sie von der Schule ab. Bevor sie für vier Jahre nach Kanada auswanderte, arbeitete sie zunächst mit Pferden und war anschließend einige Jahre bei der Post beschäftigt. Sie liebte schon immer fantastische Geschichten. Sissel Chipman ist verheiratet und lebt mit ihrem Mann und ihren drei Töchtern wieder in Norwegen.

Sissel Chipman

Ravenhill

Das Vermächtnis der Elfen

Aus dem Norwegischen
von Marion Labonte

Arena

Diese Geschichte ist für Silje.
Ich hoffe, dass sie dir gefällt!

Mit Dank an meinen Mann,
Kenneth Reed Benedict,
für all seine Hilfe und Unterstützung

In neuer Rechtschreibung

Deutsche Erstausgabe
1. Auflage als Arena-Taschenbuch 2007

Die Originalausgabe erschien 2005 unter dem Titel *Trollfrost*
bei Gyldendal Norsk Forlag AS.

Die Übersetzung wurde von NORLA gefördert.
Aus dem Norwegischen von Marion Labonte
Umschlaggestaltung: Frauke Schneider
Umschlagtypografie: knaus. büro für konzeptionelle
und visuelle identitäten, Würzburg
Gesamtherstellung: Westermann Druck Zwickau GmbH
ISSN 0518-4002
ISBN 978-3-401-02964-1

www.arena-verlag.de

Von den Nordländern auf Grönland und dem Abenteuerfjord Ollumlengre

Es war einmal vor mehr als tausend Jahren, da segelten die Wikinger auf dem Meer Richtung Westen und ließen sich auf Grönland nieder. Sie bauten Häuser und Höfe, Kirchen und Klöster und lebten von Fischfang, Viehhaltung und Jagd.

Die Nordländer lebten viele Jahrhunderte lang auf Grönland. Aber über die Welt brachen schwere Zeiten herein, der Schwarze Tod wütete, das Klima wandelte sich und wurde kälter und damit wurde die Reise nach Grönland noch gefährlicher, als sie ohnehin schon war. Die Verbindung zwischen Grönland und dem Rest der Welt riss ab.

Das Land war jetzt vollkommen isoliert. Lange, lange Zeit kam kein Schiff aus der Welt außerhalb dorthin. Als schließlich eine Expedition aufbrach, um die Nordländer auf Grönland aufzuspüren, waren sie bereits alle fort.

Niemand weiß genau, warum sie ausstarben. Was war dort genau geschehen und wie hatte das Leben in dieser letzten Zeit auf Grönland ausgesehen?

In alten Sagen wird von einem seltsamen Fjord namens Ollumlengre an der Küste Grönlands erzählt. Er ist am äußeren Ende ganz schmal, weitet sich innen, und niemand weiß, wie lang er tatsächlich ist. Im Inneren ist das Land grün und fruchtbar, mit großen Wäldern und viel Wild.

Natürlich existiert kein solcher Fjord. Aber wenn es ihn wirklich gegeben hätte, was hätte ihn dann so warm und fruchtbar gemacht?
Diese Geschichte spielt an einem Fjord, der diesem Abenteuerfjord Ollumlengre ziemlich ähnlich ist.

Die Handlung ist vom Schicksal der Nordländer inspiriert . . . aber der Rest ist reine Fantasie!

~ 1 ~

Die jäh abfallende Ostseite des Rabenberges war schwarz und glänzend. Schneeflecken lagen in Nischen und auf Vorsprüngen und dort, wo der Schnee ein wenig geschmolzen war, hingen harte, gezackte Eiszapfen herab. Zwei Raben zogen unter dem graudüsteren Himmel langsam ihre Kreise. Sie krächzten warnend und ihr Blick war auf eine Gestalt gerichtet, die mit flinken und eifrigen Bewegungen die Bergseite emporkletterte. Es war Bendik.

»Krächzt nur, ihr Rabenlumpen!«, rief er. Er hing an der Bergwand, den einen Fuß in einer schmalen Nische im Fels, während der andere in einer Spalte weiter oben nach Halt suchte. Leicht abgelenkt drehte er auf der Suche nach den Raben den Kopf, aber er sah nichts weiter, als dass es unter ihm steil bergab ging. Wenn er abstürzte, würde er an den Felsen zerschellen.

Für einen kurzen Moment erschien vor seinem inneren Auge das Bild seines eigenen leblosen und blutigen Körpers. »Und wennschon«, sagte er wütend und reckte sich noch ein kleines Stück weiter. »Sterben werden wir ja doch alle, jetzt, wo das Ende so nah ist.«

Dann gelang es ihm, den Fuß zu platzieren. Angespannt richtete er sich auf. Er bekam eine widerstandsfähige Birke zu fassen und zog sich hoch, bis er in einer schmalen Nische stand. Dort drehte er sich um und blickte über das Land. Von hier hatte er eine gute Aussicht. Er konnte bis zum Hof des Jarls hinuntersehen, wo Rauch aus den Rauchabzugslöchern mehrerer Häuser aufstieg. Die Verzweiflung durchflutete ihn wie eine Welle. Im Schnee über den Heuwiesen weiter unten sah er seine Spuren. Das Heu, das so hoch und üppig gestanden hatte, war jetzt unter einer dicken Schneedecke verschwunden. Alles war unter dem Schnee verborgen, Brot- und Braukorn, Wintermahl für Mensch und Tier. Es hatte mehrere Tage lang geschneit, und das war so verrückt wie irgend möglich, denn es war Juli und sollte doch Hochsommer sein.

Es war eine Woche her, dass die Katastrophe über sie hereingebrochen war. Eine Woche voll ungewöhnlicher nächtlicher Dunkelheit, eine Woche voller Frost und Kälte und Schnee, die die Ernte abtöteten und den Menschen jegliche Hoffnung raubten. Bendik hatte nicht länger die Kraft, das schneebedeckte Land zu betrachten. Wütend und verzweifelt kletterte er weiter, hievte sich die Bergwand hinauf, ohne sich um den Abgrund zu kümmern.

Plötzlich steckte er fest.

Er balancierte auf einer leicht abschüssigen Nische, die nicht breiter war als einen halben Fuß. Über ihm ragte der Berg steil empor, fast ohne einen Haltepunkt. Sollte er nicht weiterkommen? Während die Raben mahnend hinter ihm kreischten, wägte Bendik ab, ob es ihm gelingen könnte, sich bis an den Rand der Nische vorzuschieben, wo ein schmaler Riss Halt für Finger und Füße versprach.

Er legte den Kopf in den Nacken und versuchte herauszufinden, wie weit es noch bis ganz oben war. Bestimmt war er schon ziemlich nah dran. Aber wenn er bis zum Gipfel wollte, musste er unweigerlich an dieser schwierigen Passage vorbeikommen. Angespannt bewegte er sich seitwärts. Bendik fegte ein wenig Schnee mit dem Fuß beiseite, um nicht auszurutschen. Er schob sich über die Nische im Fels, bis er so weit außen stand wie möglich. Bis zu dem kleinen Riss war es immer noch ein Stück. Er suchte mit den Fingern nach Halt und fand eine kleine Unebenheit im ansonsten vollkommen glatten Berg. Langsam und zielsicher lehnte er sich in Richtung des Risses. Er streckte den Fuß aus und es gelang ihm, ihn in dem Riss zu platzieren. Es war schwierig, sich so festzuhalten, und er mühte sich ab in dem Versuch, auch mit dem anderen Fuß Halt zu finden. Der Schweiß sickerte unter seiner Mütze hervor und es war so anstrengend, dass die Muskeln in seinen Beinen zu zittern begannen.

»Es geht nicht«, sagte er zu sich selbst. »Ich komme nicht bis oben.« Bald würde er einen Krampf im Bein bekommen. Er warf einen Blick auf die Nische und überlegte, wie er dorthin zurückkommen sollte. Dann spürte er, wie der Fuß, auf dem er stand, abglitt.

»Jetzt wirst du sterben, Bendik, Sohn des Jarls!«, sagte er laut und trotzig. »Jetzt wirst du auf die Felsen stürzen und dort liegen, bis die Wölfe dich finden.« Er spürte, wie er noch ein wenig weiter abglitt, und stählte sich gegen den Fall.

Stück für Stück sackte er weiter ab. Kies und Steine knirschten laut und brachen unter seinen Füßen weg. Verzweifelt tastete er mit der freien Hand. Plötzlich bekam er ein Stück Wurzel zu fassen, das er schnell mit der ganzen Hand umschloss. Die Wurzel war glitschig und nass und seine Finger drohten jeden Moment abzurutschen. Die Angst vor dem Abgrund ließ Bendik erschaudern und er mühte sich wie besessen um einen besseren Halt.

Die Raben zogen ihre Kreise jetzt schon näher um ihn. Als wüssten sie, dass er fallen würde, als warteten sie nur hungrig auf das Unglück, nur darauf, seinen Körper endlich fressen zu können. Bendik fuchtelte verzweifelt, er knallte mit dem Ellbogen so hart gegen die Bergwand, dass der Schmerz ihn wie ein Blitz durchfuhr. In dem Versuch, Halt zu finden, schlug er sich das Knie auf. Er wusste, dass die Wurzel jeden Augenblick nachgeben konnte. Die Raben krächzten laut und durchdringend.

Dann gelang es ihm endlich, besser zuzugreifen. Bendik schaffte es, sich ein kleines Stück hinaufzuziehen, und fand dadurch den erhofften Halt. So blieb er erst einmal hängen, um wieder zu Atem zu kommen.

»Hier hänge ich gut«, sagte er. »Die Wölfe und die Raben müssen noch ein bisschen warten, bis sie Menschenfleisch zu fressen bekommen. Denn so leicht werde ich bestimmt nicht sterben.« Er zog sich noch ein wenig höher hinauf. Jetzt wurde es etwas einfacher, neue Stellen zum Greifen zu finden. Bendik kletterte mühsam noch drei oder vier Armlängen weiter, dann wurde der Riss mit einem Mal sehr viel breiter und er konnte ganz hineinklettern und sich ein wenig ausruhen.

»Das war nicht schlecht«, sagte er laut zu den Raben, die vor ihm kreisten. »Wartet nur, bis ich Geir davon erzähle. Es gibt keine Helden mehr, sagt man. Aber wenn es mir gelingt, hier unversehrt hochzuklettern, habe ich auf jeden Fall ein Wagnis bestanden, das ein Heldenlied verdient!«

Er dachte eine Weile nach und versuchte, ein paar Zeilen zu dichten:

Heldenmutig hing der Sohn des Jarls,
Hungern mussten die Raben.
Den Berg er besiegte,
Ehre er erwarb . . .!

Plötzlich kam Bendik der Gedanke, dass auch für Heldenlieder und Sagen das Ende nahte. Seine Brust schmerzte vor lauter Wut und Verzweiflung. Ärgerlich ergriff er einen Stein und schmiss ihn in die Luft, doch die Raben wichen ihm mit Leichtigkeit aus. Bendik blieb eine Weile stehen und betrachtete sie.

Er fragte sich, wie es unten im Dorf werden würde, wenn der Hunger die Menschen ernsthaft traf. Auch wenn es bis dahin wohl noch eine Weile dauern würde, denn es gab immer noch Vieh auf den Höfen. Die armen Tiere mussten ebenfalls sterben, denn man hatte ja kein Futter mehr für sie. Die Menschen würden die Tiere essen, aber was dann? Wenn das Fleisch weg war und die Getreidevorräte verbraucht, was würden sie dann machen? Bendik lief bei dem Gedanken ein Schauder über den Rücken. Sein Vetter Geir, der eine kurze Reitstrecke entfernt wohnte, hatte erzählt, dass einige Leute schon verrückt geworden waren. Ein paar arme Schlucker, die weder Haustiere noch Getreidevorräte besaßen, hatten bereits angefangen, Hunde und Katzen zu essen, die sie in die Finger bekamen.

Bendik drehte sich wieder um und nahm das letzte Stück des Berges in Angriff. Kurz darauf stand er auf dem Gipfel. Von hier aus konnte er bis ganz hinunter zum Fjord schauen, wo der Sonnenberg jetzt düster und dunkel dalag. Noch vor einer

Woche hatte es von dort geleuchtet und gestrahlt, dank des Sonnensteins auf dem Gipfel. Auch nachts war es nie sonderlich dunkel gewesen, da der Sonnenstein selbst nach Sonnenuntergang geleuchtet hatte. Die Leute sagten, eines Tages zu Urzeiten sei ein Stück der Sonne heruntergefallen und auf dem Gipfel des Berges gelandet. Dort hatte es dann gelegen und geglüht und gebrannt, sodass die Sommer im Land warm und fruchtbar waren und die Winter nicht zu kalt. Ohne den Sonnenstein hätte auf der Erde so weit im Norden niemand leben können. Dann wären nicht nur die Berge mit blau schillerndem Eis bedeckt gewesen, sondern auch das ganze Land.
Jetzt war der Sonnenstein weg! Das Eis würde allmählich das Land zurückgewinnen, welches es einst verloren hatte.
Bendik wandte sich um und seufzte. Für den Rückweg wählte er nicht die schwierige Ostwand, sondern nahm die leichtere Westseite in Angriff. Diese war zwar auch steil, aber man konnte mit den Füßen besser Halt finden. Nach einer Weile erreichte er eine Geröllhalde, die wie eine Trennwand zwischen dem Rabenberg und den darunterliegenden Mooshügeln erschien. Er sprang mit Mühe über einige große Steine, bevor er abrupt stehen blieb.
Vor ihm zwischen den Steinen lag eine Schlange, die so merkwürdig aussah, dass Bendik heftig erschrak.
»Sssss«, zischelte die Schlange und zog sich zusammen, bereit zum Biss. Noch nie in seinem Leben hatte Bendik eine vergleichbare Schlange gesehen. Sie sah ein bisschen aus wie eine Kreuzotter, wegen des Zickzackmusters auf dem Rücken. Sie hatte gelbe Augen und eine schwarze, gespaltene Zunge züngelte schnell aus ihrem Maul. Dennoch war diese Schlange viel

größer als eine gewöhnliche Kreuzotter und sie hatte einige sonderbare Auswüchse auf ihrem Rücken. Sie sahen aus wie winzig kleine Fledermausflügel und von der Mitte des Kopfes und weiter entlang des Rückens wuchs eine struppige Mähne.

»Igitt«, sagte Bendik und wich zurück. »Das muss ein Lindwurm sein.«

»Nein, ich bin kein Lindwurm. Hab keine Angst«, zischelte sie und neigte den Kopf ein wenig zur Seite, während sie Bendik eingehend betrachtete.

»Du musst doch ein Zauberwesen sein, wenn du wie ein Mann sprichst«, meinte Bendik und machte einen großen Schritt nach hinten, damit die Schlange ihn nicht erreichen konnte, wenn sie versuchte zu beißen.

»Nein, nein, kein Zauberwesen. Nur eine kümmerliche Schlange«, antwortete sie. »Aber was ist mit dir? Ich habe die Raben gehört und weiß, was du gemacht hast. Warum bist du die Ostwand hochgeklettert? Die ist steil, ich hätte nicht gedacht, dass man es ohne Flügel schafft, auf dieser Seite des Rabenberges hinaufzukommen.«

»Tja, *ich* hab es geschafft«, sagte Bendik mit stolzgeschwellter Brust.

»Ich habe dich schon vorher Wagnisse bestehen sehen. Du warst es, der vor einigen Tagen das graue Pferd ritt und es dazu brachte, über die Trollkluft zu springen.«

»Das hast du gesehen? Ich dachte, ich wäre ganz allein.«

»Es gibt viele Arten von Augen, die sehen, Sohn des Jarls. Du bist ein kühner Reiter und hast keine Angst um deine Haut, aber warum machst du so gefährliche Sachen?«

»Warum nicht? Was sollte ich sonst machen? Ich mag nicht

unten auf dem Hof des Jarls sein, wo alle klagen und jammern und Angst haben zu sterben.«

»Hast du keine Angst?«

»Ich weiß nicht«, antwortete Bendik verhalten. »Ich habe nicht direkt Lust zu sterben, aber Angst . . .? Es nutzt nichts, Angst zu haben. Diejenigen, die Angst haben, verstecken sich in ihren Häusern und bewachen ihre jämmerlichen Essensvorräte. Was nutzt ihnen das? Ich will lieber hinaus und die Welt herausfordern. Man sagt, es gibt keine Helden mehr, aber wenn alle versuchen würden, eine Heldentat zu vollbringen, könnten wir den Untergang vielleicht verhindern. Wer weiß, vielleicht lassen sich die Himmelsmächte besänftigen, wenn ich einen Lindwurm töte?« Bendik griff nach einem Stein und hob ihn drohend in die Höhe.

»Nein, nein, du sollst mich armes kleines Ding nicht töten«, protestierte die Schlange und glitt zwischen zwei schwarze Steine, sodass Bendik nur noch ihre gelben Augen sehen konnte.

»Warum nicht?«, fragte Bendik mürrisch. »Willst du lieber ganz langsam erfrieren?«

»Es gibt andere Lösungen!«, klang es zischelnd unter den Steinen hervor.

»Und wie sollen die aussehen?«

»Ich weiß über das, was geschehen ist, mehr als du. Leg den Stein weg, dann werde ich es dir erzählen.«

Bendik ließ den Arm sinken. In sicherem Abstand zur Schlange setzte er sich hin und schlang die Arme um die Knie. Obwohl der Wind hier oben kalt blies und er jämmerlich fror, schenkte er dem keine Beachtung.

»Was weißt du?«
»Ich weiß, wo der Sonnenstein ist.«
»Das weiß doch wohl jeder, er ist ins Meer gefallen und erloschen.«
»Nein, ist er nicht, er ist in ein Loch unter die Erde gefallen und du musst ihn wieder nach oben holen.«
»Ihn wieder nach oben holen? Niemand kann in seine Nähe kommen. Ich würde zu Asche verbrennen, würde ich es versuchen.«
»Du musst jemanden finden, der ihn berühren kann«, sagte die Schlange.
»Wer sollte das sein?«
»Du musst den Feuermeister finden!«
»Den Feuermeister?« Bendik sah die Schlange erstaunt an. Das war ein Wort, dessen Bedeutung er nicht kannte, aber es war auch ein Wort, das er schon einmal gehört hatte. Sein Blick verlor sich in fernen Gedanken, als er sich erinnerte.

~ 2 ~

Es war noch früh im Sommer gewesen, als auf dem Hof des Jarls ein Fest gefeiert wurde. Von nah und fern waren Gäste gekommen, die sich am reichlichen Essen satt aßen und den vielen Heldenliedern und Sagen lauschten. Es wurden Wettreiten veranstaltet und man erfreute sich an der schönen Musik.
Wenn Gäste auf den Hof kamen, bat der Jarl seinen jüngsten

Sohn für gewöhnlich um ein wenig Gesang, denn Bendik hatte eine sehr schöne Stimme. Bendik gefiel das nicht besonders und an diesem Abend überlegte er, wie er dem am besten entgehen konnte. Die Gelegenheit ergab sich, als die Sage von König Sivek und dem Kampf um Inungalund erzählt wurde, bei der sich selbst der Jarl langweilte. Bendik beobachtete seinen Vater genau. »König Halvdan hatte eine Frau«, sagte Sigvart der Skalde. »Sie hieß Gurid und sie bekamen drei Söhne, Gaular, Atle und Harald. Gaular starb auf Wikingerfahrt, aber Atle nahm den Königstitel von seinem Vater an und bekam mit der Königin Åsfrid den Sohn Rigvar, der nach Vestmar fuhr und gegen die Schlimmsten der Schlimmen kämpfte, dort eine Prinzessin raubte und sie zur Frau nahm. Estri hieß sie und sie schenkte ihm vier Söhne. Zwei opferte er den Göttern für das Kriegsglück, aber der dritte wurde nach ihm König, und das war Ladmann . . .«

Der Jarl unterdrückte ein Gähnen und lehnte sich bequem in seinem Thron zurück. Er blinzelte, als hätte er Schwierigkeiten, die Augen aufzuhalten. Bendik wartete ab.

»Ladmann blieb zu Hause und heiratete seine Cousine, die schöne Frida. Sie bekamen die Söhne Hagmann, Burmann und Holve. Burmann war Berserker und wurde von den Angeln in der Schlacht von Raudöy getötet. Holve reiste früh in die Welt hinaus. Hagmann nahm eine Frau aus Austland zur Frau, sie hieß Gyda, bekam aber keine Söhne. Da heiratete er ein zweites Mal, Målfrid aus Frekland, und mit ihr bekam er die Söhne Tolve und Tjalve . . .«

Leise Schnarchgeräusche ertönten vom Thron des Jarls. Er schlief mit halb geöffnetem Mund und seine Hände lagen schlaff in seinem Schoß. Bendik grinste zufrieden. Seine Mutter Eldrid pflegte seinen Vater für gewöhnlich zu wecken, aber erst an der Stelle, wo König Sivek selbst hinaussegelte, denn sonst würde er doch bloß wieder einschlafen. Bendik schlich nun hinaus. Obwohl der Abend schon ziemlich weit fortgeschritten war, war es noch immer sehr warm. Er ging ein Stück den Hügel hinauf, bevor er sich auf den Rücken legte und in den Himmel schaute. Es war so angenehm, hier zu liegen, dass er die Augen schloss und fast einschlief.

Bendik dachte oft darüber nach, dass er eigentlich zur falschen Zeit lebte. Früher waren die Menschen Wikinger und Berserker gewesen, sie waren über das weite Meer bis in den äußersten Norden und Westen gesegelt, wo Treibeis, Seegespenster und Meeresgewalten ihr Leben gefährdeten, nur um Reichtum und Ehre zu erwerben. Heutzutage gab es gewiss kein Land mehr zu entdecken. Auch Trolle und Drachen hatte niemand mehr gesehen und der König und alle Jarle hatten aufgehört, sich für mögliche Kriege zu wappnen. Ihrer Meinung nach war die Welt mittlerweile so zivilisiert geworden, dass es keine Feinde mehr gab, gegen die man kämpfen konnte.

Der Jarl von Ullvik ist vermutlich der Zivilisierteste von allen, dachte Bendik und seufzte besonders tief. Am Hofe des Jarls lagen nämlich alle Waffen weggeschlossen auf dem Boden einer Truhe. Und wenn Bendik sich nicht gerade mit Büchern und Ahnentafeln mühte, mussten er und sein Bruder Jomar jeden Tag Tanzschritte und zweistimmigen Gesang einüben. Immer, wenn Bendik von Harfenspiel und Buchweisheiten die Nase voll hatte, ritt er hinüber nach Geitvoll. Dort lebte seine

Familie mütterlicherseits, unter ihnen auch Geir und die anderen Cousins. Sie schwammen und ritten dann um die Wette und ganz heimlich (der Jarl hatte es eigentlich streng verboten) übten die Jungen sogar mit Waffen.
Bendik gähnte und setzte sich auf. Wenn nur Geir heute Abend einer der Gäste wäre, würde er sich bestimmt nicht so schrecklich langweilen. Er überlegte, ob er hinüber zur Pferdekoppel schleichen sollte, um ein wenig zu reiten. Er könnte sich heimlich das neue Pferd seines Vaters ausleihen. Sie hatten ihm den Namen Trollgrau gegeben, nachdem es im Verlauf des Tages sowohl Jomar als auch Gudröd abgeworfen hatte. Bendik hätte seine Kräfte sehr gerne mit dem Pferd gemessen.
Aus der Gildehalle erklangen erneut Gesang und Harfenmusik. Bendik seufzte und dachte wie schon unzählige Male zuvor, wie ärgerlich es doch war, dass sein Vater Heldentaten zwar gerne besang und sie mit Musik begleitete, selbst aber überhaupt nicht daran interessiert war, sie zu vollbringen.
Da sah er plötzlich, dass der Jarl und einer seiner Gäste ein Stück abseits gingen. Es wäre wieder typisch, wenn sie ihn finden würden, gerade jetzt, als der Gesang begonnen hatte! Schnell robbte Bendik ein Stück weiter weg. Er kroch rasch hinter ein paar Büsche und rannte dann den Hügel hinauf. Bald gelangte er zur Schafweide, einer Weide nordwestlich vom Jarlshof.
Es war einer dieser warmen Maiabende und Bendik dachte zufrieden, dass sie ihn jetzt auf keinen Fall finden würden, während er es sich hinter einem Busch gemütlich machte.

Morgen würde er sicher großen Ärger bekommen, weil er sich davongeschlichen hatte. Es galt nämlich als ziemlich unhöflich, sich davonzuschleichen, wenn Gäste auf dem Hof waren. Bendik wusste genau, was sie sagen würden: Warum konnte er sich nicht wie Jomar benehmen? Jomar sträubte sich nie zu singen, obwohl er eine schreckliche Stimme hatte. Jomar konnte gebratene Speckstücke essen, ohne seine Kleider mit Fett vollzutropfen. Jomar konnte Suppe essen, ohne zu schlürfen. Jomar pupste nie am Tisch und redete nie mit vollem Mund. Darüber hinaus fand Jomar immer die richtigen Worte.

Bendik hatte es zutiefst satt, höflich und gebildet zu sein. Immer nur lesen und schreiben, musizieren und tanzen. Immer nur verneigen und grüßen und Mach-den-Mund-zu-wenn-du-isst. Er könnte wetten, dass es Siegfried, den Drachentöter aus der Sage, überhaupt nicht kümmerte, dass ein wenig Fett über sein Kinn lief, während er aß. Ach, wäre er doch bloß einer der Helden aus früheren Zeiten gewesen, dann hätte er Abenteuer und Gefahren *erleben* dürfen, statt immer nur von ihnen zu hören!

Genau diesen Wunsch sollte Bendik bald bitter bereuen. Es begann damit, dass er plötzlich Stimmen hörte.

»Beeil dich!«, befahl jemand. Bendik beobachtete zwischen den Blättern und Zweigen des Busches zwei Zwerge, die aus dem Wald kamen. Er vergaß vor lauter Anspannung zu atmen. Obwohl jeder wusste, dass unter der Erde sowohl Zwerge als auch schwarze Elfen lebten, kannte er niemanden, der jemals einen gesehen hatte.

Der erste, der zugleich der wichtigere zu sein schien, hatte einen langen schwarzen Bart. Er trug merkwürdige altmodische Kleider und einen knöchellangen schwarzen Umhang mit Kapuze. Die Kapuze war nach vorne gezogen, sodass der größte Teil des Gesichts verborgen blieb, nur die Nase stach hervor, groß und krumm.

Der Zwerg hinter ihm wirkte kleiner und schmächtiger, aber auch er hatte einen weiten Umhang mit Kapuze an, was an diesem lauen Vorsommerabend schrecklich warm sein musste. Er schleppte einen Spaten mit sich, und während er etwas vor sich hin murmelte und brummte, was Bendik nicht verstehen konnte, kletterten die beiden Zwerge mühsam den großen Hügel der Schafweide hinauf.

Als sie oben angekommen waren, blieben sie stehen und verschnauften. Der Schwarzbärtige suchte etwas zwischen den Falten seines Umhangs und zog aus seiner Tasche ein Stück Pergament hervor.

»Unter den Menschen soll ein Feuermeister sein«, sagte er.

»Ha«, sagte der andere, der in Braun gekleidet war. »Davon habe ich ja noch nie gehört. Kann das denn überhaupt sein?«

»Ja, das kann sehr wohl sein«, sagte der erste verächtlich. »Seit mein Ururgroßvater vor neunhundert Jahren starb, ist kein Feuermeister mehr auf der Erde gewesen, aber ausgerechnet jetzt, wo es so wichtig ist, dass unsere Pläne nicht durchkreuzt werden, ist tatsächlich einer unter den Menschen aufgetaucht. Das ist wie verhext!«

»Aber Fundin, warum ist das wie verhext?«, wollte der braun Gekleidete wissen.

»Das kannst du dir doch denken. Jetzt sind wir mit unseren Vorbereitungen so weit gekommen, dass wir sie vor den Menschen nicht mehr geheim halten können. Heute, und nur heute, werden die Berechnungen zutreffen, deshalb müssen wir die schwarzen Steine so schnell wie möglich aufstellen. Es hat über fünfhundert Jahre gedauert, sie zu schmieden, und sie haben einen starken Bann. Aber der Feuermeister kann unsere Pläne immer noch zerstören, wenn die Menschen herausfinden, was wir vorhaben.«

»Ojemine«, sagte der andere und kratzte sich mit seinen dreckigen Fingern am Kopf. »Aber wie können wir denn den Feuermeister davon abhalten?«

»Die schwarzen Elfen haben bereits die Aufgabe übernommen, ihn zu finden«, sagte Fundin. »Sie suchen auf jedem einzelnen Hof, und wenn sie ihn finden, werden sie schon dafür sorgen, dass er uns nicht in die Quere kommt. Wir wollen nur hoffen, dass sie ihn schnell finden.«

Während Fundin auf- und abging, warf er einen prüfenden Blick auf das Pergament. Von Zeit zu Zeit schaute er abschätzend zu dem Fjord und den Bergen ringsum. Einmal, als er den Kopf hob, um aufzusehen, glitt die schwere Kapuze ein Stück zurück, sodass Bendik schmale, zusammengekniffene Augen und Mundwinkel zu sehen bekam. Dann stöhnte der Zwerg irritiert und zog die Kapuze wieder weit nach vorne über seine Augen.

»Verdammt sei der Verrat des Dvalin«, fauchte er und strich sich mit dem Handrücken über die Stirn. Er schaute nach Westen, wo der Gletscher vom Sonnenuntergang immer noch rot leuchtete. »Es ist viel zu hell und viel zu warm! Es ist wahrlich an der Zeit, dass wir etwas dagegen tun.«

Der Zwerg kramte eine Art kleines Messgerät hervor und

drehte sich zum Fjord, dann ging er ein wenig hin und her, bevor er schließlich mit dem Fuß aufstampfte und zu dem anderen sagte: »Hier, Bure! Genau hier gräbst du ein Loch. Hier wird der Stein errichtet.«
Bure begann zu graben. In der Zwischenzeit blickte Fundin stehend umher. »Wir können nichts gegen den Verrat des Dvalin tun«, sagte er verbittert. »Aber sein Diener wird bald fort sein.«
»Dann werden Frost und Nebel kommen«, sagte Bure zufrieden.
»Ja, dann werden Frost und Nebel kommen«, sagte Fundin. »So, die Stelle ist fertig, du kannst zurückgehen und Armak Bescheid geben.«
Bure verschwand zwar, doch Fundin blieb zurück. Bendik hatte plötzlich panische Angst, dass der Zwerg ihn entdecken könnte. Ganz langsam kroch er rückwärts, bis er den Waldrand erreichte und hineinschleichen konnte. Er kauerte hinter einem Busch und bog die Äste vorsichtig zur Seite, sodass er den Zwerg weiterhin beobachten konnte.
Zwischen den Bäumen auf der anderen Seite der Lichtung bewegte sich etwas. Bendik sah mehrere Zwerge langsam aus dem Wald schreiten. Sie trugen dunkle Umhänge und Kapuzen und gingen mit gebeugten Köpfen, wie in tiefer Konzentration. Zwei von ihnen trugen etwas zwischen sich, etwas Großes und Schweres, das mit einer schwarzen Hülle bedeckt war.

~ 3 ~

Auf der Kuppe des Hügels hielten die Zwerge an. Bendik konnte nicht genau erkennen, was sie taten, da sie ziemlich weit entfernt waren. Es schien, als würden sie etwas errichten. Dann stellten sie sich in einem Kreis auf. Bendik vernahm einen tiefen, brummenden, Furcht einflößenden Gesang.

Er hockte immer noch ganz still da und lauschte mit gespitzten Ohren dem Bann, den sie sprachen.

»Fiii, Faaa, Foo, Fum«, beschworen sie. »Faa, Fom, Fu.«

Dabei hoben die Zwerge ihre Arme ganz langsam zu jeder Seite. Bald hielten sie die Arme über den Köpfen, aber immer noch so, dass sie zur Seite zeigten. Die schweren Ärmel der Umhänge hingen dabei schlaff herunter. Der Gesang wurde mit einem Male so laut, dass die Bäume erzitterten und der Boden unter Bendiks Füßen zu beben begann. Bendik vergaß plötzlich alles um sich herum, er stand wie angewurzelt da und sah den Zwergen zu.

In der Mitte des Kreises türmte sich plötzlich etwas Schwarzes auf.

»Hagal, Hugel, Hogel, Hom«, sangen die Zwerge. »Kommen wird Not, bringen den Tod!«

Das Schwarze im Zentrum des Kreises erhob sich, bis es größer als die Zwerge war. Bendik vergaß fast zu atmen. Er bog die Zweige des Busches noch ein wenig weiter zur Seite, um besser sehen zu können. Plötzlich zuckte er zusammen. War da etwa jemand? Verstohlen blickte er sich um, während sein Herz heftig schlug. Waren hier vielleicht noch mehr Zwerge?

Vielleicht hatten sie Wachposten aufgestellt? Erschrocken blickte er nach rechts und links, konnte aber nichts erkennen. Dann wurde seine ganze Aufmerksamkeit wieder von dem Geschehen auf dem Hügel gefangen. Die Zwerge hatten mittlerweile die Tonlage verändert.

»Bar, Bur, Bor, Bum!«, sangen sie. »Tod wir beschwören, Menschen zerstören!«

Es war, als läge eine dunkle, böse Wolke über dem Zwergenkreis. Bendik wich einen Schritt zurück. Da bewegte sich auf einmal etwas im Wald. Er drehte sich blitzschnell um und glaubte, eine menschenähnliche Gestalt zu sehen. Im nächsten Augenblick war sie verschwunden, ganz so, als wäre sie nie dort gewesen.

Bendik rührte sich nicht von der Stelle. Er schluckte, seine Haut kribbelte vor Angst und Anspannung. Was würden die Zwerge mit ihm machen, wenn sie ihn hier finden würden? Wie gerne wäre er jetzt auf dem Hofe seines Vaters. Während die Angst langsam über seinen Rücken kroch, begann Bendik zu überlegen, wie er am schnellsten wieder nach Hause kommen konnte.

»Nad, Nud, Nid, Not. Hagel, Eis, Schnee, Tod!« Er schenkte den Zwergen kaum noch Beachtung. Vorsichtig ging er einen Schritt vorwärts. Er spähte zu beiden Seiten. Es war mittlerweile so dunkel geworden, dass Bendik kaum noch etwas erkennen konnte. Um nach Hause zu gelangen, musste er jedoch den Weg durch den Wald nehmen.

Da vernahm er erneut eine flüchtige Bewegung. Dieses Mal glitt die Gestalt aber nicht weg. Bendik blickte direkt auf ein dunkles Wesen, größer als ein Zwerg, größer als Bendik

selbst, schwarz gekleidet, mit einem bleichen Gesicht und unheimlichen dunklen Augen. Es war eine schwarze Elfe.
Während Bendik wie gelähmt dastand, tauchten zu allen Seiten um ihn herum schwarze Elfen auf. Sie versperrten ihm den Weg. Bendik war umzingelt. Er hatte Angst, denn er wusste, dass die schwarzen Elfen bösartig waren, noch bösartiger als die Zwerge.
Die Zwerge waren einmal die Freunde der Menschen gewesen. Sie hatten kostbare Gegenstände wie magische Schwerter und Kettenhemden geschmiedet, durch die man unverwundbar wurde. Man sagte, dass mehrere Goldschätze im Besitz der Menschen das Werk von Zwergen waren, darunter auch eine Gürtelschnalle des Jarls. Sie war so schön und aufwendig gestaltet, dass kein Mensch sie geschmiedet haben konnte. Bendik war oft mit seinen Fingern über das Gold gestrichen und hatte sich gefragt, was für ein Zwerg das Gold so fein geschlagen hatte und wie lange das wohl her sein mochte.
Zwischen Menschen und schwarzen Elfen hatte es nie eine Freundschaft gegeben. Die schwarzen Elfen lebten tief unter der Erde. Sie lockten die Menschen in den Berg hinein und ließen sie nie wieder heraus. Bendik betrachtete die dunklen Gestalten um ihn herum. Egal, was mit dem Land, in dem er lebte, geschehen würde, er würde es nicht mehr erfahren, das wurde ihm jetzt klar. Er würde überhaupt nichts mehr erfahren, denn die schwarzen Elfen würden ihn noch heute Nacht mitnehmen.
»Ein Sohn des Jarls alleine des Nachts im Zwergenwald. Was macht er hier?«, fragte die große Elfe. Ihre Stimme war tief und gebieterisch.
Bendik konnte kaum noch atmen, seine Beine waren wie ge-

lähmt. Er hatte so große Angst wie noch nie zuvor in seinem Leben. »Gnade!«, bat er mit zitternder Stimme. »Bringt mich nicht unter die Erde!«
»Zittern tut er«, sagte eine der schwarzen Elfen und verzog dabei ihre Lippen. »Wie Espenlaub im Wind.«
»Ob ihm wohl kalt ist?«, fragte eine andere.
»Er wird sich darüber freuen, dass wir Wärme bringen«, sagte die längste der Elfen. Bendik sah, wie sie ein Schwert zog. Ein langes, schmales Schwert, dessen Klinge weiß glühte. Die schwarze Elfe streckte es jetzt langsam in seine Richtung und Bendik spürte, wie sich sein Magen zusammenzog. Würden sie ihn mit dem Schwert erstechen? Er schluckte und wünschte sich, dass sie ihn lieber unter die Erde holten.
»Berühr das Schwert, Sohn des Jarls!«, befahl die große Elfe und hielt die Schwertspitze ungefähr eine Armlänge von Bendik entfernt. »Dann lassen wir dich gehen.«
Bendik schaute die große Gestalt misstrauisch an. Dann ging ihm auf, dass es ein magisches Schwert sein musste. Vielleicht wurde er verzaubert, wenn er es berührte. Völlig hilflos stand er da und überlegte, was schlimmer wäre: getötet, in den Berg gelockt oder verzaubert zu werden. Er erinnerte sich an all die Erzählungen über Helden und daran, wie sehr er sich gewünscht hatte, selbst ein Held zu werden. Jetzt bereute er seinen Wunsch bitter und dachte an all die Menschen zu Hause auf dem Hof, die zusammen feierten.
»Berühr das Schwert!«, befahl die schwarze Elfe erneut. »Jetzt!«
Die anderen Elfen standen um sie herum und starrten Bendik an. Eine von ihnen grinste breit, so, wie Bendik Männer hatte grinsen sehen, wenn sie eine Ratte erschlugen, die sie in eine

Ecke gedrängt hatten. Er sammelte sich ein wenig und starrte zurück. »Nein«, sagte er entschlossen und richtete sich ein wenig auf. »Ich möchte nicht verzaubert werden, lieber lasse ich mich töten.«

Die schwarze Elfe grinste und zog das Schwert zurück. Sie schwang es weit nach hinten, um so viel Kraft wie nur möglich zu entwickeln. Bendik stählte sich gegen das, was kommen würde. Er sah noch, wie die Elfe das Schwert in seine Richtung stieß und fühlte einen stechenden Schmerz im Arm, bevor er auf dem Hügel zusammenbrach.

Der Schmerz war unerträglich. Er war sicher, dass der Arm abgehackt worden war und dass er das Blut stoppen musste, das in Strömen floss. Aber zu seinem Erstaunen sah er, dass der Arm nicht ab war. Ihm wurde klar, dass die schwarze Elfe ihn nur mit der flachen Seite des Schwertes geschlagen hatte. Sie war gar nicht darauf aus gewesen ihn zu töten. Da waren nur ein paar Brandblasen und Brandwunden.

Eine Weile noch blieb Bendik auf dem Hügel liegen, bevor er langsam wieder auf die Beine kam. Der Arm tat immer noch schrecklich weh. Die schwarzen Elfen hatten sich in der Zwischenzeit etwas von ihm entfernt. Angsterfüllt starrte er sie an.

»Geh nach Hause«, sagte die große Elfe. Sie hatte das Schwert zurück in die Scheide gesteckt. »Geh heim zum Hof deines Vaters. Das Verderben wird sowieso über dich hereinbrechen. Du kannst nichts tun, um uns aufzuhalten.«

Wochen waren vergangen, seit Bendik den schwarzen Elfen begegnet war. Schon am Tag danach war er zur Schafweide gegangen und hatte den schwarzen Stein betrachtet, den die

Zwerge errichtet hatten. Er war anders als alle Steine, die er bisher gesehen hatte, kohlrabenschwarz und glänzend und so eiskalt, dass niemand ihn berühren konnte. Der schwarze Stein war die erste Ankündigung der Katastrophe gewesen. Bendik hatte allen erzählt, was die Zwerge gesagt hatten, aber niemand wusste, was ein Feuermeister war, oder hatte eine Idee, wie man das Land retten konnte.
Nachdem der Zauberstein aufgetaucht war, hatte sich das Wetter verändert, es war deutlich kälter geworden. Die Menschen vom Hofe des Jarls hatten versucht den Stein zu entfernen, aber er ließ sich weder bewegen noch zerstören und bald erfuhren sie, dass im ganzen Land Zaubersteine aufgetaucht waren. Es gab insgesamt neun von ihnen, sie strahlten Kälte, Regen und Nebel aus und zogen viele Wolfsrudel zu den Orten, an denen Menschen wohnten. Dann verschwand plötzlich der Sonnenstein und in derselben Nacht wurde der ganze Hügel von Schnee bedeckt. Wenn das Ende nahte, würden Winterzeit, Wolfszeit und Drachenzeit kommen, so war es seit Menschengedenken überliefert. Niemand konnte daran zweifeln, dass diese Zeiten nun gekommen waren.

~ 4 ~

Der Wind wehte eisig kalt über den Rabenberg. Bendik betrachtete noch immer die Schlange. Ihm wurde klar, dass sie in der Tat viel darüber wusste, was geschah, mehr als er selbst.
»Und was genau *ist* ein Feuermeister?«, fragte er.

»Natürlich jemand, der sich nicht an Feuer verbrennt«, stichelte die Schlange. »Weißt du denn gar nichts?«
»Ich glaube, Schlange, ich kann mehr als du!«, sagte Bendik irritiert, während er, so schnell er konnte, überlegte, womit er die Schlange beeindrucken könnte. Der Jarl hatte ihn zwar gezwungen, viel über Geschichte und Naturkunde zu lernen, doch im selben Moment, in dem er fertig mit Lernen war, hatte er alles schon wieder vergessen. »Ich weiß etwas über Sonnenbewegungen und Mondphasen«, sagte er schließlich. Denn darüber hatte er erst vor Kurzem etwas gelesen. »Und dann kenne ich meinen Stammbaum bis zu Njords Lebzeiten. Außerdem kann ich dichten und Brettspiel spielen und mit Pferd und Falke jagen.«
»Besser wäre es, wenn du Schwertkampf und Kriegsführung studiert hättest«, sagte die Schlange. »Dann könntest du mit einem großen Heer unter die Erde ziehen und alle Unterirdischen verjagen.«
»Dazu ist es jetzt ja wohl ohnehin zu spät«, sagte Bendik. »Der Sonnenstein ist weg und das ganze Land friert zu.«
»Deshalb musst du den Feuermeister finden! Er kann den Sonnenstein nach oben holen, er wird das Land retten.«
Bendik wandte sich ab und blieb nachdenklich sitzen. In den Tagen nach der Begegnung mit den schwarzen Elfen hatte er sich oft gefragt, ob er verzaubert worden war. Erst jetzt verstand er, was die schwarzen Elfen von ihm wollten. Sie suchten nach der Person, die sich nicht an Feuer verbrannte. Die schwarzen Elfen suchten nach dem Feuermeister. Als Bendik genauer darüber nachdachte, fielen ihm viele Leute ein, die sich in diesem Sommer verbrannt hatten. Jomar hatte bei einem Spaziergang eine

glühend heiße Goldmünze gefunden. Geir, der im Schatten unter einem Baum eingeschlafen war, war davon aufgewacht, dass er sich an etwas verbrannt hatte, aber als er aufsprang, war niemand dort gewesen. Und beim Mittsommerfest war ein fremder Mann aufgetaucht, der fast alle Männer dazu gebracht hatte, barfuß über glühende Kohlen zu laufen.

Bendik wandte sich wieder der Schlange zu. Er konnte ihren Kopf im Dunkeln zwischen den Steinen nur noch erahnen.

»Woher weißt du, dass die schwarzen Elfen den Feuermeister noch nicht gefunden haben?«, fragte er.

»Weil sie immer noch suchen«, antwortete sie. »Ich habe sie abends flüstern hören. Sie haben ihn nicht gefunden. Es ist noch nicht zu spät, aber nur, wenn du ihn vor ihnen findest!«

Bendik antwortete nicht. Er stützte das Kinn auf die Faust und dachte nach. Falls es wirklich einen Feuermeister gab, wäre es dann möglich, den Sonnenstein wieder nach oben zu holen? Es war seltsam, dass niemand von einem solchen Menschen wusste.

»Ich kann dir helfen«, zischelte die Schlangenstimme, als Bendik nichts sagte. »Aber zuerst musst du mir einen Gefallen tun.«

Bendik sah zu ihr herunter und bemerkte, dass ihre Augen plötzlich brandgelb funkelten, als glühten sie nahezu vor Eifer. Ihm war ein wenig mulmig zumute. Da kam der Kopf der Schlange zwischen den Steinen zum Vorschein.

»Na komm schon, ich brauche einen Helden und ich glaube, du taugst dazu!«, sagte die Schlange und betrachtete ihn mit ihren funkelnden Augen.

»Wovon sprichst du überhaupt? Du nuschelst und zischelst, es ist unmöglich zu verstehen, was du sagst.«

»Wir müssen uns beeilen, in dieser Kälte kann man nicht leben. Also, was sagst du, sollen wir uns zusammentun?«

»Ich kann mir Besseres vorstellen, als mich mit einer Schlange zu verbünden«, sagte Bendik und stand auf. »Jeder weiß, dass Schlangen hinterlistig sind und die Menschen nur täuschen wollen. Sie sind besser tot als lebendig.«

»Das ist ziemlich dumm von dir«, sagte die Schlange und kroch tiefer in die Dunkelheit. »Aber du wirst es bald bereuen und mich suchen. Ich werde warten.«

»Das glaube ich dir gerne«, sagte Bendik und machte einen Bogen um die Steine, unter denen die Schlange versteckt lag. »Du hast sicher sonst nichts zu tun.« Er rannte eilig die Geröllhalde hinab und fand sich schon bald zwischen Heidekraut und Moos wieder. Von dort war der Weg nach Hause nicht mehr weit.

Bendik ging gerade über die Wiesen oberhalb des Jarlshofes, als er plötzlich stehen blieb. Eine Gruppe von Reitern preschte dort unten in vollem Galopp an ihm vorbei. Es blitzte, als ein Sonnenstrahl auf die Spitze einer Lanze traf. Sie mussten auf dem Weg zum Hof des Jarls sein. Voller Unruhe rannte Bendik heimwärts.

~ 5 ~

Zwei Tage zuvor hatte Lilja am Hofe des Königs hinunter in den Vorhof geschaut. Viele fremde Männer waren gerade mit ihren Pferden angekommen. Sie sahen verschwitzt und abgehetzt aus, wie sie dort umhertrampelten und Spuren im

Schnee hinterließen. Die Geschirre klirrten. Die Pferde schnaubten und stampften auf der Stelle.
Ulf der Starke hieß der Jarl, der mit seiner Gefolgschaft zum Hofe des Königs gereist war. Er kam von Norden, das wusste Lilja, war groß gewachsen, rothaarig, mit gepflegtem Bart und stechenden blauen Augen. Und er trug ein Schwert an der Hüfte. So etwas hatte Lilja nie zuvor bei einem Besucher des Königshofes gesehen. Sie überlegte, warum Ulf der Starke bewaffnet war und warum er ein solch großes Gefolge hatte. Beunruhigt schaute sie hinüber zur Königshalle, wo ihr Vater jetzt mit den fremden Männern saß.
Lilja fror in dem kalten Wind und zog ihren Umhang enger um sich. Sie trug keine Kapuze, denn ihr Haar war zu langen Zöpfen geflochten, die zu schön waren, um sie unter dickem Wollstoff zu verbergen. Um die Stirn trug sie ein Goldband, das sie von ihrer Mutter geerbt hatte. Das Metall fühlte sich in der eisigen Luft besonders kalt an.
Sie hörte Schritte auf der Treppe, dann verneigte sich eine Frau untertänig vor ihr. »Ihr geht besser hinein, Prinzessin. Euer Vater will nicht, dass diese Leute Euch sehen.«
»Warum nicht?«
»Ich weiß nicht«, sagte Ingebjörg und drehte ihren Kopf zur Seite.
»Ich glaube, du weißt es doch«, sagte Lilja ungeduldig. »Du weißt es, aber du willst es mir nicht sagen. Warum? Ich bin jetzt erwachsen, ich habe das Recht, es zu erfahren. Hat Vater nicht gesagt, dass dem Thronfolger nichts verborgen bleiben soll? Was für eine Königin werde ich sein, wenn ich nicht weiß, was im Lande vor sich geht?«

»Nicht, Prinzessin«, sagte die Frau. »Seid so lieb und kommt mit hinein. Es ist zu böse, was geschieht, und wir haben Euch so sehr lieb.«
Lilja wandte sich ab und schaute wieder hinunter zu den vielen Pferden. Sie warf den Kopf stolz und trotzig in den Nacken und spürte, wie leid sie es war, dass immerzu alle auf sie aufpassen wollten. Am liebsten würde sie einfach hierbleiben. Aber die Rufe von unten erschreckten sie in einem Maße, das sie nicht erklären konnte. Ingebjörg faltete verzweifelt die Hände. »Liebe Prinzessin«, flehte die Zofe. »Wir fürchten, dass die Männer, die gekommen sind, Böses im Sinn haben.«
Da wandte Lilja sich ab und folgte ihr. Sie gingen gemeinsam die Treppe hinunter bis zur großen Stube, in der die Tochter des Königs zusammen mit all ihren Zofen wohnte.
Spät am Abend hatte Lilja sich immer noch nicht für die Nacht zurechtgemacht. Sie konnte einfach keine Ruhe finden. Ihren Vater hatte sie heute nur für einen kurzen Moment gesehen, als er seinen Kopf ins Zimmer gesteckt hatte, um nachzuschauen, ob es seiner Tochter gut ging. Er war bleich um die Nase gewesen und hatte sehr müde ausgesehen. Seit der Sonnenstein verschwunden und der Winter über das Land gekommen war, hatte sich der Gesichtsausdruck von Liljas Vater verändert, aber jetzt hatte etwas in seinen Augen gelegen, das sie besonders betrübt hatte.
»Was wollen die Fremden?«, hatte sie gefragt.
»Sie möchten einen Rat wegen der schlimmen Zeiten, die über uns gekommen sind«, antwortete er.
»Gibt es denn wirklich einen Rat?«
Da hatte der König sie mit einem Blick angesehen, den sie nie

vergessen würde. »Ja, es gibt einen Rat. Einen uralten Rat, aber du sollst nicht Zeugin von ihm sein, meine Tochter«, hatte er gesagt, und das waren die letzten Worte, die er jemals zu ihr sprach. Dann war er hinausverschwunden. Das war jetzt viele Stunden her, aber Lilja wartete noch immer darauf, dass er wiederkam. Das Feuer brannte ganz ruhig in der offenen Feuerstelle. Während die Frauen sich für die Nacht bereit machten, saß Lilja voll angekleidet auf dem Bett und spürte eine Unruhe in ihrer Brust, die immer stärker wurde.

»Soll ich Euch beim Auskleiden helfen?«, fragte Ingebjörg, als das Feuer in der Feuerstelle zu Glut heruntergebrannt und es im Raum fast vollkommen dunkel geworden war.

»Nein«, flüsterte Lilja und schüttelte den Kopf. Sie lauschte angestrengt nach unbekannten Geräuschen und spürte, wie sich vor lauter Angst die Härchen auf ihren Armen aufrichteten. Hatte sie nicht gerade eben Stimmen gehört? Sie kamen von draußen, wütend und aufgeregt, und gleichwohl so gedämpft, dass sie aus einem anderen Gebäude des Hofes kommen mussten. Ihre Gedanken wanderten in die Königshalle, wo der Rat noch immer tagte. Sie versuchte einzelne Worte zu verstehen, aber es war schlicht unmöglich.

»Was geschieht da, Ingebjörg? Was ist das für ein Rat, den Vater meinte?«

Ingebjörg senkte den Blick. »Ich weiß nicht«, sagte sie leise. Lilja schaute die anderen Frauen im Zimmer an. Keine erwiderte ihren Blick.

»Doch, ihr wisst es«, sagte sie halb laut. »Ihr wollt es mir nur nicht sagen.« Mit einem Mal überkam sie das eiskalte, nagende Gefühl, es selbst zu wissen. Ihr schwebte etwas im Sinn,

was in alten Sagen erzählt wurde, aber es konnte nicht sein! Entschlossen schob sie den Gedanken beiseite.
Dann wurde das Getöse draußen plötzlich lauter. Sie hörte Rufe, die jetzt viel deutlicher waren, als ob die Türen zur Königshalle weit aufgestoßen worden und alle Männer herausgekommen waren. Ein Pferd wieherte und dann erklang ein Unheil verkündendes Hämmern. Es war so laut, dass Lilja spürte, wie ihr Herz in ihrer Brust ganz hart wurde. Warum machten sie einen solchen Lärm? Sie blickte kurz zur Tür, aber es war nicht die Tür, gegen die sie hämmerten. Sie verknotete die Hände so stark, dass die Nägel sich in die Haut bohrten. Die Rufe und das Hämmern draußen waren kaum noch auszuhalten. Lilja sprang von ihrem Bett auf. Ingebjörg schob sich schnell zwischen die Königstochter und die Tür.
»Ich muss da raus«, sagte Lilja zu ihr. »Ich muss sehen, was los ist.«
Ingebjörg schüttelte stumm den Kopf. Da wurde plötzlich die Hintertür zur Stube aufgerissen und Björn der Wuchtige kam hereingestürmt. Er war der Vertrauensmann des Königs und der ständige Begleiter Liljas auf Ausritten und Reisen.
»Prinzessin, Ihr müsst fort!«, schnaufte er außer Atem. Lilja las in seinem Gesicht, dass er es ernst meinte.
»Was geht hier vor?«, fragte sie.
»Keine Zeit für Erklärungen«, antwortete Björn, während er drei große Schritte auf die Prinzessin zumachte. »Ich habe dem König versprochen, Euch in Sicherheit zu bringen, kommt mit mir!«
»Aber wo ist Vater?«

»Wir haben keine Zeit, Prinzessin, ich werde alles später erklären.«
Die anderen Frauen sahen verschreckt zu, während Lilja einen Umhang griff und ihn sich umwarf.
»Aber Ihr könnt nicht alleine losziehen!«, warf Ingebjörg ein. »Ihr braucht eine erwachsene Frau an Eurer Seite, eine, die Euer Haar frisieren kann und Euch mit den Kleidern hilft!«
»Ich kann doch eine von meinen Zofen mitnehmen?«, fragte Lilja Björn. »Ingebjörg reitet so schnell wie ein Mann und sie ist seit Mutters Tod immer bei mir gewesen.«
»Heute Nacht geht es um Leben und Tod«, sagte Björn und schüttelte den Kopf. »Wir reiten alleine am schnellsten.«
Draußen waren die Rufe und das Hämmern heftiger geworden. Lilja schluckte und schaute auf die geschlossene Tür. Dann stürmte sie durchs Zimmer und mit Björn hinaus in die Dunkelheit.
Die Häuser standen dicht an dicht, sodass Lilja und Björn nicht erkennen konnten, was auf der Vorderseite vor sich ging. Björn griff ihren Arm und sie rannten, so schnell sie konnten, die Häuserreihe entlang. Liljas Herz hämmerte. Es war eine mondlose dunkle Nacht, doch Lilja konnte über den Hausdächern ein flackerndes Licht erahnen, als hätte jemand auf der anderen Seite ein großes Feuer entfacht. Plötzlich blieb Björn stehen. Er hielt ihren Arm so fest, dass sie aufstöhnte.
»Nein!«, hörten sie jemanden rufen. »Nein, das könnt ihr doch nicht machen! Stoppt diesen Wahnsinn. Stopp, habe ich gesagt! Hilfe!« Die Angst schnürte Lilja die Kehle zu. Sie erkannte die Stimme. Es war Frode der Alte, der ihrem Vater gedient

hatte, seit sie denken konnte. Sie begriff, dass gerade etwas ganz Fürchterliches geschah.

»Wir müssen helfen!«, flüsterte sie Björn zu. Sie traute sich nicht lauter zu sprechen, denn jetzt sah sie Fackeln, die sich ihnen langsam näherten. Fackeln, die sich bewegten, so als ob jemand auf der Suche nach etwas war. Ihr kam der Gedanke, dass sie es war, nach der gesucht wurde, und drückte sich gegen die Hauswand, an der sie standen.

Dann wurden die Rufe auf der anderen Seite plötzlich lauter und wilder und die Männer mit den Fackeln verschwanden. Björn drückte ihre Hand. Lilja stand mucksmäuschenstill und wartete, dann rannte Björn mit einem Satz los und sie hinter ihm her.

Sie rannten, so schnell sie konnten. Es war sehr schwierig und anstrengend, denn der Schnee reichte Lilja bis zu den Knien. Sie rannten weg von den Häusern und über den Festungswall zum Waldrand. Lilja konnte nicht mehr, doch Björn hielt ihren Arm in einem eisernen Griff und ließ nicht zu, dass sie langsamer lief. Schließlich erreichten sie den Wald und schlüpften zwischen Büschen und Baumstämmen hinein. Dort durfte Lilja endlich verschnaufen.

Das Feuer vom Königshof loderte hoch. Es waren jedoch nicht die Häuser, die brannten, sondern ein großer Scheiterhaufen, der auf dem Innenhof angezündet worden war. Sie hörten immer noch die Rufe und das Furcht einflößende Hämmern. Lilja spitzte noch immer die Ohren, in der Hoffnung, aus dem ganzen Lärm etwas herauszuhören. Ja. Es war ein Wort, das sie riefen, immer und immer wieder, während sie im Takt dazu klatschten. »König! König! König!«, riefen sie.

Dann wurde ihr bewusst, dass Björn etwas beobachtete, das sehr viel näher war als das Feuer vom Königshof. Sie drehte sich um und zuckte zusammen, als sie eine Reihe von dunklen Schatten sah, die genau auf sie zukamen. Sie mussten ihre Flucht beobachtet haben. Vor lauter Angst, entdeckt zu werden, traute sich Lilja nicht zu atmen.

»Hier herüber«, rief Björn leise und winkte. Da erkannte Lilja Leif, den Stallburschen. Er leitete drei Pferde, allesamt aufgesattelt.

»Ich habe eine Lanze besorgt, so wie du gesagt hast«, flüsterte Leif, während er Björn und Lilja je ein Pferd gab.

»Gut. Lasst uns losreiten. Jetzt gilt es, so zu reiten, wie wir noch nie zuvor geritten sind«, sagte Björn.

Sie saßen, so schnell es ging, auf. Björn übernahm die Spitze und sie ritten zwischen den Bäumen im Zickzack eine kleine Anhöhe hinauf. Jetzt, da sie auf dem Pferd saß, konnte Lilja ein wenig besser erkennen, was auf dem Königshof vor sich ging. Viele, viele Menschen waren dort versammelt. Sie war der Meinung, um das Feuer herum Lanzenspitzen zu erkennen, schaute aber vornehmlich auf die Flammen, die so hoch loderten.

Gerade als sie die Kuppel der Anhöhe überstiegen, erklang aus der Menge ein durchdringender Schrei. Es war ein so fürchterlicher Schrei, dass Lilja sich wie gelähmt fühlte. Dann schwoll das Rufen der Menschen an und es hallte durch die Nacht: »König! König! König!«

»Was machen sie da?«, jammerte Lilja, aber weder Björn noch Leif gaben eine Antwort.

Aus irgendeinem Grund spürte Lilja eine schnürende Enge in

ihrer Brust, die es ihr unmöglich machte, zu sprechen oder sich zu bewegen. Björn drehte sich um und bemerkte ihren Gesichtsausdruck.

»Nicht zum Feuer sehen, Prinzessin!«, befahl er und nahm ihr die Zügel aus der Hand. Er zog Liljas Pferd hinter seinem her und ritt auf der Rückseite des Hügels hinunter, sodass der Königshof für sie nun nicht mehr zu sehen war. Bald waren sie so weit unten, dass sie den Reitpfad sahen, der sich hinunter nach Aurelva schlängelte. Er schien verlassen und menschenleer und Björn trieb die Pferde hinaus auf den Pfad.

»Nein, warte«, schluchzte Lilja und fasste nach den Zügeln.

»Wir können nicht warten, sie werden bald auch hinter Euch her sein«, sagte Björn.

»Aber Vater«, sagte sie. »Sie verbrennen Vater, oder?«

»Er hat freiwillig zugestimmt. So ist es bei Königen immer gewesen. Wenn alles misslingt, muss einer die Verantwortung übernehmen und der König ist die ranghöchste Person im Lande.«

Ein lähmendes Gefühl legte sich schwer und drückend auf Lilja. Sie hatte in alten Sagen bereits davon gehört, aber nie geglaubt, dass solche Dinge zu ihren Lebzeiten geschehen konnten. Die alten Sagen erzählten, dass das Volk verlangte, die Götter mit einem Brandopfer, Blutopfer und Grabopfer zu beschwichtigen, wenn die Ernte missglückte und eine Hungersnot drohte. Man sollte ein weißes Pferd opfern, den König verbrennen und ein junges Mädchen lebendig begraben. Lilja hatte davon gelesen, war aber der Meinung, die Welt sei nun glücklicherweise zivilisiert – seit Urzeiten waren keine Menschen mehr geopfert worden.

Und jetzt waren die Menschen so brutal und barbarisch wie in alten Zeiten. Lilja war bis aufs Mark erschüttert.
Björn trieb die Pferde zum Galopp an. Bald waren sie unten am Fluss und von dessen anderer Seite hatten sie eine gute Aussicht über den Reitweg hinter ihnen. Es waren keine Verfolger zu sehen. Lilja schluckte. Ihr wurde bewusst, dass ihr Vater sie nur schonen wollte. Sie neigte den Kopf zur Seite, während ihr die Tränen über die Wangen liefen. Es war eine beißend kalte Nacht und nach einer weiteren Wegstrecke sahen sie den Hof des Königs erneut in der Ferne. Lilja sah dem Schein des Feuers noch sehr, sehr lange nach.

~ 6 ~

Der Weg führte sie durch viele Dörfer. Schon bald würde es hell werden, sodass Björn sie antrieb, ohne Pause weiterzureiten. »Wir sind noch zu nah am Königshof«, sagte er nur. »Das Beste ist, wenn wir uns so weit wie möglich vom Königshof entfernt haben, bevor die Menschen auf den Höfen aufwachen und uns vorbeireiten sehen. Wenn Ulfs Männer fragen, ob uns jemand gesehen hat, ist es besser, wenn niemand das bejahen kann.«
Sie folgten eine ganze Weile dem innersten Teil des Vikafjords. Das Wasser war in Ufernähe mit einer dünnen Eisschicht bedeckt. Auf den steinigen Stränden lagen matter Schnee und blankes Eis. An den Stellen, an denen das Eis über den Reitpfad ragte, rutschten die Pferde mehrere Male weg.

Dann bog der Weg vom Fjord ab und führte hinauf durch die großen Wälder und das Hochland im Bärental, bevor er die Dörfer Dyrvang und Torsberg erreichte. Björn hoffte, vor Mittag dorthin zu gelangen, denn dann hätten sie die halbe Strecke nach Ullvik geschafft.

»Ist das unser Ziel?«, fragte Lilja.

Björn nickte. »Der Jarl von Ullvik ist immer königstreu und vernünftig gewesen. Und sein Hof ist hochgelegen. Wenn wir nur ein wenig Zeit bekommen, sollten wir ihn ganz gut verteidigen können.«

»Hat er viele Gefolgsleute, dieser Jarl von Ullvik?«, fragte Leif.

Björns Antwort war kurz: »Man braucht nicht so viele, um einen Hof zu verteidigen.«

Die langen Anstiege vom Fjord hinauf erschöpften die Pferde. Die Reiter stiegen ab und führten sie. Lilja fror so sehr, dass sie wie Espenlaub zitterte, und ihre Zehen fühlten sich an, als wären sie erfroren. Auch die Pferde atmeten schwer und müde, während sie hinter ihr durch den Schnee stapften.

Auf der Kuppe des langen Anstiegs blieb Leif zurück. Björn trottete mit seinem Pferd langsam weiter. Lilja war wieder aufgestiegen, da ihre Beine sie nicht länger tragen konnten. Plötzlich bemerkte sie, dass Leif ihnen nicht mehr folgte. Er stand noch genau da, wo der Weg sich über die Hügelkante schwang, und spähte hinab in die Richtung, aus der sie gekommen waren.

»Was ist?«, rief sie ihm zu.

Björn hielt sofort an und schaute erschrocken zu Leif. »Siehst du was, Junge?«

»Ja, aber ich habe keine Ahnung, was es ist«, sagte Leif.

»Sind es Reiter?«

Leif schüttelte nur den Kopf. »Sie sind zu weit weg, ich kann es nicht erkennen. Aber da bewegt sich was. Wenn es wilde Tiere sind, muss es mindestens ein Dutzend sein.«
»Wohin laufen sie?«
»In unsere Richtung, glaube ich.«
»Wir sollten uns beeilen«, sagte Björn. »Aufsitzen! Lasst uns vorankommen. Wir sollten kein Risiko eingehen!«
Sie trieben die erschöpften Pferde wieder im Trab vorwärts. Liljas Pferd hatte Eisklumpen in der Mähne, sein Kopf hing tief und es atmete schwer. Manchmal hustete es stark, dann streichelte Lilja aufmunternd seinen Hals und versuchte, sich so leicht wie möglich zu machen. Alles, was sie jetzt noch hörten, war der Wind, der heftig wütete. Über ihnen knackten und schwankten die Baumwipfel. So arbeiteten sie sich vorwärts, bis sie das Langmoor erreichten.
Das Langmoor erstreckte sich weit und offen vor ihnen, die weiße schneebedeckte Fläche wurde nur vereinzelt von ein paar Kiefern unterbrochen. Die Pferde mussten durch Schneewehen waten, die ihnen bis zum Bauch reichten, sie legten die Ohren an und wollten nicht weitergehen. Björn und Leif mussten wieder absitzen und laufen.
Sie waren bereits auf halbem Weg über das Langmoor, als Leif plötzlich laut rief. Lilja und Björn drehten sich um. Leif zeigte in die Richtung, aus der sie gekommen waren. Sie folgten seinem Zeichen und weit entfernt, dort wo das Moor begann, konnten sie mehrere Pferde samt Reiter erkennen.
»Also sind sie uns doch gefolgt«, sagte Björn.
»Und sie haben aufgeholt«, sagte Leif. »Sie müssen verteufelt schnell geritten sein.«

»Weil wir die Spur aufgetrampelt haben«, sagte Björn nachdenklich.

»Sollen wir aufsitzen?«, fragte Leif nervös.

»Es ist zu weit«, sagte Björn. »Wir werden es nicht bis Dyrvang schaffen.«

»Aber was sollen wir tun?«, drängelte Leif und trampelte vor Kälte auf der Stelle.

»Hier im Moor verweht der Wind unsere Spuren«, sagte Björn nachdenklich.

»Dann müssen sie sich genauso abmühen, oder?«, fragte Leif.

»Ja, das ist die eine Sache. Eine andere Sache ist, dass sie nicht merken werden, wenn wir den Reitpfad verlassen. Kommt, lasst uns einen anderen Weg nehmen.«

Er trat entschlossen hinaus in den Schnee. Die beiden anderen folgten ihm und so arbeiteten sie sich beschwerlich durch den Schnee und das Schneegestöber weiter vorwärts. Die Pferde kämpften gegen den Schnee an, der ihnen ins Gesicht peitschte, Lilja kauerte sich im Sattel zusammen und versuchte, sich gegen die nadelspitzen Eiskristalle zu schützen.

Dann bemerkte sie, wie Björn das Tempo erhöhte. Schließlich hatten sie den Waldrand erreicht. Schnell tauchten sie zwischen den Bäumen hindurch. Leif und Björn blickten entschlossen hinaus in das Schneetreiben, auf den Weg, den sie gekommen waren.

»Es schneit jetzt heftiger. Man sieht kaum noch die Hand vor Augen«, sagte Leif.

»Lasst uns weitergehen. Nicht weit von hier gibt es eine Hütte, dort können wir uns verstecken und ausruhen, denn ich glaube nicht, dass die Prinzessin noch viel länger reiten kann.«

»Eine Hütte?«, sagte Leif und sperrte die Augen auf. »Aber das muss die Hütte vom irren Even sein! Da können wir nicht hingehen!«
»Wohin sollen wir sonst gehen?«, fragte Björn und zog das Pferd hinter sich her. »Wir müssen die Prinzessin unter ein Dach bringen, wir sind mehr als zwölf Stunden geritten, sie sieht so verfroren aus, dass ich Angst habe, sie fällt vom Pferd!«
»Mir geht es gut«, sagte Lilja. »Mir ist nur ein bisschen kalt an den Zehen.«
Leif starrte Björn an, als warte er darauf, dass dieser einen anderen Ort vorschlagen würde, an dem sie sich ausruhen konnten. Björn schaute zu Lilja. Sie lächelte steif und versuchte nicht zu zittern. »Wir gehen zum irren Even«, sagte er und machte sich auf den Weg.
Sie stiegen einen Hügel hinauf, auf der anderen Seite wieder hinunter und weiter über eine kleine Ebene. Dann sahen sie eine dünne Rauchsäule zwischen den Bäumen und bald tauchte eine kleine graue Hütte auf. Björn ging zu der niedrigen Tür, doch als er die Faust hob, um zu klopfen, rief eine Stimme von innen: »Geht! Verschwindet! Ihr dürft nicht herkommen!«
»Wir brauchen einen Ort, an dem wir uns ausruhen und aufwärmen können«, sagte Björn.
»Dann seid ihr auf dem Holzweg. Hier gibt es keine Ruhe und keine Wärme.«
Björn schüttelte irritiert den Kopf und griff nach der Tür, um sie aufzureißen. Es war deutlich, dass jemand auf der Innenseite mit allen Kräften versuchte, sie zuzuhalten. »Nein,

nein!«, erklang es. »Ich will nicht! Ihr wisst nicht, was ihr tut! Geht jetzt!«

»Er ist verrückt«, flüsterte Leif. »Wir hätten nicht herkommen sollen.«

»Red keinen Unsinn«, fauchte Björn und verlor die Geduld. Er stemmte sich mit aller Kraft gegen die Tür, bis sie aufflog. »Kommt jetzt, Prinzessin«, rief er.

Lilja glitt vom Rücken des Pferdes und spürte einen stechenden Schmerz in beiden Füßen. Sie hatte geglaubt, kein Gefühl mehr in den Zehen zu haben, aber das war offensichtlich falsch. Während sie langsam zu Björn ging, hatte sie das Gefühl, als würden Messer in ihre Füße schneiden. In der Hütte war es dunkel und Lilja konnte nur undeutlich einen Mann erkennen. Er war in Lumpen und Ziegenfell gekleidet und hatte langes grauweißes Haar.

»Nein, nein, nein«, jammerte der Mann immer noch. »Ihr wisst nicht, welches Unglück ihr bringt.«

»Geht hinein, Prinzessin«, sagte Björn.

Leif blieb draußen, um die Pferde zu versorgen. Björn zog die Tür zu, so gut es ging, während Lilja mitten im Zimmer stand und sich umsah. Es stimmte, hier gab es nicht viel Ruhe und Wärme. Es gab nur ein schmales Bett, aber keinen Stuhl oder Schemel, und in der offenen Feuerstelle brannte das Feuer zwar gut, aber die Wände waren so undicht, dass sich an vielen Stellen Reif gebildet hatte.

»Nimm jetzt endlich Verstand an«, sagte Björn zum irren Even. »Wir werden nur kurz hierbleiben, dann wirst du die Hütte wieder für dich haben.«

»Ihr versteht nicht«, seufzte der Mann. »Aber jetzt ist es sowieso zu spät.« Lilja bemerkte, dass der alte Mann sie anstarrte. Dann schüttelte er den Kopf und murmelte vor sich hin: »Wer hätte gedacht, dass es die Tochter des Königs ist, die zu meiner schäbigen Hütte kommt? Und jetzt wird das Geheimnis kein Geheimnis mehr sein. Ach, was für eine grausame Welt.«

»Was murmelst du da?«, fragte Björn misstrauisch.

»Ein irrer Mann muss das Recht haben zu murmeln«, antwortete Even.

»Du hast stillzuschweigen, während wir hier sind«, sagte Björn. »Erweise der Tochter des Königs ein wenig Respekt.«

»Aber der König ist tot«, sagte der irre Even. »Man hat ihn auf dem Scheiterhaufen verbrannt, so wie es seit jeher Sitte ist. Sie haben den König den Göttern geopfert und jetzt suchen sie seine Tochter.«

»Jetzt reicht es«, brüllte Björn plötzlich. »Wenn du noch ein Wort sagst, töte ich dich!«

»Drohen kann wohl der Mann des Königs«, sagte der irre Even da. »Vielleicht sollte er den jämmerlichen Irren erschlagen? Wenn die Wahrheit schmerzt, ist es bei Standespersonen Sitte, den Überbringer zu töten.«

»Woher wusstest du von dem Brandopfer?«, fragte Lilja.

Der irre Even betrachtete sie mit diesen merkwürdigen Augen. »Ich kann hellsehen«, antwortete er. »Ich kann Dinge sehen, die weit entfernt geschehen, und Dinge, die noch nicht geschehen sind.«

»Kannst du sehen, ob unsere Verfolger unsere Spur verloren haben?«, fragte sie.

»Ulf der Starke und einige seiner Männer sind auf dem Weg nach Dyrvang«, sagte der irre Even daraufhin. »Er hat nicht alle mitgenommen, manche sind in andere Richtungen geritten, aber sie alle suchen nach der Tochter des Königs. Sie kommen nicht her.«

»Das ist doch gut«, sagte Lilja erleichtert und sah zu Björn hinüber.

»Ja«, entgegnete Björn, während er seinen Umhang ablegte. »Dann können wir hier übernachten, bevor wir weiterziehen.«

»Was siehst du noch von der Zukunft?«, fragte Lilja und ging ein wenig näher ans Feuer.

»Nicht fragen, Prinzessin«, sagte Björn.

»Nein, nicht fragen«, wiederholte der irre Even.

»Aber ich will es wissen!«

Der irre Even betrachtete Lilja jetzt eindringlich. Er zog die Augenbrauen ein wenig hoch, die Nasenflügel vibrierten und er schien tief in Gedanken versunken. Dann nahm er ihre Hand und hielt sie fest. Seine groben Hände waren überraschend warm. Er zuckte ein wenig zusammen, seine Augen weiteten sich wie im Schmerz.

»Was ist?«, fragte Lilja.

Aus dem Mund des alten Mannes kam ein merkwürdiges Geräusch, halb Knurren, halb Stöhnen. Gleichzeitig drückte er ihre Finger so fest, dass es schmerzte. Lilja zuckte zurück und wollte ihre Hand an sich ziehen. Schnell ließ Even sie los, warf sich auf den Boden und krümmte sich, als wäre er geschlagen worden. Er hustete heftig und lange.

Lilja knetete ihre Finger, um die Blutzirkulation wieder in Gang zu bringen. Der irre Even richtete sich nur mühsam auf. Er wand sich und hustete noch immer, als mache der bloße Anblick von Lilja ihn krank.

Lilja blickte ihn auffordernd an. »Was hast du gesehen?«
Er schüttelte den Kopf und trat einen Schritt zurück.
»Erzähl mir, was du gesehen hast!«
Da flüsterte er heiser: »Die junge Tochter des Königs wird ein böses Schicksal ereilen.«
»Was meinst du? Was wird geschehen?«
»Sie wird lebendig unter die Erde gehen und Dunkelheit wird sich um sie schließen«, sagte der irre Even fast lautlos.
»Lebendig unter die Erde?«, wiederholte sie. »Dann kriegen sie mich also, nicht wahr? Und dann werde auch ich geopfert.«
»Unter die Erde sollt Ihr«, nickte Even. »Noch bevor die Sonne morgen Abend untergeht.«

~ 7 ~

Als Bendik in den Vorhof stürzte, waren die Reiter bereits abgesessen. Die erschöpften Tiere atmeten schwer, ihre Nüstern bebten und ihre Körper waren nass geschwitzt. Ein Stallbursche, den Bendik nicht kannte, hielt die Zügel. Ein Stück entfernt ging der Jarl zusammen mit einem großen schwarzhaarigen Mann auf und ab, dessen eine Hand auf seinem Schwertschaft ruhte.
»Was geht hier vor?«, keuchte Bendik und lief zu seinem Bruder Jomar, der gerade aus der anderen Richtung angerannt kam.
»Das sind die Männer des Königs«, antwortete Jomar. »Der

hässliche Schwarzhaarige ist Björn der Wuchtige und der junge Kerl heißt Leif. Sie sind mit der Tochter des Königs gekommen.« Jomar zeigte auf eine Gruppe von Frauen, die ein wenig abseitsstand. Unter ihnen ragte Eldrid als stolze und schöne Frau hervor. Neben Bendiks Mutter stand ein dunkelhaariges Mädchen in Bendiks Alter, das ein Stirnband aus Gold trug. Ihre Kleider waren schmutzig und nass und ihr Gesicht war bleich, mit dunklen Ringen unter den Augen.

»Das ist doch Lilja«, sagte Bendik. »Wir haben sie letztes Jahr schon einmal getroffen. Aber was wollen sie hier? Warum tragen sie Waffen? Und warum sind sie so schnell geritten?«

»Ich weiß es nicht«, sagte Jomar. »Aber ich habe mir vorgenommen, es herauszufinden.«

Jomar ging zu seinem Vater und Björn hinüber, während Bendik zu Lilja und seiner Mutter lief.

Er führte die rechte Hand hinter den Rücken und verneigte sich tief, so wie man es vor Mitgliedern der Königsfamilie zu tun hatte. »Seid gegrüßt, Prinzessin. Mein Schwert ist zu Euren Diensten«, begrüßte er Lilja. Das sagte man, auch wenn man gar kein Schwert bei sich trug.

»Sei gegrüßt, Bendik, Sohn des Jarls«, entgegnete Lilja und lächelte zaghaft.

Bendik lächelte zurück. Dann wollte ihm nichts Vernünftiges mehr einfallen, was er sagen könnte. Er schaute zu Boden und bemerkte, dass Liljas Schuh aus weichem hellbraunem Leder gefertigt war, mit rotem Band verziert. »Ich habe Euch vom Hügel aus gesehen«, sagte er und räusperte sich, um eine klare Stimme zu bekommen. »Ihr hattet ziemlich große Eile.«

»Aufständische sind auf dem Weg«, sagte sie nur.

»Aber das ist unmöglich!«, hörten sie den Jarl plötzlich rufen. »Die Welt ist jetzt zivilisiert! Mord und Krieg sind vollkommen veraltet, wir leben in einer hoch entwickelten Gesellschaft mit guten Gesetzen und Idealen. Ich kann das einfach nicht glauben!«

»Aber Ihr *müsst* es glauben!«, rief Björn ungeduldig und gestikulierte wild. »Hört Ihr nicht, was ich berichte? Sie haben den König getötet. Sie haben ihn auf dem Scheiterhaufen verbrannt wie einst die Menschenopfer!«

Der Jarl schüttelte den Kopf und strich sich gedankenverloren über seinen gepflegten Bart. Dann murmelte er etwas, das Bendik nicht verstehen konnte. Björn nickte dem Jarl zu und sie winkten einen jungen Burschen zu sich, der kurz darauf wieder davonlief. Bald kamen fünf der am Hof lebenden Männer herbeigeeilt.

Bendik sah, wie Björn den Kopf schüttelte. »Es sind zu wenige«, sagte er laut. »Unsere Verfolger waren mindestens ein Dutzend.«

»Jomar!«, rief der Jarl. »Nimm unser schnellstes Pferd und reite nach Haugen und nach Sandnes. Sag, dass sie mit allen verfügbaren Männern herreiten sollen. Hier, Oddvar, nimm meine Schlüssel, du wirst für alle Waffen besorgen, wir müssen uns zum Kampf rüsten!«

»Wie viel Zeit haben wir?«, fragte Jomar.

»Zu wenig«, antwortete Björn. »Mach, so schnell du nur kannst!«

»Hol alle Männer auf den Hof!«, rief der Jarl einem der Kinder zu, die herumstanden und zuschauten. »Wo ist Gaute der Schmied? Wo sind Öystein der Falkenfänger und Gudröd der Gnadenlose?

Du da, geh raus auf den Bergvorsprung hinter den Häusern und halte Ausschau«, befahl er einem Jungen. »Und ihr zwei holt Äste und Baumstämme vom Stapel hinter dem Schweinestall. Wir müssen die Mauer und das Tor verstärken.«

Plötzlich herrschte ein emsiges Treiben auf dem Hof. Einige Männer wirkten sehr unbeholfen. Nie zuvor hatte man auf dem Hof des Jarls Unfrieden erlebt. Fehden und Überfälle kannten sie nur aus den Sagen. Schließlich hatten sich alle in der Mitte des Hofs versammelt. Mit ungeübten Händen nahmen sie die Waffen entgegen, die ausgeteilt wurden. Es gab viel zu wenige Kettenhemden und Helme.

»Ein Dutzend, sagtest du?«, fragte der Jarl noch einmal.

Björn nickte. »Ulf der Starke ist ihr Anführer. Es könnte kein Schlimmerer sein. Er ist nicht nur stark, sondern auch streitlustig.«

Der Jarl brummte in seinen Bart. »Dann können wir nur hoffen, dass sie noch so weit entfernt sind, dass uns noch genügend Zeit bleibt, um Verstärkung von den anderen Höfen zu holen. Auf Sandnes gibt es vier stattliche Söhne und auf Haugen leben ein paar Brüder, die stark genug sind, eine Kuh zu heben.«

Björn kam zu Lilja und Bendik hinüber. Er schaute Bendik tief in die Augen. »Kannst du mit einem Schwert umgehen, Junge?«

»Er hat nie gelernt mit Waffen umzugehen«, antwortete der Jarl laut und streng, bevor Bendik den Mund öffnen konnte. »Ich wollte, dass meine Söhne zu zivilisierten Männern und nicht zu Schwertschwingern heranwachsen. Sämtliche Waffenspiele sind auf meinem Hof verboten, wir huldigen den edleren Seiten des Menschseins.«

Björns Gesichtszüge waren angespannt. Sein Blick ruhte immer noch auf Bendik. »Tanz und höfisches Gerede werden uns jetzt nicht retten«, sagte er.
Da meldete sich Bendik zu Wort. »Ich habe auf eigene Faust mit dem Schwert trainiert«, sagte er und vermied es sorgsam, seinen Vater anzusehen.
»Mit welchem Schwert?«, rief der Jarl aus und schritt zu ihnen hinüber. »Wo hast du ein Schwert gefunden, Junge? Nachdem ich dir ausdrücklich verboten habe ... Antworte mir jetzt, wo hast du das Schwert gefunden? Meins war sicher weggeschlossen!«
»Mutter hat mir Großvaters Schwert gegeben«, sagte Bendik.
Während sich die Gesichtszüge von Bendiks Vater anspannten, nickte Björn anerkennend. »Gut«, sagte Björn. »Ich will, dass du dein Schwert holst und in der Nähe der Königstochter bleibst. Egal was passiert, du wirst sie nicht verlassen. Ist das klar? Beschütz sie mit deinem eigenen Leben!«
»Ich werde sie nicht verlassen«, beteuerte Bendik.
Der Jarl sah nicht gerade aus, als würde ihm das gefallen, aber bei der Vielzahl an Geschehnissen war er schon bald mit anderen Dingen beschäftigt. Bendik holte das Schwert und band es um seine Hüften, dann gesellte er sich zu Lilja.
»Das Wetter war besser, als Ihr letztes Jahr hier wart«, sagte er und trat in den Schnee. »Erinnert Ihr Euch, wie wir Mittsommer gefeiert haben und Jomar ins Wasser fiel? Er tauchte mit Wasserlilien im Haar auf, wütend wie eine Hornisse.«
Lilja grinste. »Dieses Jahr würde er nicht ins Wasser fallen, dafür ist das Eis zu dick«, sagte sie.
»Nein, das würde er wohl nicht. Es sieht dieses Jahr auch

schlecht aus mit wilden Erdbeeren, sonst hätte ich welche für Euch gepflückt. Jetzt weiß ich nicht, was wir machen können, um Euch zu unterhalten. Wenn die Sonne heute Abend untergegangen ist, müssen wir uns mit Gesang und Sagen vergnügen.«
Liljas Blick verdunkelte sich. »Aber wenn die Sonne untergegangen ist«, sagte sie, »bin ich doch schon längst weg.«
»Was meint Ihr damit? Glaubt Ihr nicht, dass es uns gelingt, die Aufständischen zu besiegen?«
Lilja schüttelte den Kopf. »Selbst wenn es euch gelingt, wird alles umsonst sein.«
»Ich verstehe nicht ganz. Redet Ihr davon, dass der Sonnenstein weg ist und das Land allmählich zufriert?«, fragte Bendik, während sie langsam eine kleine Bergkuppe hinaufgingen. Von dort hatte man eine gute Aussicht über das Tal und den Fjord. Sie konnten Jomar erkennen, der mit seinem Pferd so schnell über die Wiesen galoppierte, dass der Schnee nur so um ihn herumwirbelte. Sandnes und Haugen waren vom Hof des Jarls aus nicht zu sehen. Sandnes lag auf der anderen Seite eines kleinen Espenwaldes, Haugen war noch weiter entfernt. Es würde eine ganze Weile dauern, bis Jomar mit Hilfe zurückkam.
»Glaubst du an Weissagungen?«, fragte Lilja, ohne ihn anzusehen.
»Ich weiß nicht genau, es kommt drauf an.«
»Jemand hat mir vorausgesagt, dass ich lebendig unter die Erde gehen werde, noch bevor die Sonne heute Abend untergeht.«
»Lebendig, wie ein Grabopfer?«, fragte Bendik nachdenklich. »Ich habe gehört, was sie mit Eurem Vater gemacht haben.«

Lilja nickte. »Und jetzt bin ich an der Reihe. Es wird noch heute geschehen. Deshalb ist alles, was ihr tut, um zu helfen, vergeblich.«
Als Bendik Liljas verzweifelten Gesichtsausdruck sah, spürte er, wie sich alles in ihm verkrampfte. Er ballte die Fäuste und biss die Zähne fest zusammen. Lilja strich sich die Haare aus dem Gesicht und schaute mit leerem Blick über das Tal. »Ich kann nicht aufhören daran zu denken, wie es sich anfühlt, wenn sie Erde auf mich werfen. Wenn ich heruntergedrückt und dann begraben werde und zum Schluss nicht mehr atmen kann.«
»Das wird nicht geschehen«, sagte Bendik energisch. »Wir werden es nicht zulassen!«
Lilja sah ihn von der Seite an. »Das ist lieb gemeint«, sagte sie und wickelte eine Locke ihres Haares um ihren Finger. »Aber das hilft nicht, weißt du. Falls das wirklich mein Schicksal ist, dann *muss* es geschehen. Erinnerst du dich an die Geschichte vom Ochsen-Erik, der ertrank?«
Bendik nickte.
»Es war vorausgesagt, dass er in der Mittsommernacht ertrinken würde. Das war sein Schicksal. Deshalb wollte er in dieser Nacht nicht mit hinunter zum kleinen Waldsee. Während die anderen feierten, schloss er sich in seinem Haus ein, weit weg vom Fluss und vom Waldsee.«
»Aber trotzdem starb er in dieser Nacht«, warf Bendik ein.
»Er starb nicht nur, er ertrank, wie es vorausgesagt worden war. Da siehst du«, sagte Lilja. »Es war sein Schicksal, dass er in dieser Nacht ertrinken sollte.«
»Das stimmt«, sagte Bendik. »Die Nornen spinnen den Schick-

salsfaden für jeden einzelnen Menschen schon bei der Geburt und er kann nicht verändert werden. Doch nur die wenigsten kennen ihr Schicksal.«

»Darüber können sie froh sein.«

»Aber die Frage ist, ob die Weissagungen in Bezug auf Euch wahr sind«, sagte Bendik. »Es ist ja gar nicht sicher, dass sie das tatsächlich sind. Wer hat das denn behauptet?«

»Einer, den sie den irren Even nennen.«

»Wenn er irr ist, sollte man ihm wohl nicht glauben!«

»Aber ich glaube nicht, dass er auf diese Art irr ist«, sagte Lilja. »Er wusste, was sie mit Vater gemacht haben, bevor es jemand erzählt hatte.«

Bendik seufzte und war nicht sicher, was er sagen sollte. »Wir müssen doch alle irgendwann sterben«, sagte er schließlich. »Ich weiß nicht, ob es besser ist, bis zum Ende übrig zu bleiben, wenn Kälte und Hunger die letzten Überlebenden holen. Wenn es doch nur eine Möglichkeit gäbe, von hier wegzukommen! Man sagt, südlich vom Großen Meer gibt es wärmere Länder.«

»Aber man sagt auch, dass der Fjord bis hier hinein mit Eis zugefroren ist«, entgegnete Lilja. »Und weil das Eis so dick und gefährlich ist, kam bisher so viele Jahre lang kein Handelsschiff aus der Welt außerhalb.«

»Wir könnten versuchen, über das Binneneis zu gehen und nach wärmeren Ländern zu suchen«, schlug Bendik vor und trat gegen einen Stein.

»Über den Blaugletscher? Er ist voll von riesigen Spalten und niemand weiß, wie groß er ist.«

»Dann gibt es nur noch eine Möglichkeit«, sagte Bendik. »Wir müssen den Feuermeister finden, der unter die Erde gehen und den Sonnenstein heraufholen kann.« Er lachte trocken und heiser. »Es ist ja wohl nicht schwieriger, jemanden zu finden, der sich nicht an Feuer verbrennt, als über das Eis zu segeln oder den Weg über den Gletscher zu nehmen.«

»Was ist?«, fragte er, als er den merkwürdigen Blick bemerkte, mit dem Lilja ihn ansah. »Warum schaut Ihr mich so an?«

»Was meinst du mit ›jemand, der sich nicht an Feuer verbrennt‹?«, fragte sie.

»Ich habe eine Schlange getroffen, die behauptet, dass der Sonnenstein wieder heraufgeholt werden kann«, erklärte Bendik. »Er ist nicht ins Meer gefallen, er liegt unter der Erde, und wenn wir den Feuermeister finden, dann können wir ihn wieder hinaufholen. Und ein Feuermeister, das ist jemand, der sich nicht an Feuer verbrennt.«

Lilja stand vollkommen reglos da. »Ich verbrenne mich nicht«, sagte sie nach einer kleinen Pause.

»Was?«

»Ich verbrenne mich nie, selbst dann nicht, wenn ich glühende Kohlen anfasse.«

»Aber dann seid Ihr es! Dann seid Ihr es, die unter die Erde gehen muss!« Bendik grinste von einem Ohr zum anderen. »Lilja! Ich meine, Prinzessin! Versteht Ihr? Ihr sollt nicht geopfert werden, Ihr sollt unter die Erde, um den Sonnenstein heraufzuholen. Das hat der irre Even gesehen!«

»Glaubst du wirklich?«

»Das ist ganz sicher!« Bendik schrie fast vor lauter Aufregung. »Ihr könnt das ganze Land retten, Ihr seid der Feuermeister, nach dem die schwarzen Elfen gesucht haben!«

»Aber besteht nicht ein großer Unterschied zwischen Kohlen in einer offenen Feuerstelle und einem Stück der Sonne?«
Bendik schüttelte den Kopf. »Nein«, sagte er eifrig. »Es muss so sein, dass Ihr ihn holen könnt, sonst würden die schwarzen Elfen nicht nach Euch suchen. Sie wissen, dass es jemanden gibt, der ihre Pläne vereiteln kann, und dieser jemand seid Ihr.«
»Aber wie soll ich unter die Erde gelangen?«
»Wir müssen rauf auf den Gipfel des Sonnenbergs, denn von dort ist der Sonnenstein verschwunden. Dort muss ein Loch oder eine Spalte sein und dort können wir auch runtergehen.«
Lilja drehte sich so, dass sie den Fjord sehen konnte. Dann wandte sie den Kopf und blinzelte gegen die Sonne. »Es ist schon Mittag«, sagte sie leise. »Und der irre Even hat behauptet, dass ich unter die Erde gehe, bevor die Sonne heute Abend untergeht. Wir schaffen es nicht bis ganz hinaus zum Sonnenberg, es würde schon den restlichen Tag dauern, bis hinunter zum Strand zu reiten. Und dann brauchen wir Boote und eine Mannschaft zum Rudern.«
Da hörten sie plötzlich die Wache rufen: »Sie kommen! Ich kann ein großes Gefolge von Pferden und Männern sehen!«
»Es ist zu früh«, sagte der Jarl bestürzt. »Jomar ist noch nicht mit den Leuten von den Nachbarhöfen zurück!«
»Bring die Königstochter hinein!«, brüllte Björn, während er Lilja und Bendik entgegenrannte. »Beeilt euch! Rein ins Haus und schiebt den Riegel vor!«
»Aber . . .«, protestierte Bendik.
»Kein Aber«, schnitt Björn ihm das Wort ab und schob die zwei entschlossen Richtung Haus. »Hinein mit euch!«

~ 8 ~

Kurz darauf waren sie im Haus. Eldrid und die meisten Frauen vom Hof waren gemeinsam mit ihnen hineingegangen. Danach wurde die Tür sorgfältig verriegelt. Bendik blieb direkt an der Tür stehen und lauschte. Die Luken, die als Fenster dienten, waren wegen der Kälte auf der Vorderseite mit Fensterläden verschlossen, und so hatte er keine Möglichkeit zu sehen, was draußen vor sich ging. Viel zu schnell hörte er Pferdegetrampel, Rufe und dann den Lärm von Waffen. Bendik wurde klar, dass der Kampf begonnen hatte.

Es war schrecklich, nicht zu wissen, was geschah. Einige Dienstmägde kauerten sich in der hintersten Ecke des Hauses zusammen.

»Wie sollen wir jetzt zum Sonnenberg kommen?«, fragte Lilja, während sie dastand und die geschlossene Tür betrachtete.

»Wir müssen warten, bis der Kampf vorüber ist«, sagte Bendik. »Wenn nur Jomar bald zurückkommt. Oh, wenn wir doch bloß sehen könnten, was draußen geschieht!«

»Es ist vielleicht ganz gut, dass wir es nicht sehen können«, sagte Lilja.

In diesem Moment krachte es fürchterlich an der Außentür. Mehrere Frauen schrien auf.

»Sie kommen«, schluchzte jemand.

Im nächsten Augenblick hörten sie Männerstimmen. Bendik kannte keine von ihnen. Eldrid schüttelte ängstlich den Kopf. Ihre jüngste Tochter Inga-Lill begann zu schreien und klammerte sich an sie. Einige Dienstmägde versuchten, sich

unter dem Tisch zu verstecken. Dann ertönte ein dumpfer Knall und das Holz der Tür knackte bedrohlich. Sie hörten erneut das Geräusch eines Axthiebes und Lilja schnappte nach Luft, als plötzlich die Spitze einer Axtscheide in der Tür sichtbar wurde.
»Vater und Björn müssen gefallen sein. Wir müssen Euch hier wegschaffen, Lilja, denn ich glaube nicht, dass ich Euch gegen so viele Männer verteidigen kann«, sagte Bendik.

»Aber wir sind hier gefangen, es gibt doch nur diese eine Tür im ganzen Haus!«
Bendiks Augen flackerten. »Die Luke«, sagte er. »Wir können durch die Luke auf der Rückseite hinausschlüpfen. Sie ist nicht groß, aber wir müssten uns hindurchquetschen können.«
Einige der Dienstmägde hatten Bendiks Worte gehört. »Wenn es einen Weg hinaus gibt, will ich auch fliehen«, sagte eine.
»Sie ist hier drüben«, sagte eine andere Magd, rannte zur Luke hinüber und begann an ihr zu rütteln und zu ziehen. Schon bald hatten sich alle um die kleine Luke versammelt.
»Lasst mich durch«, befahl Bendik. »Die Tochter des Königs soll zuerst hinaus.«
»Nein, ich will zuerst«, schluchzte eine Stallmagd. »Jetzt muss jeder seine eigene Haut retten!«
»Alle zurück«, donnerte plötzlich Eldrid los. »Lasst Bendik und die Tochter des Königs durch, ihr könnt warten!«
Die Frauen wichen zurück und machten den beiden Platz. Keine wagte es, der Hofherrin zu widersprechen. Da traf auch schon ein neuer Axtschlag in die Außentür. Schnell trat Ben-

dik die Luke auf und steckte den Kopf hinaus. »Die Luft ist rein. Keiner der Männer ist auf dieser Seite des Hauses. Kommt jetzt, Lilja. Wir müssen los!«

Es krachte erneut an der Tür. Dieses Mal reichte die gesamte Axtscheide durch die Holzsplitter.

»Schnell, raus mit Euch!«, sagte Bendik zu Lilja. »Ich bleibe hier und halte sie auf.«

»Nein«, sagte Eldrid. »Du gehst mit ihr, Bendik! Und widersprich mir ja nicht! Geh!«

Während Lilja mit großer Leichtigkeit durch das Loch schlüpfte, hatte Bendik ein wenig mehr Mühe. Zuerst steckte er die Beine hinaus, dann versuchte er den Rest des Körpers durch die schmale Luke zu quetschen. Beim nächsten Axthieb flogen große Holzsplitter in den Raum. Das Loch in der Tür war jetzt schon so groß, dass Licht in den Raum strömte. Bendik hatte sich mittlerweile bis zum Bauch aus der Luke geschoben. Er zögerte, denn er wollte seine Familie nicht im Stich lassen. Im selben Moment, in dem die Tür eingeschlagen wurde, rief Eldrid aus: »Mach, dass du wegkommst, Bendik!« Als die Angreifer in den Raum stürmten, ließ er sich auf den Boden fallen.

»Oh, Bendik«, sagte Lilja.

»Still«, flüsterte er und nahm ihre Hand. »Kommt jetzt!«

Sie rannten an den Häusern entlang, an der Schmiede vorbei und den Pfad hinunter, der nach Sandnes führte. Sie sahen die Spuren von Jomars Pferd, aber keine Anzeichen dafür, dass jemand zurückgekommen war.

»Wie dumm, dass es heute Nacht geschneit hat«, sagte Lilja und schaute zurück zum Haus, das sie gerade verlassen hatten. »Jetzt hinterlassen wir so deutliche Spuren.«

»Daran können wir nichts ändern.«
»Unsere Verfolger müssen sehr schnell geritten sein.«
Sie gingen weiter. Noch bevor sie das Ende des Pfads erreicht hatten, wurde Liljas Atem schwerer.
»Es ist so anstrengend, durch den Schnee zu waten«, jammerte sie.
Um sie herum war es still geworden.
»Im Espenwald liegt sicher nicht so viel Schnee«, tröstete Bendik und zeigte in Richtung des Wäldchens ein Stück weiter unten.
Schweigend arbeiteten sie sich vorwärts. Bendik hielt verzweifelt nach Jomar und den Leuten aus Sandnes Ausschau.
»Ich glaube, ich habe hinter uns jemanden gesehen«, sagte Lilja plötzlich.
»Nein«, sagte Bendik und erhöhte das Tempo, bis Lilja stolperte und fast hinfiel. Sie waren nur noch einen Steinwurf vom Espenwald entfernt. Die dicht belaubten Äste hatten fast die Hälfte des Schnees aufgefangen.
»Bendik, sie kommen!«
Bendik blickte über seine Schulter und sah mindestens sechs Männer auf sie zureiten. Ein kräftiger Mann mit einem roten Bart ritt an ihrer Spitze, er trieb sein Pferd so stark an, dass dessen Nüstern bereits blutrot waren. Bendik wurde klar, dass das Ulf der Starke sein musste.
»Ihr müsst rennen«, sagte Bendik zu Lilja. »Ihr seid der Feuermeister, Ihr müsst es schaffen! Ich werde hierbleiben und versuchen sie aufzuhalten. Jomar und die Männer aus Sandnes müssen bald hier sein, vielleicht trefft Ihr sie ja. Beeilt Euch!«

Lilja eilte davon und verschwand schnell zwischen den Bäumen, die sich unter der Last des Schnees regelrecht verbogen. Es würde wohl kaum möglich sein, dort besonders schnell hindurchzureiten. Bendik zog sein Schwert und stellte sich breitbeinig mitten auf den Pfad.

»Aus dem Weg, Junge!«, brüllte Ulf. Er trieb sein Pferd direkt auf Bendik zu, aber glücklicherweise drehte das Pferd im letzten Moment ab. Bendik sah direkt in Ulfs rasendes Gesicht und schwang sein Schwert gegen den rothaarigen Jarl, doch er hatte einfach keine Übung darin, gegen Gegner zu Pferd zu kämpfen. Alles geschah viel zu schnell für Bendik, sodass Ulf ihm mühelos einen kräftigen Schlag mit dem Griff der Lanze verpassen konnte und Bendik zu Boden ging.

Bevor er wieder auf die Beine kommen konnte, war bereits einer von Ulfs Leuten vom Pferd gestiegen und hatte ihn ergriffen. »Wir haben den Jungen«, rief er laut.

»Gut«, antwortete Ulf. »Sorg dafür, dass er uns nicht folgt. Und findet auch die Tochter des Königs!«

Sie nahmen Bendik das Schwert ab und banden ihn an einen Baum. Dann gingen sie wieder zu ihren Pferden, um die Jagd nach Lilja aufzunehmen.

»Lasst uns die Umgebung durchkämmen«, rief Ulf. »Sie kann noch nicht weit weg sein.«

Bendik blieb allein zurück. Alle Männer verschwanden in den Wald und dem Geräusch der Stimmen nach zu urteilen entfernten sie sich weiter und weiter. Wenn Lilja es nur schaffen könnte, dachte er wieder und wieder. Wenn nur Jomar und die anderen rechtzeitig kämen!

Nach einer ganzen Weile kehrte einer der Männer zu Bendik zurück. »Du, Junge, wo ist sie hin?«
Bendik wurde klar, dass sie Lilja nicht erwischt hatten. »Sie ist wohl unter die Erde gegangen!«, antwortete er frech.
»Lüg mich nicht an«, sagte der Mann und packte ihn an den Haaren. »Wir werden die Wahrheit schon aus dir herausschütteln!«
»Es liegt Schnee«, sagte Bendik trotzig. »Ihr müsst doch einfach nur ihren Spuren folgen.«
Der Mann knurrte wütend und gab ihm eine Ohrfeige. Dann stapfte er davon. Eine ganze Weile später beobachtete Bendik eine Gruppe von Reitern, die ein Stück entfernt vorbeizog. Er versuchte zu erkennen, ob sie Lilja bei sich hatten, doch von der Stelle, an der er angebunden war, konnte er es nicht sehen.
Bendik versuchte sich zu befreien. Während er sich wand und an dem Seil zerrte, spürte er, wie die Knoten sich allmählich lösten. Nach einer Weile hatte er es endlich geschafft. Um ihn herum war es ganz still geworden, von den Männern war nichts mehr zu hören. Bendik rannte in den Wald, in der verzweifelten Hoffnung, Liljas Spuren zu finden und aus ihnen zu lesen, dass sie Jomar getroffen hatte und sich in Sicherheit befand. Hier wimmelte es nur so von Fußspuren. Überall waren Abdrucke von Hufen und schweren Stiefeln, aber keine Spur von Liljas leichten Lederschuhen. Er rannte weiter durch das kleine Wäldchen und schaute über die schneebedeckten Wiesen. Was war das für eine einsame Pferdespur? Sie musste von Jomars Pferd stammen. Niemand war zurückgekommen und hatte Lilja getroffen und allein wäre sie so weit niemals

gekommen. Bendik fühlte, wie ihm sein Herz in die Hose rutschte. Also hatten Ulf der Starke und seine Männer sie gefangen.

~ 9 ~

Eine Weile blickte Bendik in Richtung des Jarlshofes. Er konnte ihn von hier aus nicht sehen, aber er wusste, dass er gleich hinter der Anhöhe dort oben lag. Er hatte keine Ahnung, was er jetzt tun sollte. Mutlos und erschöpft sank er auf einen Stein. Bendik fror, es war gegen Abend noch kälter geworden. Ulf der Starke und seine Männer waren einfach zu viele, als dass Bendik ihnen alleine hätte folgen und Lilja befreien können. Er brauchte Hilfe.

Wo war bloß Jomar? Er war Bendiks einzige Hoffnung. Gerade als er aufbrechen wollte, um nach ihm zu suchen, hielt ihn eine zischelnde Stimme auf: »Warte, nicht so schnell. Ich kann dir helfen!«

Bendik drehte sich um, konnte aber niemanden sehen.

»Ich bin hier unten«, flüsterte die Stimme. Bendik spähte wieder umher und entdeckte schließlich die Schlange vom Rabenberg.

»Ach, du bist es bloß«, sagte er. »Was willst du denn dieses Mal?«

»Ich kann dir helfen. Ich habe gesehen, was geschehen ist«, sagte die Schlange. »Ich weiß, wo das Mädchen ist.«

»Sie haben sie gefangen, das habe ich schon begriffen. Weißt du, wohin sie geritten sind?«

»Nicht so schnell. Ich habe gesagt, dass ich dir helfen kann, aber zuerst musst du mir versprechen, mir im Gegenzug einen Dienst zu erweisen.«
Bendik schaute die Schlange nachdenklich an. »Und was soll ich für dich tun?«
»Nicht viel, nur eine kleine Sache«, sagte sie und neigte den Kopf ein wenig zur Seite. »Aber wenn du dem Mädchen helfen willst, müssen wir uns beeilen. Also, was sagst du? Haben wir eine Abmachung?«
»Ich brauche keine Abmachung mit dir. Ich werde meinen Bruder finden und dann werden wir viele Männer versammeln und Lilja von Ulf dem Starken zurückholen.«
»Nein, nein, es ist nicht Ulf der Starke, der sie hat«, sagte die Schlange. »Sie ist in ein Loch gefallen und jetzt ist sie unter der Erde.«
»Dann muss ich zu ihr, wo ist sie hineingefallen?«
»Das sage ich nicht, bevor du nicht einwilligst, mir einen Gefallen zu tun. Ich habe nämlich keine Lust hierzubleiben und zu erfrieren. Ein ewiger Winter ist sicher gut und schön für Wolf und Eisbär, aber er ist nichts für mich.«
Bendik zuckte die Schultern. »Und was willst du dagegen tun? Wegfliegen, vielleicht?«
»Vielleicht«, zischelte die Schlange. Sie ringelte sich zusammen und musterte Bendik. »Wie gesagt, wenn du mir hilfst, dann werde ich dir helfen. Du überlegst, wie du das Mädchen wiederfinden kannst, ist es nicht so? Ich kann mich unter die Erde schlängeln und sie für dich finden.«
Bendik betrachtete die Schlange, dann wandte er sich ab, als sei er nicht sonderlich an dem Angebot interessiert.

»Und dann?«, fragte er. »Wie soll mir das helfen? Ich muss selbst unter die Erde. Wo ist sie hineingefallen?«
»Oh, auf dem Weg kannst du ihr nicht folgen«, sagte die Schlange. »Denn sie hat einen Erdrutsch ausgelöst, das Loch ist verstopft. Aber es gibt verschiedene Möglichkeiten, in den Berg zu gelangen.«
»Gibt es?«, fragte Bendik misstrauisch.
»Es gibt ein Tor, das immer unbewacht und offen ist«, sagte die Schlange. »Aber es ist weit weg von hier. Dort, wo die Sonne niemals scheint und wo ewiger Nebel und Eis herrschen. Du musst über den Gletscher, der Helsisen heißt, und hinein in ein tiefes dunkles Tal . . . den Urschlund der Trolle!«
»Woher weißt du so viel über den Weg, wo du doch nur eine Schlange bist, die auf dem Boden umherkriecht?«
Da lachte die Schlange. Es war ein merkwürdiges, meckerndes Lachen. »Schon möglich, dass ich nur auf dem Boden umherkrieche«, sagte sie. »Aber seit ich einen Hahn gerissen habe, kann ich außerordentlich gut hören. Ich höre die Unterirdischen, wenn sie in der Dämmerung tuscheln und wispern. Ich höre die Vögel, die auf den Bäumen singen, einige von ihnen singen von der eiskalten Welt dort oben im Norden.«
Bendik starrte die Schlange mit finsterem Blick an.
»Doch, ja, ich höre sehr viel«, sagte die Schlange. »Ich bin auch stärker als eine gewöhnliche Schlange, seitdem ich ein Pferd gebissen habe. Kannst du die Mähne auf meinem Nacken sehen? Sie ist gewachsen, nachdem ich in den Fohlenfuß biss.«
»Und die Flügel auf deinem Rücken sind dir gewachsen, nachdem du eine Fledermaus gebissen hast?«, fragte Bendik scherzhaft.

»Nein, die habe ich, seit ich den Hahn gebissen habe«, antwortete die Schlange und bewegte die kleinen lederartigen Flügel leicht hin und her.
»Werden dir die Flügel nicht im Weg sein, wenn du dich durch das Loch im Boden quetschst?«
»Nicht besonders, nur ein bisschen.«
»Ich habe noch nie davon gehört, dass Schlangen ihr Aussehen verändern, nur weil sie verschiedene Tiere beißen«, sagte Bendik.
»Nein?«, erwiderte sie und schaute ihm direkt ins Gesicht. »Das ist aber merkwürdig, ich dachte, alle wüssten, dass wir das können. Selbstverständlich werde ich mein Aussehen nicht verändern, wenn ich ein Eichhörnchen oder eine Maus, eine Kuh oder ein Schaf beiße. Es gibt nur drei Tiere, die infrage kommen, aber wenn ich diese drei in der richtigen Reihenfolge beiße, dann werde ich mächtiger sein als jedes Wesen auf der Erde.«
»Wie denn?«
»Dann werde ich ein Drache.«
»Ein Drache?«
Die Schlange nickte. »Denkst du vielleicht darüber nach, ob dir ein Drache bei deinem Versuch, das Mädchen zu retten, gut helfen könnte? Mit einem Drachen könntest du den Urschlund der Trolle in nur einem Tag erreichen. Und meinst du nicht auch, dass Drachenfeuer in der Eiseskälte dort oben gut wärmen würde?«
»Versuchst du mir gerade zu erzählen, dass *du* ein Drache werden kannst?«
Die Schlange nickte.

»Und wie?«

»Zwei Drittel des Zaubers sind schon ausgeführt«, sagte die Schlange. »Ich habe einen Hahn und ein Pferd gebissen. Alles, was ich jetzt noch tun muss, ist einen Mann zu beißen, dann werde ich ein echter, Feuer speiender Drache sein.«

Bendik wich zurück. »Einen Mann beißen?«

»Ja, und jetzt verstehst du hoffentlich, wie wir uns gegenseitig helfen können. Als Schlange in einem Land zu leben, das langsam zu Eis gefriert, ist nichts, wonach man strebt. Wenn ich ein Drache werde, kann ich über das Meer in wärmere Länder fliegen! Nachdem ich dir geholfen habe, natürlich. Im Gegenzug musst du dich lediglich von mir beißen lassen.«

Die Augen der Schlange glühten und strahlten, sie schlängelte sich langsam näher an Bendik heran. »Also, haben wir eine Abmachung?«, zischelte sie mit begeisterter Stimme. Bendik schüttelte den Kopf und wich einen Schritt zurück.

»Ich soll mich von dir beißen lassen, damit du ein Drache werden kannst?«, fragte er und griff nach einem Stock, den er drohend gegen die Schlange erhob. »Dann wäre ich ziemlich dumm. Das Gift von deinem Biss würde mich wahrscheinlich töten, und selbst wenn ich überlebte, was würde dich an dein Versprechen halten, nachdem du ein Drache geworden wärst? Wenn deine Worte wahr sind, dann wären Winterzeit, Wolfszeit und Drachenzeit tatsächlich gekommen!«

Die Schlange zog sich ein wenig zurück, schüttelte den Kopf und sah ihn an. »Wenn du dich damit besser fühlst, kannst du ein Band um meinen Hals binden, dann bin ich gezwungen dir zu gehorchen, so wirkt der Zauber.«

Bendik blickte auf die Schlange hinab. Er wusste, dass ihre

Worte wahr waren. Man konnte sowohl Seegespenster als auch Drachen zähmen, wenn man es schaffte, ein Band um ihren Hals zu binden.

»Vergiss nicht, dass es eilt«, erinnerte ihn die Schlange. »Wenn die Unterirdischen das Mädchen vor dir finden, ist es zu spät.«

»Und woher weiß ich, dass es noch nicht zu spät ist?«, fragte Bendik. Er stöhnte wütend und verzweifelt, während er das gefrorene Land um sie herum betrachtete. Dann sagte er: »Hör zu, Schlange! Wenn du unter die Erde kriechst und Lilja findest und mir die Nachricht bringst, dass alles in Ordnung ist, und wenn ich ein Band um deinen Hals binden darf, bevor du zubeißt, dann willige ich in die Abmachung ein.«

»Abgemacht«, sagte die Schlange. Sie schlängelte sich zwischen zwei Steinen hinfort und war bald verschwunden.

~ 10 ~

Erst eine ganze Weile, nachdem die Schlange verschwunden war, hörte Bendik Pferdegetrampel. Er saß auf der Wurzel eines umgestürzten Baumes, von wo aus er eine gute Aussicht über den Pfad bis hinunter nach Sandnes hatte. Er hatte beschlossen, sich nicht von dieser Stelle zu entfernen, bevor die Schlange zurückkam. Jetzt richtete er sich auf und beobachtete Jomar, der mit vier anderen Männern angeritten kam. Bendik sprang vom Baumstamm herunter und winkte seinem Bruder zu.

»Warum hast du so lange gebraucht?«, fragte Bendik.
»Wir mussten erst Waffen für alle finden«, antwortete Jomar. »Es waren nicht viele, die mitkommen konnten. Auf den anderen Höfen gibt es auch Probleme. Ich hab es gerade so geschafft überhaupt Leute mitzunehmen.«
»Aber sie haben unseren Hof eingenommen«, sagte Bendik. »Ich glaube, Vater ist tot, du musst Mutter und Inga-Lill retten. Wie willst du das mit so wenigen Männern schaffen?«
Jomar verzog das Gesicht. Er drehte sich um und betrachtete die Männer, die ihn begleiteten. Sie trugen sowohl Helme als auch Kettenhemden und waren mit Äxten und Lanzen bewaffnet.
»Wir werden das schon schaffen«, sagte Jomar energisch. »Aber du musst runter nach Sandnes und Haugen laufen und sie bitten, uns noch mehr Leute zu schicken.«
Bendik nickte.
»Habt ihr gehört? Wir müssen den Hof des Jarls befreien«, sagte Jomar zu den anderen.
»Wir sind zum Kampf bereit«, antworteten sie. Dann ritten sie davon. Bendik sah sie verschwinden. Er hatte nicht vor, nach Sandnes zu gehen. Noch nicht. Zuerst wollte er abwarten, ob die Schlange zurückkam, und hören, was sie über Lilja zu berichten hatte.
Als die Schlange endlich auftauchte, saß Bendik zitternd unter den Zweigen eines Baumes. Die Kälte biss in seinen Ohren und Zehen und seine Zähne schlugen klappernd aufeinander, doch als er die Schlange erblickte, erwachte er wieder zum Leben.
»Hast du sie gefunden?«

»Aber ja doch«, sagte sie. »Ich habe sie gefunden. Der Weg war kalt und unbehaglich zu kriechen und es war schwierig, sie dort unten zu finden, denn die Höhlen der Unterirdischen sind enorm, aber glücklicherweise hatte ich eine Idee, wo sie stecken könnte.«

»Was hat sie gesagt? Hat sie versucht den Sonnenstein zu finden?«

»Sie hat herausgefunden, wo der Sonnenstein ist, und sie wird ihn holen und dich in zwei Tagen am Nordtor treffen«, zischelte die Schlange und starrte Bendik mit ihren gelben Augen an.

»Nordtor«, wiederholte Bendik und ballte die Fäuste. »Kann sie nicht auf dem Weg herauskommen, auf dem sie hineingegangen ist?«

»Nein, ich habe doch gesagt, dass sie einen Erdrutsch ausgelöst hat, als sie fiel, und dass der Weg jetzt versperrt ist. Das Nordtor ist die einzige Möglichkeit. Nur gut, dass du einen Drachen haben wirst, der dich über die Berge und Gletscher tragen kann, sonst würdest du niemals rechtzeitig dort ankommen.«

Bendik schielte misstrauisch auf die Schlange. Er hob seinen Blick über die Baumwipfel Richtung Norden. »Der Urschlund der Trolle«, sagte er. »Aber gibt es dort nicht große Scharen von Trollen und Riesen?«

»Doch, aber sie kommen tagsüber, während es hell ist, nicht raus«, sagte die Schlange. »Wir fliegen dorthin, holen die Prinzessin heraus und kehren noch am selben Tag wieder zurück.«

»Das klingt, als könnten wir es schaffen.« Bendik betrachtete

die Schlange misstrauisch, die mit glühenden Augen dalag und wartete.
»Und jetzt muss ich dich beißen«, fauchte sie. »Komm schon, ich kann nur ein Drache werden, wenn du zulässt, dass ich dich beiße. Und du wirst es ohne mich niemals schaffen, rechtzeitig zum Urschlund der Trolle zu kommen.«
»Das weiß ich, aber es gefällt mir nicht«, antwortete Bendik. »Und du hast versprochen, dass ich einen Riemen um deinen Hals knoten darf, bevor du mich beißt, damit ich dich an mich binden kann.«
»Aber ja«, zischelte die Schlange.
Bendik sah sie zweifelnd an. Dann atmete er tief ein und riss einen Streifen von seinem Hemd, während er den Blick wachsam auf der Schlange hielt.
»Versprichst du, dass du nicht beißt, bevor ich das Band befestigt habe?«
Die Schlange nickte. »Ich verspreche es.«
In ihren Augen lag eine brandgelbe Glut, die Bendik zweifeln ließ, ob er ihr vertrauen konnte.
»Lieg still! Jetzt binde ich . . .«, sagte er schließlich und beugte sich mit einer blitzschnellen Bewegung vor, um das Band um die Schlange zu schlingen. Er fühlte die raue Schlangenhaut unter seinen Fingern und wie sich die Muskeln darunter anspannten, als die Schlange sich herumwarf. Im nächsten Augenblick spürte er einen gewaltigen brennenden Schmerz. Bendik zuckte zusammen und warf sich instinktiv nach hinten. Die Schlange hing am Ärmel seines Hemdes, ihre Zähne hatten sich im Stoff verbissen.
»Du hast zugebissen!«, schrie Bendik und mühte sich ab, das

Band um die zappelnde Schlange zu schlingen. Es gelang ihr, die Zähne aus dem Hemd zu lösen, und mit einem Plumps fiel sie auf den Boden. Schnell versuchte die Schlange sich aus dem Staub zu machen, aber Bendik warf sich über sie. Sie wand und krümmte sich, um zu entkommen. »Du Verräterin, du hast dein Versprechen gebrochen und zugebissen, bevor du es durftest!«, rief er aufgeregt. Bendiks linker Arm war fast gelähmt, der Schmerz jagte durch seinen ganzen Körper. Seine Hände zitterten, während er verzweifelt mit dem Stoffriemen hantierte. Die Schlange wand und krümmte sich ununterbrochen, und das machte seine Aufgabe noch schwieriger. Schließlich drückte Bendik sein Knie auf die Schlange, um sie ruhig zu halten, und er schaffte es, den Stoffriemen um sie zu knoten.

Als die Schlange umbunden war, sank Bendik zurück. Sein Gesicht war bleich und schmerzverzerrt, Schweißtropfen standen auf seiner Stirn, er schwankte und musste sich auf einen Baumstamm stützen. Mit hartem Blick betrachtete er die Schlange, die sich immer noch wand und krampfartig zuckte. Dann wurde ihm schwindelig und er fiel in den Schnee. Ihm war schrecklich übel und der Arm, in den die Schlange ihn gebissen hatte, schmerzte unerträglich. Er fühlte sich krank und übergab sich mehrere Male.

Die Zeit verstrich, während Bendik in einem Halbschlaf aus Fieber und Schmerz dämmerte. Er wusste nicht, wie viel Zeit vergangen war, doch schließlich zwang ihn die Kälte, sich aus dem Schnee aufzurichten. In diesem Augenblick sah er den Drachen zum ersten Mal.

Er war nicht besonders groß, hatte vielleicht die Größe eines

Schafes, und saß ziemlich ruhig an der Stelle, an der die Schlange zuvor gelegen hatte. Sein Blick war starr geradeaus gerichtet. Er erinnerte an eine Katze, die ein Mauseloch bewacht, aber als Bendik genauer hinschaute, was er so interessiert betrachtete, war nichts zu sehen. Da wurde ihm klar, dass der Drache gar nicht auf der Lauer lag, der Drache wuchs!

Bendik sah zu, wie die beiden lederartigen Fledermausflügel auf dem Rücken des Drachen länger und länger wurden. Sie zuckten leicht, als sie so lang geworden waren, dass sie den Schnee berührten. Der Drache hob sie an, so als ob es unerträglich kitzelte, wenn die Flügel den Schnee berührten. Sein Maul streckte sich und wurde länger, auch die Zähne wurden dicker und dicker. Auf seinem Kopf wuchsen Hörner und die Mähne wurde borstiger und länger. Mittlerweile hatte der Drache die Größe eines Kalbes erreicht.

Die Stunden vergingen. Bendik hatte sich in der Zwischenzeit unter eine Tanne geschleppt. Die Äste hatten den Schnee aufgefangen, sodass darunter ein freier Fleck mit Moos und Heidekraut war. Er konnte sich kaum mehr bewegen und fühlte sich schrecklich krank.

Gerade als er glaubte zu erfrieren, erwachte er plötzlich mit einem Ruck. Ihm war immer noch übel und sein linker Arm war inzwischen blauschwarz und stark angeschwollen. Jedes Mal, wenn er ihn berührte, verspürte er höllische Schmerzen. Langsam und beschwerlich setzte sich Bendik auf.

Das Erste, was er sah, war der Drache, der Bendik leidvoll anblickte.

»Hilfe, du musst das Band lösen, ich ersticke!«, jammerte er.

»Das geschieht dir recht, denn du hast mich hintergangen«, sagte Bendik.

»Ich konnte nichts dafür«, sagte der Drache mit leiser Stimme. »Das war der Instinkt, ich konnte es einfach nicht sein lassen . . . Aber sei so lieb und lockere jetzt das Band, sonst ersticke ich und kann dir nicht helfen.«

Der Drache sah ihn bittend an. Bendik seufzte und ging zu ihm, aber das Band saß so stramm um den Hals des Drachen, dass er es nicht lockern konnte. Er riss mit der gesunden Hand einen neuen Streifen von seinem Hemd, den er mithilfe der Zähne lose um den Drachen schnürte. Danach zog er sein Messer hervor und schnitt das alte Band durch. Der Drache stand währenddessen ganz still, doch als das stramme Band endlich herunterfiel, stieß er einen langen und glücklichen Seufzer aus und schüttelte sich kräftig.

»So ist es besser«, sagte er und schüttelte sich. Dann zog er ein Hinterbein nach vorne und kratzte sich kräftig am Hals, wo das Band gesessen hatte. »Du ahnst nicht, wie grauenhaft das war, als ich fast erstickt bin.«

Bendik warf dem Drachen einen empörten Blick zu. »Gut, du siehst auch nicht ganz gesund aus«, fügte er hinzu. »Tut es sehr weh?«

Zur Antwort streckte Bendik dem Drachen seinen blau angeschwollenen Arm entgegen. »Es tut weh«, sagte er. »Und ich weiß nicht, wie ich Lilja mit nur einem Arm helfen soll. Es tut weh, wenn ich mich nur bewege.«

»Das ist sehr bedauerlich«, sagte der Drache. »Aber was Lilja betrifft, da . . . ähm, das ist nicht so eilig.«

»Doch, das ist es«, widersprach ihm Bendik. »Ist es nicht das

Beste, wenn wir sofort zum Urschlund der Trolle aufbrechen? Wir wissen schließlich nicht, zu welcher Tageszeit Lilja kommen wird, und ich glaube, es ist besser, wenn wir auf sie warten, als wenn sie auf uns warten muss.«

Er blickte den Drachen an und fragte: »Was ist? Du guckst so merkwürdig.«

Der Drache fuchtelte mit einer der Vorderpfoten herum und kratzte sich dort, wo das neue Band verknotet war. Als er hustete, schossen orange Flammen über den Schnee. Dann wandte er sich von Bendik ab und murmelte: »Sie wird nicht dort sein, ich habe gelogen.«

»Was?«

»Es tut mir sehr leid.«

Bendik schaute skeptisch. »Was hast du gerade gesagt?«

»Lilja wird nicht zum Nordtor kommen.«

»Warum nicht, werden wir sie an einer anderen Stelle treffen?«

»Um genau zu sein, sie weiß auch nicht, wo sie den Sonnenstein finden kann.«

»Aber sie wird nach ihm suchen, oder? Wie soll ich Kontakt mit ihr aufnehmen, wie . . .?«

»Genau das ist das Problem«, unterbrach ihn der Drache. »Sie, ähm, wenn wir es fürchterlich genau nehmen, dann haben die schwarzen Elfen sie eingesperrt.«

»Sie eingesperrt?«

»M-hmm. Sie ist in einem Verlies tief unter der unterirdischen Stadt Ollumdjupa. Hast du davon schon einmal gehört?«

Bendik nickte und ein Schatten legte sich über sein Gesicht. Alte Sagen erzählten, dass die schwarzen Elfen tief unter der

Erde eine Stadt hatten. Man sagte, diese sei so reich, dass selbst die Häuser aus Gold und Silber gebaut waren. Aber wehe dem Menschen, der den Weg dorthinunter fand, denn die Stadt sei so verzaubert, dass niemand, der sie jemals erblickte, wieder lebend aus dem Berg herauskäme.

»Und das ist ziemlich blöd«, fuhr der Drache fort, ohne sich darum zu kümmern, dass Bendik auf einmal still geworden war. »Und ich glaube nicht, dass es etwas genützt hätte, wenn sie die Tür zu ihrem Gefängnis nicht verschlossen hätten, denn die schwarzen Elfen haben ihre Arme und Beine in Ketten gelegt.«

»So, haben sie?«, fragte Bendik und dachte daran, dass man Ketten auch immer entzweihauen konnte, wenn man nur das richtige Werkzeug hatte. Eine verzauberte Stadt hingegen war schwieriger in den Griff zu bekommen.

Der Drache nickte betrübt. »Es war gelogen, dass sie in ein Loch gefallen ist«, sagte er. »Schwarze Elfen sind aus der Erde gekommen und haben sie mitgenommen. Ihr habt wohl ein bisschen zu laut darüber gesprochen, dass sie der Feuermeister ist.«

Bendik wandte sich einen Moment lang ab. Dann drehte er sich wieder um und sah den Drachen mit düsterem Blick an. »Du bist keine große Hilfe«, sagte er wütend. »Mit dir ist nichts als Lug und Trug.«

»Aber ich musste lügen, um dich glauben zu machen, dass es Hoffnung gibt, sonst hättest du mich dich nicht beißen lassen.«

»Und wie kannst du erwarten, dass ich dir glaube, dass du mir jetzt die Wahrheit sagst?«

»Wegen des Bandes um meinen Hals«, sagte der Drache. Er wand und krümmte sich, als plage ihn das Band maßlos. »Solange das Band um meinem Hals liegt, bin ich gezwungen, dir die Wahrheit zu sagen und alles zu tun, was du mir befiehlst. Es ist wirklich sehr ungemütlich und gegen die wahre Drachennatur! Drachen sollen schrecklich und blutrünstig sein. Willst du es nicht abnehmen? Du siehst ja, dass es für das Mädchen keine Hoffnung gibt. Setz dich auf meinen Rücken, dann können wir über das Meer in wärmere Länder fliegen. Dort kannst du das Band lösen und mich freilassen, sodass ich Ritter und Helden töten, Prinzessinnen in Not fressen und all die Dinge tun kann, die richtige Drachen machen.«

Bendik biss die Zähne zusammen und drehte ihm den Rücken zu. Er schaute Richtung Norden. Hinter dem Nebel erstreckte sich das Land, wo die Berge sich so hoch und steil erhoben, dass kein Wald mehr wachsen konnte. Dort gab es nur noch Heidekraut und Gesträuch und noch weiter oben war nichts als Eis und Schnee.

Bedrückt sank Bendik zu Boden. Der angeschwollene Arm schmerzte und pochte unerträglich. Lilja würde nicht auf ihn warten. Sie war gefangen. Alles war hoffnungslos, das Land verloren. Er sackte im Schnee zusammen, während schwarze und rote Flecken vor seinen Augen tanzten.

»Geht es dir schlecht?«, fragte der Drache bekümmert.

»Ja.«

»Es gibt jemanden, der dir vielleicht helfen kann«, sagte der Drache schließlich. »Aber ich weiß nicht, wie du dorthin kommen sollst.«

»Wo hinkommen?«

»Zum heilkundigen Mann. Er wohnt ziemlich weit weg und du siehst nicht aus, als könntest du überhaupt laufen.«

Bendik antwortete nicht. Er lag ganz still. Nach einer Weile erhob er sich langsam und sagte: »Ich kann gehen. Wo geht es lang?«
»Hier herunter«, sagte der Drache und wollte ihm gerade den Weg zeigen, als Bendik im selben Moment umfiel. Behutsam nahm der Drache ihn zwischen die Zähne und hob ihn, so vorsichtig er konnte, hoch. Dann trug er Bendik fort.

~ 11 ~

Als Bendik erwachte, lag er in einem schmalen Bett. Er kannte das Haus nicht und er fror, weil es so kalt war. Die Wände neben ihm waren mit Reif bedeckt. Ein Mann mit langem grauem Haar und dunklen Kleidern hielt einen Löffel mit etwas Starkem und übel Riechendem vor seinen Mund.
»Nimm das«, sagte er. »Es ist ein Gegengift. Wir müssen dich einige Tage ruhig halten, denn das Gift einer Schlange, die sich in einen Drachen verwandelt, ist schlimmer als das Gift einer gewöhnlichen Kreuzotter. Hast du Blut gespuckt?«
»Ein bisschen.«
»Hmm, hast du aus Nase und Augen geblutet?«
»Nein.«
»Lass uns mal nachsehen, ob du auch an anderen Körperstellen blaue Flecken hast.«
Er untersuchte Bendik, fand aber keine weiteren blauen Flecken.
»Das Schlangengift führt dazu, dass du innen im Körper blu-

test«, sagte der Mann. »Wenn es richtig schlimm wird, fließt das Blut sogar aus den Augen und aus der Nase. Ich glaube, dass du wieder gesund wirst, aber es war sehr gefährlich, dich von dieser Schlange beißen zu lassen. Verrate mir, warum du das getan hast.«

Bendik betrachtete ihn. Die Augen des Mannes hatten etwas Geheimnisvolles an sich. Es war, als könnten sie gerade durch ihn hindurchsehen, und so wunderte es Bendik ein wenig, dass der Mann überhaupt fragte.

»Du musst einen Handel mit dem Drachen eingegangen sein«, sagte der Mann weiter. »Denn du hast ein Band um seinen Hals gebunden, sodass er dir gehorchen muss.«

»Er sagte, dass er mir helfen könnte, Lilja zu finden.«

»Lilja, die Tochter des Königs?«

Bendik nickte. »Wer bist du?«, fragte er dann. »Und wo bin ich?«

»Man nennt mich den irren Even«, sagte der Mann und schaute ihn mit seinen geheimnisvollen Augen an. »Und du bist da, wo ich wohne, aber wo das ist, spielt keine Rolle.«

»Warum nennt man dich irr?«, fragte Bendik. »Zu Hause in Ullvik war ein Mann, der irr war, aber er konnte nicht sprechen und er sabberte und ging auf Schweine los. Du siehst nicht aus, als wärest du in dieser Hinsicht irr.«

»Nein, ich sabbere nicht, noch befasse ich mich mit Schweinen«, sagte Even trocken. »Bleib ein paar Tage hier, sodass dein Arm wieder gesund wird.«

Er stand auf und ging zur Tür. »Ich muss mehr Holz holen. Aber ich bin bald zurück.«

»Der Drache?«, fragte Bendik, als Even die Tür öffnete, um hinauszugehen.

»Er sitzt hinten am Waldrand und wartet auf dich.«
Bendik lehnte sich im Bett zurück und starrte an die Decke. Er hatte einen Drachen! Jetzt, da die Übelkeit verschwunden war und er wusste, dass er überleben würde, begann er die Tragweite dessen zu begreifen, was er getan hatte. Er hatte einen Drachen gebunden! Er besaß jetzt einen zahmen Drachen, der alles tun musste, was er ihm befahl. Er würde auf dem Drachenrücken über den Gletscher zum Urschlund der Trolle fliegen und dann würde er die Prinzessin retten, genau wie in einem richtigen Heldenlied.

Die Schlange tückisch tat
Den Helden hieb
Ätzte Äther
Der Held heldenmutig
Das Biest band
Den Drachen zähmte
Himmelswickel hielt.

Er wusste, dass es gefährlich werden würde, unter die Erde zu gehen. Aber jetzt, da er sicher und wohlbehütet im Bett lag mit der Gewissheit, den Schlangenbiss zu überleben, schien es ihm nicht unmöglich, Lilja zu retten. Der Drache hatte von der Stadt Ollumdjupa gesprochen, und als Bendik sich jetzt daran erinnerte, trübte sich seine Stimmung ein wenig. Aber vielleicht gab es ja Gänge, durch die er ungesehen hinausschleichen konnte? Außerdem hätte er ja den Drachen dabei, der Feuer speien und diejenigen verjagen könnte, die versuchten, sie aufzuhalten. Bendik schloss die Augen und glitt hinein in einen behaglichen Traum, in dem er zum Urschlund der Trolle flog und wieder zurück, als wäre es die einfachste Sache der Welt.

Es war mitten in der Nacht, als Bendik klar wurde, warum der geheimnisvolle Mann der irre Even genannt wurde. Bendik hatte fest geschlafen, als Evens Schreie ihn plötzlich hochschrecken ließen. Even lag auf der anderen Seite des Zimmers in einem Haufen aus Stroh und Zweigen. Seine Augen waren zwar geschlossen, doch er warf sich herum und schrie aus Leibeskräften. Bendik wusste nicht, was er tun sollte.

»Wach auf! Du träumst!«, rief er.

Aber Even wachte nicht auf. Seine Schreie wurden noch lauter. Bendik versuchte, sich die Ohren zuzuhalten, doch der Arm mit dem Schlangenbiss tat einfach zu weh.

»Even!«, rief er, so laut er konnte. Da öffnete der Mann die Augen.

»Was? Was ist passiert?«, war das Erste, was er sagte.

»Du hattest einen Albtraum«, sagte Bendik.

»Habe ich dich erschreckt?«

»Nein, aber es klang grauenhaft.«

Even stand auf und stocherte in der Glut. Er legte ein Scheit nach und bald wurde es heller im Zimmer. »Dies ist kein Ort, an dem du sein solltest«, sagte er, ohne Bendik anzuschauen.

»Das ist mir egal.«

»Konntest du ein Wort verstehen?«, wollte Even wissen.

»Nein, es waren nur Schreie. Was hast du geträumt? Ich dachte fast, du stirbst. Nennt man dich deshalb irr?«

Der Mann nickte.

»Warst du schon immer so?«
»Nein.«
»Aber warum bist du so geworden?«
»Ich wurde so, nachdem ich in den Berg gelockt worden war«, antwortete Even.
»Du warst unter der Erde? Bei den Unterirdischen? Und bist lebend wieder herausgekommen?«
»So, wie du siehst. Lebend, aber dennoch zerstört. Seitdem habe ich nicht eine einzige Nacht richtig Ruhe gehabt.«
»Aber was genau passiert in deinen Träumen?«
»Daran kann ich mich nie erinnern«, murmelte Even ausweichend. »Es ist kalt nachts«, sagte er und schlug die Arme um sich, um sich warm zu halten. »Aber es wird wohl noch kälter, je näher der Winter rückt.«
Bendik war auch ziemlich kalt. Er krabbelte aus dem Bett und setzte sich näher ans Feuer. »Wenn du im Berg warst und wieder herausgekommen bist, dann musst du viel über den Weg wissen, den ich nehmen muss«, sagte er. »Warst du im Urschlund der Trolle? Ist es wahr, dass es keinen anderen Weg gibt, auf dem ich hineingelangen kann?«
»Geh nachts hinaus in den Wald und ruf laut und deutlich deinen Namen, dann wirst du unter die Erde kommen«, sagte Even, während er in die Flammen starrte.
»Was? Ist es so einfach?«
»So einfach ist es, in den Berg geholt zu werden. Die schwarzen Elfen wollen dich haben und sie werden dich unter die Erde holen, bevor du auch nur blinzeln kannst. Und dann endest wohl auch du tief dort unten in Ketten. Aber wenn du in den Berg willst, ohne dass die Unterirdischen davon erfahren,

wenn du eine Chance haben willst, die Tochter des Königs zu retten, dann solltest du das Nordtor wählen. Nur das Tor im Urschlund der Trolle steht offen und unbewacht, denn dort wohnen Trolle und Riesen, und die mögen keine Schlösser und Riegel.«

Bendik seufzte. »Du warst also ein Gefangener, als du unter der Erde warst?«

Even nickte.

»Dann muss ich das Nordtor benutzen. Ich habe nämlich schlicht und ergreifend nicht vor, von den schwarzen Elfen geholt zu werden. Ich muss dort runter und Lilja befreien, und dann müssen wir den Sonnenstein finden und ihn dorthin zurückbringen, wo er hingehört. Aber selbst wenn ich all das schaffe, wenn ich Lilja und den Sonnenstein finde und wenn wir mit heiler Haut aus dem Berg herauskommen und wenn wir den Sonnenstein wieder zurück hinauf auf den Gipfel des Sonnenberges bringen – glaubst du, dass das Land dann wie früher wird?«

»Glaube und glaube, ich weiß nicht, ob ich es wage, irgendetwas zu glauben«, sagte Even. »Aber vielleicht wird es so.«

»Du bist nicht gerade einer, der Leute aufmuntert, oder?«, fragte Bendik. »Glaubst du nicht, dass ich es schaffe? Oder ... warte mal! Du warst derjenige, der Lilja vorausgesagt hat, dass sie unter die Erde gehen wird. Weißt du vielleicht noch mehr über die Zukunft? Glaubst du deshalb nicht an mich?«

»Ich weiß das, was wir alle wissen, dass der Sonnenstein weg ist und das Land gerade gefriert, was willst du denn noch wissen?«

»Ich dachte an Lilja und mich«, sagte Bendik und zuckte mit

den Schultern. »Vielleicht kannst du sehen, ob wir es schaffen, den Sonnenstein heraufzuholen?«

»Du hast selbst gesagt, dass sie in Ollumdjupa ist. Welche Hoffnung haben wir da?«

»Du kannst also sehen, dass wir es nicht schaffen?«

Da schüttelte Even den Kopf. »Nein, ich sehe es nicht«, sagte er. »Ich sehe nichts als Dunkelheit, aber vielleicht, weil nichts als Dunkelheit geschehen wird? Vielleicht ist es die Dunkelheit unter der Erde, die ich sehe? Oder die Dunkelheit des Todes? Ich weiß es nicht.«

»Ich hatte gehofft, dass du vielleicht sehen könntest, wo Lilja ist«, versuchte es Bendik erneut. »Und dass du mir ein paar gute Ratschläge geben könntest, wie ich ihr helfen kann. Vielleicht kannst du ja meine Zukunft sehen?«

»Du willst dein Schicksal wissen?«, fragte Even.

Bendik nickte.

Even lachte trocken und abgehackt. »Daran haben nur wenige Menschen Freude«, sagte er. »Aber natürlich, reich mir deine Hand.«

Bendik streckte Even seine Hand hin. Even schloss die Augen und es war lange ziemlich still. Dann zuckte das Gesicht des alten Mannes, er schrie laut auf und ließ Bendik im selben Moment los. »Du hast sie schon getroffen«, sagte er. »Du hast die schwarzen Elfen getroffen und trotzdem willst du zu ihnen unter die Erde gehen. Entweder bist du dumm oder du bist sehr mutig!«

»Hast du etwas von meiner Zukunft gesehen?«

»Ja, das habe ich, ich habe gesehen, dass auch du lebendig unter die Erde gehen wirst. Dein Schicksal ist eng mit dem der

Königstochter verwoben. Eure Schicksalsfäden sind für den Rest des Lebens fest zusammengesponnen.«

»Für den Rest des Lebens?«, fragte Bendik. »Du meinst also, dass wir eines Tages heiraten werden?«

Da warf Even den Kopf in den Nacken und lachte so laut, dass es schallte. »Der Rest deines Lebens wird ziemlich kurz, wenn du unter die Erde zu den schwarzen Elfen gehst, Junge! Und das wird das Leben der Königstochter mit ziemlicher Sicherheit auch.«

»Du siehst also keine Zukunft?«

»Nichts als Dunkelheit«, antwortete Even. Als er sah, wie niedergeschlagen Bendik wirkte, fügte er hinzu: »Aber das kann auch daran liegen, dass die Magie der schwarzen Elfen mich daran hindert, mehr zu sehen. Es ist nicht sicher, dass es keine Hoffnung gibt.«

»Der Drache sagt, dass er mit mir auf dem Rücken bis zu den Ländern im Süden fliegen kann«, sagte Bendik. Er fand Evens Zukunftsvisionen nicht besonders aufschlussreich.

»Hast du ihn dich deshalb beißen lassen, weil du in Richtung Süden reisen wolltest?«

»Nein, sondern weil er sagte, dass wir Lilja in zwei Tagen im Urschlund der Trolle treffen müssten.« Bendik verzog das Gesicht. »Er sagte, Lilja wüsste, wo der Sonnenstein ist, und dass sie ihn finden und uns dort treffen würde. Er hat gelogen.«

»Das ist Schlangenart.«

»Aber jetzt kann er nicht mehr lügen, jetzt muss er mir gehorchen.«

»Trotzdem kannst du nicht auf seinem Rücken zu den Ländern im Süden fliegen«, sagte Even und stocherte im Feuer.

»Warum nicht?«, fragte Bendik trotzig.
»Weil es dein Schicksal ist, unter die Erde zu gehen«, lautete seine Antwort.

~ 12 ~

Evens Essen war ziemlich schlecht und Bendik dachte insgeheim, dass er während seines Aufenthalts hier vermutlich nicht dick werden würde. Im Haus war es kalt und zugig, aber er bekam viel Kräutertee, der ihn bis ins Mark wärmte. Am Vormittag des zweiten Tages fühlte sich Bendik gesund genug, um bis vor die Tür zu gehen. Even schüttelte gerade den Schnee von seinem Gemüse und den Kräutern und versuchte, so viel wie möglich zu ernten. Am Rande der Lichtung, auf der die Hütte lag, saß der Drache.
»Hallo, Drache!«, rief Bendik. Er war immer noch ein wenig wütend auf ihn und wollte ausprobieren, ob es stimmte, dass er ihm wegen des Halsbandes bedingungslos gehorchen musste. »Komm her!«, befahl er.
Der Drache stapfte gehorsam heran. »Bist du jetzt wieder heil und gesund?«, fragte er höflich.
»Nicht ganz«, antwortete Bendik.
Der Drache neigte den Kopf. »Es war ein sehr besonderes Erlebnis, von einer Schlange in einen Drachen verwandelt zu werden.« Er wedelte ein wenig mit den Flügeln und blies Funken aus den Nasenlöchern. »Alles sieht anders aus, wenn man auf Beinen laufen und dazu noch fliegen kann.«

Bendik musste grinsen. »Aber du bist nicht besonders groß«, sagte er.
Der Drache nickte und ein enttäuschter Ausdruck legte sich auf sein Gesicht.
»Das stimmt. Ich bin nicht viel größer als ein Pferd. Ich dachte, stattliche Drachen wären größer.« Er betrachtete Bendik kritisch. »Aber ich habe ja auch keinen stattlichen Mann gebissen.«
»Was soll das heißen?«
»Nichts, ich dachte nur, das ist vielleicht die Ursache dafür, dass ich nicht größer geworden bin.«
»Glaubst du, dass du mit mir auf dem Rücken fliegen kannst?«, fragte Bendik.
»Das glaube ich schon.«
»Ausgezeichnet. Wie heißt du? Du musst doch einen Namen haben.«
Der Drache überlegte einen Moment, dann warf er Bendik einen kurzen Blick zu und sagte: »Skimre der Schreckliche!«
»Das ist aber ein merkwürdiger Name für eine Schlange. Oder hattest du einen anderen Namen, als du eine Schlange warst?«
»Schlangen haben keine Namen«, sagte Skimre. »Er ist mir gestern Abend eingefallen, als die Sonne meine Haut zum Schimmern brachte. Was meinst du, ist das ein guter Name?«
»Ja«, sagte Bendik. Der Drache war wirklich fantastisch. Es stimmte, er war nicht riesengroß, aber wenn er sich auf die Hinterbeine stellte, überragte er sowohl Mensch als auch Tier. Seine Vorderbeine waren kleiner und gewandter, er brauchte sie nicht, wenn er lief. Die Haut schimmerte goldgrün und der Rücken war mit harten Schuppen bedeckt. Er hatte gewaltige lederartige Flügel und konnte beeindrucken-

de Funken und Flammen blasen. Er war ein Fabeltier, viel abenteuerlicher, als Bendik es sich hatte vorstellen können.

»Hör mal, Skimre«, sagte er. »Ich muss wissen, wie es zu Hause aussieht. Kannst du zum Hof des Jarls fliegen und nachschauen, wie es ihnen geht?«

»Das kann ich wohl, aber ich bin nicht sicher, ob sie sich freuen mich zu sehen.«

»Nein, das werden sie wohl nicht. Aber du sagst doch, dass du so gut hörst, du kannst doch auch mit großem Abstand lauschen, was die Leute sagen. Und ich erinnere mich, wie du als Schlange erwähntest, dass du gut schleichen kannst.«

Skimre breitete protestierend die Flügel aus und riss die Augen weit auf. »Drachen schleichen nicht«, sagte er belehrend zu Bendik.

»Große Drachen schleichen vermutlich nicht«, mischte sich Even ein. »Kleindrachen können das sicher schaffen.«

»Kleindrachen, ha!«, stieß Skimre hervor und blies grüne Flammen in Evens Richtung.

»Ich will, dass du das machst!«, sagte Bendik bestimmt. »Finde heraus, was geschehen ist. Ob Jomar es geschafft hat, die Eindringlinge zu vertreiben, ob sie Hilfe brauchen und was aus diesem Ulf dem Starken geworden ist.«

»Du magst Ulf den Starken nicht?«, fragte Skimre.

»Richtig.«

Als der Drache mit den Flügeln schlug, entfachte er einen so starken Wind, dass Bendik sich am Türrahmen festhalten musste. Dann hob Skimre ab, flog über die Bäume und verschwand.

»Du solltest ein wenig vorsichtig damit sein, einen Drachen

Aufträge erledigen zu lassen«, sagte Even, ohne den Blick auf Bendik zu richten.

»Warum?«

Er zuckte die Schultern. »Weil ein Drache ein Drache ist.«

Skimre kam erst am nächsten Tag zurück. Bendik saß auf der Treppe vor dem Haus und versuchte, seinen kranken Arm zu bewegen. Even war mit seinen Kräutern beschäftigt. Er sammelte alles ein, was geerntet werden konnte, und legte es in zwei geflochtene Körbe. Da hörten sie plötzlich das Brausen großer Flügel. Skimre schwebte über die Lichtung herein und flatterte dabei so heftig, dass Bendik fast umgepustet wurde. Bendik betrachtete ihn neugierig. Skimre wirkte verändert. Er sah satt und zufrieden aus. Der Bauch war größer als am Tag zuvor und zwischen zwei Zähnen hing noch ein Stück Stoff hervor.

»Was um Himmels willen hast du getan?«, fragte Bendik besorgt.

»Befehle ausgeführt«, antwortete Skimre. »Lass mich erzählen. Ich war auf dem Jarlshof. Da waren Ulf der Starke und all seine Männer. Sie benutzen den Hof des Jarls als Hauptquartier, während sie nach Lilja suchen. Das gesamte Hofvolk ist in einem der kleineren Häuser eingesperrt.«

»Oh, wenn ich diesen Ulf nur zwischen die Finger bekäme, dann würde ich ihm den Schädel einschlagen«, sagte Bendik. »Meine arme Mutter und meine arme kleine Schwester, sie müssen große Angst haben.«

»Na ja, jetzt geht es ihnen gut«, sagte Skimre. »Ich habe sie herausgelassen, nachdem ich auf dem Hof aufgeräumt habe. Ich habe alle Aufständischen verjagt und das Hofvolk freigelassen. Sie waren erst ein wenig erschreckt, redeten von Drachenzeiten und Ähnlichem, dann habe ich mich sofort zurückgezogen und gelauscht, so wie du mich gebeten hast. Auf dem Hof ist jetzt alles in Ordnung. Mehrere Männer sind verwundet, aber niemand ist tot, glaube ich. Jomar, der Jarl, und einer mit Namen Björn der Wuchtige sind verwundet, aber deiner Mutter und deiner kleinen Schwester geht es gut.«

Auch Bendiks Vater und sein Bruder waren verwundet. Sie hatten es nicht geschafft, sich gegen Ulf den Starken zu wehren. Für den Bruchteil einer Sekunde fühlte es sich so an, als ob seine Kindheit zerbrechen und alles, worauf er stolz war und worauf er sich gestützt hatte, zerstört wäre. Dann überkam ihn Wut. »Und Ulf der Starke?«

»Er wird niemanden mehr belästigen«, sagte der Drache und pulte mit den Krallen der Vorderbeine das kleine Stück Stoff aus seinen Zähnen.

»Was meinst du damit?«

Skimre war ein wenig verwirrt über Bendiks strengen Tonfall. »Hättest du ihn lieber selbst aus dem Weg geräumt?«

Even hatte endlich seine Körbe gefüllt und kam den beiden entgegen. »Es ist besser, wenn du nicht weiterfragst, Bendik, Sohn des Jarls«, sagte er.

»Aber ich *muss* fragen«, sagte Bendik. »Was meinst du, Drache? Was hast du mit Ulf dem Starken gemacht?«

»Ihn gefressen«, antwortete Skimre und kratzte sich unter dem Halsband. »Ich bedauere es sehr, ich verstehe jetzt, dass du ihn am liebsten selbst gefressen hättest, aber getan ist getan, leider.«

»Ich ...? Fressen ...?« Bendik wusste nicht, was er sagen sollte. »Ich will doch keinen bösen Mann wie Ulf den Starken fressen!«

»Aber ihm den Schädel einschlagen«, verbesserte ihn Skimre.

»So habe ich das nicht gemeint«, sagte Bendik aufgeregt. »Das habe ich doch nur gesagt, weil ich wütend war.«

»Aber dann kannst du doch nichts dagegen haben, dass ich ihn gefressen habe«, sagte der Drache. »Er hat sich als Mahlzeit sozusagen angeboten, wenn ich es so ausdrücken darf. Ich war von der Jagd ziemlich hungrig.«

»Du kannst nicht herumlaufen und Leute fressen!«

»Nicht? Aber du mochtest ihn nicht. Jemanden muss ich doch fressen.«

»Nicht jemanden«, sagte Bendik. »Etwas! Du kannst doch Elche und Kühe und Schafe fressen!«

Der Drache nickte. »Und Pferde«, sagte er und leckte sich das Maul.

»Nein, auch keine Pferde!«, befahl Bendik.

»Keine Pferde, keine Menschen«, wiederholte der Drache. »Du hast aber merkwürdige Regeln.«

»Geh jetzt rein«, sagte Even zu Bendik und öffnete ihm die Tür. »Du siehst schon ganz verfroren aus. Ich werde uns eine Suppe kochen. Der Drache hat es nicht böse gemeint, er folgt nur seinen Instinkten.«

»Aber er ist doch lebensgefährlich«, sagte Bendik, als sie durch die Tür gingen.

»Was hast du erwartet?«, fragte Even. »Du darfst nicht vergessen, dass er ein Drache ist!«

~ 13 ~

Tief unter die Erde hatte man sie gebracht. Bis hinunter nach Ollumdjupa, in die unterirdische Stadt der schwarzen Elfen. Dort lag einhundert Treppenstufen unterhalb des tiefsten Kellers ein Gefängnis. Es war nur ein einziges Verlies, mit einer aus Eisen geschmiedeten Tür und sieben Schlössern. Auf der anderen Seite der Tür war es dunkel, nicht ein einziger Lichtstrahl gelangte hindurch.

Hier hatte Lilja bereits seit Tagen und Nächten gesessen, mit Ketten um Arme und Beine. Ein wenig Wasser sickerte an der Bergwand hinter ihr hinunter. Das Wasser hatte sie bisher am Leben erhalten, denn sie hatte sich standhaft geweigert etwas zu berühren, was die Unterirdischen ihr anboten. Schwächer und kraftloser war sie mit jedem Tag geworden, dennoch war sie fest entschlossen, nicht aufzugeben. Die schwarzen Elfen würden sie nicht brechen und schon gar nicht Harfir, ihr unheilvoller König.

Sie versuchte in Finsternis und Stille ihren Mut aufrechtzuerhalten, indem sie an alle dachte, die sie gern hatte, an wärmere Sommer dort oben auf der Oberfläche, an Ausritte, Tanz und Vergnügen. Sie lächelte, als sie an das Heldenlied dachte, das Bendik letzten Sommer für sie verfasst hatte. Er war ein hoffnungslos unbegabter Skalde, aber er war lieb und gut. Bendik würde schon noch kommen, um sie zu retten. Sie hoffte nur, dass er bald kam. Hunger und Einsamkeit waren gefährliche Feinde, aber hier unten gab es etwas, das noch viel schlimmer war.

Die Stille wurde von einem Geräusch durchbrochen. Liljas Gehör war in der intensiven Dunkelheit scharf geworden. Sie konnte die schwarzen Elfen auf der Treppe hören, lange bevor sie ihr Verlies erreichten. Sie stählte sich gegen ein weiteres Treffen mit ihnen und spürte bei dem Gedanken an das, was kommen würde, eine nervöse Unruhe in ihrer Brust. Die schwarzen Elfen waren gefährlich, sie waren gefährlich in einem Maße, das sie nie zuvor erlebt hatte. Lilja legte sich hin, drehte den Kopf weg und schloss die Augen. Sie musste jetzt ganz stark sein.

Während sie mucksmäuschenstill dalag, hörte sie das Klimpern von Schlüsseln. Ein Schloss, zwei Schlösser, ganze sieben Mal musste der Schlüssel in ein neues Schloss gesteckt werden. Dann fiel ein Lichtstrahl in den Raum. Sie hörte Schritte und bemerkte, wie jemand das Verlies betrat.

»Hunger zerstört das schöne Mädchen«, sagte die Stimme, die sie am meisten von allen fürchtete. »Aber es wird keinen Tod finden.«

Lilja lag ganz still, als ob sie schon tot wäre. Aber Harfir, der König der schwarzen Elfen, ließ sich nicht täuschen. Er kniete nieder und hob sie in eine sitzende Stellung. Die Ketten um ihre Handgelenke und Knöchel rasselten.

Lilja wollte den König der schwarzen Elfen eigentlich nicht ansehen, aber es war unmöglich, es nicht zu tun. Harfir war sehr groß, hatte ein bleiches Gesicht und pechschwarzes Haar. Er hatte eine Stimme, die in ihre Gedanken drang und dort blieb, lange, nachdem er gegangen war. In seinen Augen lag ein magisches Funkeln, das sie schwindelig und verwirrt machte. Sie wusste, dass Harfir seinen Zauber gegen sie ein-

setzte, sie spürte, wie der Zauber in ihren Verstand kroch und ihren Willen übernehmen wollte. Es kostete sie all ihre Kraft, ihm zu widerstehen, und dafür hasste sie Harfir.
»Wie ich sehe, seid Ihr nicht zu schwach, um wütend zu sein«, sagte Harfir und verzog die Lippen zu einer Art Lächeln. »Lasst mich Euch in einem Becher Befreiung reichen. Wasser der Verblendung für Menschenmädchen.«
»Nein«, sagte Lilja.
»Wenn Ihr trinkt, werden die Ketten fallen und Ihr werdet frei sein«, sagte Harfir. »Kommt, schöne Prinzessin, dann werdet Ihr befreit von dem Dunkel und der Einsamkeit des Kerkerlochs.«
Lilja kniff die Lippen zusammen und sah weg.
»Ihr wartet vergebens darauf, gerettet zu werden«, sagte der König der schwarzen Elfen.
Lilja starrte trotzig die Wand an.
»Niemals werdet Ihr die Welt wiedersehen, die Ihr kanntet. Nur Eis und Kälte sind jetzt auf der Erde«, sagte er mit einer weichen, fast singenden Stimme. Die Stimme war das Gefährlichste an Harfir, denn sie machte ihre Gedanken grau und trübe und ließ sie die Erinnerungen vergessen, an denen festzuhalten sie sich so sehr bemühte.
»Niemand kann dort oben leben«, fuhr Harfir fort. »Aber hier in meinem Reich werdet Ihr niemals Hunger leiden oder frieren. Wir feiern jeden Abend rauschende Feste, und ein Bett mit der weichsten Matratze werde ich Euch geben, wenn Ihr nur vom Wasser der Verblendung trinkt.«
»Ich . . . will nicht«, entgegnete sie und fühlte sich unendlich müde. Ihr Kopf war ganz schwer geworden und die Gedanken nur schwer zu fassen.

»Wo seid Ihr geboren und wo seid Ihr beerdigt? Wo sind Eure Frauenkleider gefertigt?«, fragte der König der schwarzen Elfen, so wie jedes Mal.
Lilja schüttelte den Kopf. Sie wusste, dass sie an einem Ort geboren war, wo die Sonne schien und grünes Gras wuchs, aber sie musste sich anstrengen, um sich zu erinnern, wo er lag. »König«, sagte sie schließlich. »Mein Vater ist der König.«
»Es gibt nur EINEN König, und das bin ich«, sagte Harfir lächelnd. Dieses Mal war es ein richtiges Lächeln. Ein Lächeln, das sein bleiches Gesicht freundlicher aussehen ließ. Er nahm einem der Diener das Trinkhorn ab und holte ein kleines Korn hervor, das er in den Wein fallen ließ. Dann reichte er Lilja das Horn, doch sie weigerte sich, es anzunehmen.
»Auch heute nicht?«, fragte Harfir mit einem leichten Grinsen. »Früher oder später werdet Ihr davon trinken. Durch die Macht des Blendkorns wird der Wein zu einem magischen Trank, und wenn Ihr ihn trinkt, wird die Einsamkeit im Kerkerloch beendet sein. Feinsten Samt werdet Ihr tragen und zwölf Mägde werden Euch dienen. Der König der Elfen hat ein schönes Pferd und auf Nachtigauls Rücken werdet Ihr ausreiten dürfen und sehen, wie meine Macht schließlich auch die Obererde umfasst. Alles werdet Ihr haben, wenn Ihr nur das Wasser der Verblendung wählt.«
»Behalte deinen dämlichen Vergessenstrank«, sagte Lilja.
Da lächelte Harfir wieder. »Sieh an! Gestern habt Ihr das Trinkhorn genommen und an die Wand geschmissen, heute weigert Ihr Euch nur, es anzufassen. Vielleicht seid Ihr morgen bereit zu trinken?«
»Ich werde niemals bereit sein zu trinken.«

»Niemals ist eine lange Zeit«, antwortete Harfir. »Ein Menschenkind kann nicht begreifen, wie lange das ist.«
»Warum machst du das? Warum kannst du mich nicht einfach töten?«, fragte Lilja gequält und schaute ihm dabei direkt in die Augen. Sie bereute es sofort, denn Harfir hatte unheilvolle Augen. Sie senkte den Blick und sank an der Bergwand zusammen.
»Tausend Jahre steht mein Thron bereits. Ein mächtiger Herrscher bin ich, mit Macht über Leben und Tod, aber meine Herrschaft reicht nicht in den Tod hinein. Warum also sollte ich meine liebliche Gefangene dorthin verschwinden lassen, wo ich sie nicht erreichen kann?«
»Aber wenn du mich töten würdest, müsstest du keine Angst mehr haben, dass ich fliehen und deine Pläne vereiteln könnte«, sagte Lilja.
Da lachte Harfir so laut, dass das ganze Verlies bebte. »Niemand flieht vor dem König der schwarzen Elfen«, sagte er. »Niemand hat jemals meine Hallen verlassen, wenn ich nicht gewünscht habe, dass er es tut.«
»Ich verstehe nicht, welche Freude du daran hast, mich zu quälen.«
»Welche Freude kann ein Menschenkind daran haben, ein zitterndes Hasenjunges in seinen Händen zu halten? Ebendiese Freude kann ein Menschenmädchen dem bereiten, der unter der Erde herrscht. Wie schnell wird sie nachgeben? Wie schön wird sie sein in Samt und Seide? Wie schön wird sie in meinen Hallen singen?«
Lilja sank zusammen und sagte nichts mehr. Sie wusste, dass Harfir gehen würde, wenn sie nur noch eine kleine Weile aus-

hielt. Danach würden seine Diener versuchen, sie zu zwingen, etwas zu essen und ein wenig Wasser zu trinken. Dann war es für diesen Tag geschafft. Oder war es bereits Nacht? Sie wusste es nicht mehr. Unter der Erde wurden Tag und Nacht eins.

~ 14 ~

Even erzählte Bendik alles, was er über die Gewohnheiten und Sitten der Unterirdischen wusste.

»Unter der Erde kannst du nicht erkennen, ob es Tag oder Nacht ist, so wie wir es erkennen, indem wir Licht und Dunkelheit wahrnehmen. Aber die Zwerge haben Glocken, mit denen sie läuten. Am Morgen läuten sie sechs Schläge, dann stehen alle auf und beginnen mit der ersten Schicht des Tages. Wenn es neun Mal läutet, ist es Zeit für das Frühstück. Dann verlassen die meisten Zwerge die Werkstätten und gehen zu den großen Essenssälen, wo viele junge Frauen an langen Tischen Brei und Bier servieren. Das nächste Mal, wenn die Glocke läutet . . .«

Bendik unterdrückte ein Gähnen und betrachtete seine Fingernägel. Evens Stimme brummte in der Ferne eintönig und monoton. Es war merkwürdig, wie schläfrig man davon werden konnte, anderen beim Reden zuzuhören. Bendik hatte das zu Hause häufig bemerkt, wenn Sigvart der Skalde ihn in Geschichte unterrichten sollte – dann war es geradezu unmöglich, die Augen offen zu halten. Jetzt blinzelte er ein wenig und dachte daran, dass er eine Waffe mitnehmen sollte.

Es war eher unwahrscheinlich, dass Even etwas in dieser Richtung besaß, was er mitnehmen konnte. Oder? Moment, war das dort hinten nicht ein Schwert? Bendik kniff die Augen zu einem schmalen Schlitz zusammen und schaute in die dunkelste Ecke der Hütte. Doch, da war tatsächlich ein Schwert, er durfte nicht vergessen, es einzustecken.

»Das hier ist wichtig! Hörst du zu?«, durchschnitt Evens Stimme plötzlich Bendiks Gedanken.

»Ja!« Bendik nickte automatisch. Sigvart pflegte ihm mit einem kurzen, harten Stock einen Hieb zu versetzen, wenn er dem Unterricht nicht folgte, also antwortete er immer laut und deutlich, wenn jemand fragte, ob er verstanden hatte.

»Gut«, sagte Even. »Das Beste ist wohl, wenn wir versuchen, dich aussehen zu lassen wie ein Zwerg. Deshalb habe ich diesen Bart für dich gefertigt.« Er reichte Bendik ein Stück Schaffell mit Schnüren, das er sich um den Hals binden konnte. »Er ist nicht besonders gut, ich weiß, aber vielleicht kannst du damit zumindest Leute täuschen, die dich aus der Entfernung sehen. Zieh deine Kapuze tief ins Gesicht . . . Warte mal, du hast ja eine Kapuze mit einem steifen Zipfel«, sagte er und griff nach dem langen Strang, der an der Spitze von Bendiks Kapuze herabhing. »Das ist zu modern. Unter der Erde kümmert man sich nicht um Mode. Hier, nimm meine Kapuze! Und versteck deine Hände, sie sind viel zu schmal und klein, als dass es Zwergenhände sein könnten.«

Bendik nahm die Kapuze, die Even ihm reichte. Er drehte und wendete sie. Sie war grauschwarz und ihm ein wenig zu groß, dazu verschlissen und am Rand ganz ausgeblichen.

»Wenn du etwas gefragt wirst, musst du deine Stimme so tief

machen, wie du nur kannst, und sagen, dass du wenig Zeit hast, weil dein Meister wartet«, erklärte Even weiter. »Dann glauben sie, dass du ein Geselle bist, und stellen vielleicht keine weiteren Fragen. Und wenn sie fragen, wer dein Meister ist, dann antwortest du mit Regin, denn Regin ist der gewöhnlichste Zwergenname, den ich kenne. Und wenn sie fragen, welcher Regin, musst du sagen, dass es Regin der Schmied ist, denn im Berg gibt es sicher mehr Schmiede als andere Handwerker. Wenn sie dich fragen, aus welcher Familie du kommst, antwortest du, dass du Sokkmimes Geschlecht angehörst, von dem ich weiß, dass es sehr groß ist.«

»Regin und Sokkmime«, wiederholte Bendik und überlegte, wie er das alles behalten sollte.

»Unter der Erde gibt es ein System, damit man den richtigen Weg findet. Die Zwerge haben an die Wände im Berg verschiedene Figuren gehauen. Es sind Zeichen, die dir zeigen, wo du dich gerade befindest. Schau mal . . .«

Even nahm einen schwarz gebrannten Stock und zeichnete auf den Steinblock, der als Treppe diente. »Das Symbol hier bedeutet Tor, merk dir das. Dieses bedeutet Werkstatt. Du kannst ruhig den Weg durch die Werkstätten nehmen, denn die Zwerge, die dort arbeiten, kümmern sich kaum darum, wer gerade vorbeigeht. Hier siehst du das Zeichen für Elfe – wenn du das siehst, musst du auf der Hut sein. Das hier bedeutet Bier, das benutzen sie an den Eingängen ihrer Bierstuben, dieses bedeutet, glaube ich, Essen oder Vorratskammer . . .«

Wieder musste Bendik ein Gähnen unterdrücken. Merkwürdig, Evens Stimme klang genau wie die von Sigvart dem

Skalden. Vielleicht waren sie Brüder? Er betrachtete die Zeichen, die Even malte, bis sie vor seinen Augen verschwammen. Sie würden bald aufbrechen, er hatte am Tag zuvor eine kleine Proberunde auf dem Rücken des Drachen gedreht und es war viel schwieriger gewesen, als er gedacht hatte.

Plötzlich bemerkte er, dass Even ihn finster anschaute, als hätte er eine Frage gestellt und warte darauf, dass Bendik antwortete.

»Ja«, sagte er deshalb und bemühte sich, wach und interessiert auszusehen.

»Du weißt selbstverständlich, dass es furchtbar gefährlich ist, etwas von dem zu essen oder zu trinken, was die Unterirdischen dir anbieten. Du brauchst also viel Proviant. Ich werde dir alles mitgeben, was ich entbehren kann. Ich habe einige Brotlaibe und ziemlich viel geräuchertes Fleisch. Und jetzt lass uns mal versuchen, dich ein bisschen mehr wie ein Zwerg aussehen zu lassen!«

Bendik zog den Bart und die Kapuze an, aber als er in Evens Regentonne blickte, um das Ergebnis zu betrachten, konnte er keine große Ähnlichkeit mit einem Zwerg entdecken.

»Du bist ein wenig zu groß und viel zu dünn«, seufzte Even.

»Und deine Nase ist auch nicht lang genug«, sagte der Drache, der sich angewöhnt hatte, neben der Stufe zu sitzen. So konnte er alles hören, was im Haus und draußen gesagt wurde.

Even ignorierte Skimre. »Du musst versuchen, dich noch mehr zu krümmen. Viele Zwerge haben einen runden Rücken, es macht also nichts, wenn du dich etwas beugst. Und dann musst du Kleider tragen, die dich breiter aussehen lassen. Ich gebe dir die Schaffelle, die in meinem Bett liegen. Die werden dich auch auf der Reise in Richtung Norden warm halten.«

»Quatsch, *so* kalt wird es schon nicht«, sagte Skimre. »Er wird ja auch auf dem Rücken eines echten, Feuer speienden Drachens reiten!«

»Aber wenn du mir die Schaffelle gibst, wirst du frieren!«

»Wenn es dir misslingt, werde ich noch mehr frieren.«

Die beiden gingen ins Haus. Skimre setzte sich so, dass er durch den Türspalt gucken konnte. Even holte Proviant hervor. Er gab Bendik eine Wasserflasche sowie Zunder und Feuerstein, um Feuer zu machen. »Aber du wirst wohl kaum in die Lage kommen, ein Feuer entfachen zu müssen«, sagte er. »Die Zwerge haben genügend Feuerstellen.«

»Außerdem hat er *mich*«, ertönte es vor der Tür.

Allmählich wurde Bendik klar, dass es jetzt ernst wurde. Jetzt würde er die Reise zum Urschlund der Trolle antreten und anschließend unter die Erde gehen. Er fühlte sich unsicher und versuchte vergeblich, sich an alles zu erinnern, was Even gesagt hatte. Plötzlich fragte er: »Aber die schwarzen Elfen, was ist mit denen? Du hast nur von den Zwergen geredet. Was soll ich tun, um die schwarzen Elfen zu täuschen?«

Even war damit beschäftigt, Bendiks Proviant zu packen. »Du kannst die schwarzen Elfen nicht täuschen«, antwortete er. »Du kannst nur hoffen, dass die Nornen, die deinen Schicksalsfaden gewebt haben, dir nicht antun wollen, in den Fängen der schwarzen Elfen zu landen.«

»Aber es sind doch die schwarzen Elfen, die Lilja gefangen halten, wie soll ich ihnen da entgehen?«

Even schüttelte den Kopf. »Genau da liegt das Problem. Du musst dir über eine Sache im Klaren sein: Die schwarzen Elfen wissen sowohl von dir als auch von deinem Drachen. Sie wissen, dass ihr kommt, und sie werden Ausschau nach euch halten. Sei also auf der Hut!«
»Aber wie können sie das wissen?«
»Glaub es mir einfach«, sagte Even. »Sie wissen es!«

~ 15 ~

Bendik und der Drache waren für die Reise bereit. Es war ein grauer, windiger Tag, voller Schnee, der ihnen um die Ohren peitschte. Bendik hatte alles gepackt, was er mitnehmen musste. Er hatte die beiden Schaffelle um sich gebunden, sodass er breiter wirkte, und seinen Umhang und Evens Kapuze darübergezogen. Den Bart, der nicht besonders fest saß, steckte er vorsichtshalber in den Gürtel, da er davon ausging, dass der Wind hoch oben in der Luft vermutlich noch kräftiger wehte.
»Viel Glück!«, sagte Even, der zum Abschied mit hinausgekommen war.
Bendik kletterte auf den Drachenrücken und platzierte die Beine vor den Flügeln. Skimre drehte den Kopf und sah ihn an. »Sitzt du gut?«
»Es fühlt sich an, als säße ich ohne Sattel auf einem nassen Pferd«, sagte Bendik und zog eine Grimasse. »Glitschig und unsicher.«

Skimre schnaubte einen Funkenschauer. »Bist du denn kein Meisterreiter, Bendik, Sohn des Jarls?«
»Doch«, antwortete Bendik und griff mit der Hand in Skimres Mähne, um sich daran festzuhalten. »Lass uns fliegen!«
Skimre schlug so heftig mit den Flügeln, dass Even sich vor dem Windstoß in Sicherheit bringen musste. Sein langes graues Haar wurde nach hinten geweht. Bendik klammerte sich mit aller Kraft fest, denn jetzt machte der Drache einen Sprung. Dann hob er ab. Alles dort unten wurde schnell kleiner, sie sahen Even, der ihnen zuwinkte, und den rußigen Schnee um das Rauchabzugsloch auf dem Dach der Hütte. Dann flogen sie fort.
Jetzt, da Skimre ganz ruhig flog, konnte Bendik den Griff um die Drachenmähne lösen und sich umsehen. Sie schwebten gemächlich über die Baumwipfel. Bendik konnte es nicht lassen, nach unten zu schauen und zu beobachten, wie anders doch alles von hier oben aussah.
Sie flogen über Wälder, Flüsse und Weiden. Manchmal sah Bendik wilde Tiere. Das einzige Anzeichen für Menschen war der Rauch, der aus Häusern aufstieg, die er in der Ferne jedoch nur erahnen konnte. Die Luft war schneidend kalt. Bendik lehnte sich vor und legte seinen Oberkörper auf den Drachenhals. Skimre war angenehm warm. Eine Weile schloss Bendik die Augen und lauschte dem gleichmäßigen Atem und dem rhythmischen Schlagen der Flügel.
»Eigentlich ist es gar nicht so schwer, auf einem Drachen zu reiten, wenn man sich erst einmal daran gewöhnt hat«, sagte er.

Als er sich nach einer Weile wieder aufrichtete, näherten sie sich bereits den Bergen. Sie mussten schon jetzt gegen ein heftiges Schneetreiben ankämpfen. Der Gedanke an den Flug, den sie noch vor sich hatten, machte Bendik Angst. Ihm war nicht klar gewesen, dass die Berge, die sie überqueren mussten, *so* hoch waren. Steil und gewaltig erhoben sich die Gipfel vor ihnen.

Der Wind peitschte ohrenbetäubend. Instinktiv tappte Bendik nach der Drachenmähne. Er schaute hinunter. Unter ihnen waren nur noch Stein und Geröll, Schnee und Eis. Schon jetzt konnte er den Gletscherarm von Helsisen am Horizont sehen. Dann ging es aufwärts. Skimre musste kräftig mit den Flügeln schlagen, um höher aufzusteigen. Die Eiskristalle, die ihnen ins Gesicht flogen, fühlten sich wie unzählige Nadelstiche an. Skimre bewegte den Kopf während des Fluges ein wenig nach oben und unten, so als schätze er ab, wie sie am besten durch das Unwetter gelangen konnten.

Plötzlich ragten zu allen Seiten schwarze Gipfel empor. Das Schneetreiben wurde dichter, die Sicht immer schlechter. Bendik krümmte sich zusammen und machte sich so leicht, wie er konnte. Er sah, wie Skimre zwischen zwei hohe Bergspitzen flog. Dann war plötzlich alles um sie herum ein einziges Meer aus wirbelndem Schnee.

Der Sturm traf sie jetzt mit seiner ganzen Kraft. Skimre musste hart gegen das Unwetter ankämpfen. Bendik schien es, als bewegten sie sich überhaupt nicht mehr vorwärts. Plötzlich kam eine gewaltige Sturmböe. Sie ergriff Skimre und wirbelte ihn durch die Luft, sodass Bendik das Gleichgewicht verlor.

»Skimre!«, schrie er, so laut er konnte, aber der Wind übertönte alle Geräusche.
Einige Augenblicke lang wusste Bendik nicht, ob Skimre überhaupt noch in seiner Nähe war. Dann wurde er plötzlich von etwas Hartem getroffen. Bendik schrie vor Schmerzen auf. Etwas zerrte an seiner Hand. Ihm wurde klar, dass er immer noch an Skimre hing und dass es Skimre war, der ihn getroffen hatte. Skimre drehte sich in der Luft und schlug wild mit den Flügeln. In der Ferne hörte Bendik einen Schrei, der durch den Sturm gellte. Dann wurde er so hart gegen den Drachenkörper geschmissen, dass er fast ohnmächtig wurde.
Plötzlich wurde Skimre von einer Windböe erfasst, die ihn in rasender Geschwindigkeit emportrug. Bendik hing immer noch an Skimre. Dann gelang es ihm endlich, sich wieder richtig auf den Drachenkörper zu setzen. Er hielt sich an Skimres Hals fest und lauschte dem Dröhnen des Sturms. Die Flügel des Drachen waren ausgestreckt und glitten durch die Luft. Immer noch war alles um sie herum weiß. Bendik schloss die Augen, weil sie so schmerzten, und verbarg sein Gesicht in der Drachenmähne.
Nach einer langen Weile begann Skimre wieder vorsichtig mit den Flügeln zu schlagen. Bendik richtete sich auf und schaute nach unten. Was er sah, ließ ihn erschaudern. Unter ihnen wogte das graue Meer in wilden Wellen, so weit das Auge reichte. Nirgends gab es ein Zeichen von Land.
»Wo sind wir?«, rief Bendik.
»Draußen über dem Großen Meer.«
»Das sehe ich auch, aber wie weit sind wir vom Land entfernt?«

»Weiß nicht, wir sind vom Kurs abgekommen.«
Der Wind zerrte heftig an Bendiks Umhang. Er sah sich erneut um und versuchte etwas zu entdecken, das Land sein könnte, oder etwas, das sich vom schäumenden grauen Meer unterschied. Doch es war nichts zu sehen.

~ 16 ~

Skimre flog, ohne ein Wort zu sprechen. Als Bendik seinen Kopf an den Drachen lehnte, konnte er hören, wie schwer er atmete. Voller Besorgnis richtete er sich auf.
»Das war ein ordentlicher Sturm, in den wir da geraten sind«, rief er.
Skimre antwortete nicht.
»Ich war sicher, das würde das Ende sein«, fuhr Bendik fort.
»Es kann immer noch das Ende gewesen sein«, antwortete Skimre.
»Was meinst du damit?«
»Ich kann nicht mehr.«
Bendik schaute sich unsicher um. Unter ihnen wogte das Meer und die Wellen schlugen so hoch, dass sie fast die Beine des Drachen berührten. Als ein Schwall Salzwasser Bendiks Gesicht traf, wurde ihm klar, dass sie gefährlich niedrig flogen.
»Wir müssen höher!«, rief er.
»Ich schaff es nicht«, antwortete der Drache.
Da begriff Bendik, dass Skimre vollkommen erschöpft war.

»Skimre, gib nicht auf!«, schrie er und streichelte den Drachen am Hals. Er versuchte, etwas von seiner eigenen Kraft auf Skimre zu übertragen. »Komm schon, Skimre, du bist ein Drache! Ein echter Feuer speiender Drache. Du wolltest doch gegen Ritter und Helden kämpfen!«
Skimre schaffte es, ein wenig höher zu fliegen. Bendik biss die Zähne zusammen und schaute sich angestrengt nach Land um.

Zuerst glaubte Bendik, es sei der Wind, der an ihnen zerrte, dann aber merkte er, dass Skimre nicht mehr gleichmäßig flog. Als lege er kleine Pausen ein, als gäbe er für kurze Momente auf, weil er es nicht mehr schaffte, mit den Flügeln zu schlagen. Manchmal ließ er sich hinabgleiten und dann sanken sie gefährlich nah an die Wasseroberfläche, bevor er ein oder zwei Mal kräftig mit den Flügeln schlug, um wieder an Höhe zu gewinnen.
Bendik war mittlerweile so angespannt, dass seine Knöchel ganz weiß wurden. Irgendetwas stimmte nicht mit Skimre. Aufmunternd streichelte er den Drachen. In panischer Angst vor dem schäumenden Meer hob Bendik den Kopf und schaute nach vorn. Dann zuckte er zusammen: War da vorne nicht ein schmaler Streifen Land? Ganz weit entfernt?
»Skimre, ich glaube, ich sehe Land!«, rief er. Widerwillig bewegte Skimre seine Flügel mit einigen kraftlosen Schlägen. Sie stiegen ein wenig höher. Bendik streckte sich so weit nach vorne, wie er konnte. »Doch, es ist Land!«
Skimre flog jetzt völlig mechanisch. Eine Weile lang hielt er sich ein wenig höher über der Meeresoberfläche. Bald wurde

klar, dass es tatsächlich Land war, was sie sahen. Die Küste zeichnete sich als unebener Rand aus gezackten Bergspitzen und felsigen Klippen ab. Auf dem Wasser und in der Luft tauchten Seeschwalben auf. Mit letzter Kraft flog der Drache in Richtung der Klippen. Auf dem ersten Vorsprung, der sich hoch genug erhob, dass die Wellen ihn nicht erreichen konnten, landete er.

Skimre blieb erschöpft liegen. Bendik klopfte ihm zärtlich auf den Hals und sagte: »Du hast es geschafft, Skimre. Ich dachte, wir würden dort draußen über dem Großen Meer sterben.«

»Das dachte ich auch«, keuchte der Drache und drehte sich auf den Bauch, während er nach Luft rang.

Skimre lag sehr lange einfach nur da und schnaufte. Bendik faltete die Flügel zusammen, denn der Drache war zu erschöpft dazu. Dann setzte er sich neben ihn und wartete, bis er langsam wieder zu Atem kam. Um sie herum wurde es bereits dunkel. Sie hörten das Rauschen der Wellen, die gegen die Klippen schlugen. Endlich hatte der Drache genug Kraft gesammelt, um sich aufzurichten.

»Wir sind zumindest an Land gekommen«, sagte Bendik.

»Es sieht nicht aus, als wären hier Trolle«, meinte Skimre.

»Wir sind auch nicht besonders nass.«

»Und dies ist wohl das Festland, keine Insel.«

Sie kamen zu dem Entschluss, die Nacht auf dem Klippenvorsprung zu verbringen, schmiegten sich eng aneinander und fielen bald in einen festen Schlaf.

~ 17 ~

Am nächsten Morgen aßen sie eine Robbe, die der Drache gefangen hatte. Skimre fraß natürlich am meisten und er fraß seinen Teil roh, während Bendik wartete, bis der Drache fertig war und sein Fleisch grillen konnte, indem er Feuer daraufblies.

»Bin ich nicht fantastisch«, sagte Skimre zufrieden. »Wenn ich nicht gewesen wäre, hättest du rohes Robbenfleisch essen müssen.« Dann dachte er noch einmal nach und sagte: »In der Tat hättest du überhaupt kein Robbenfleisch gehabt, denn ich war es, der es gefangen hat.«

Frisches Fleisch war herrlich und Bendik schmatzte zufrieden. Skimre starrte ihn an.

»Was ist?«, fragte Bendik.

»Ich hätte nicht gedacht, dass ein so kleiner Mund so viele Schmatzgeräusche machen kann«, antwortete Skimre erstaunt.

Bendik verzog sein Gesicht, versuchte nun aber, ein wenig vornehmer zu essen. Was er nicht aß, steckte er zusammen mit dem Brot ein, um es für später aufzubewahren.

Der Drache schlug mit den Flügeln. Er wirkte gesund und ausgeruht. Dann drehte er den Kopf zur Seite und schaute über das Meer. »Das war gestern für eine Flugreise gar nicht so schlecht«, sagte er. »Aber ich hoffe, dass ich nie wieder so nah an Wasser herankommen muss. Drachen sind Feuertiere, wir hassen Wasser!«

»Hör mal«, sagte Bendik. »Ich habe ein Heldenlied über unsere Reise verfasst:

Stark war der Sturm
Skimre schwankte
Von der Bahn geblasen
Über hohen Wellen
Der Held heldenmutig
Den Drachen tröstete
Barg beide mit Gerede.«

»Du hast sicher andere Talente«, sagte Skimre.
»Andere als was?«
»Als dichten!«
»Du meinst also, das war schlecht?«, seufzte Bendik. »Sigvart der Skalde hat immer gesagt, dass meine Heldenlieder vollkommen elendig sind. Na ja, lass gut sein. Bist du bereit weiterzufliegen?«
»So bereit wie irgend möglich. Wir müssen zurück auf den richtigen Kurs.«
Bendik kletterte auf den Drachenrücken und griff mit den Händen in die Mähne. Skimre hob ab. Der Himmel war an diesem Tag einmal nicht grau. Er war strahlend blau, nur hier und da gab es vereinzelt ein paar Wolken. Sie schwebten über schwarze Klippen, während Trottellummen und Eiderenten verschreckt in alle Richtungen flohen. Gleich hinter der Küste erreichten sie wieder Helsisen. Das enorme Eis streckte blaugraue Gletscherarme bis hinunter ans Meer und vor den schwarzen Klippen trieben gewaltige Eisblöcke. Weiter land-

einwärts war der Gletscher das Einzige, was Bendik und der Drache im Umkreis von Meilen sehen konnten. Sie flogen über unheilvolle, tiefe Spalten. Manchmal ragte ein braunschwarzer Berggipfel auf, aber meist lag Helsisen schwer und erdrückend über den Bergzinnen und dem Hochland.
Nach und nach wurde die Sicht schlechter und schon bald waren sie von dichtem Nebel umgeben. Skimre flog langsamer, denn einige Male tauchte unerwartet eine schwarze Bergspitze auf, der er ausweichen musste.
Schließlich erreichten sie eine Bergwand, steiler und schwärzer als jede andere, die sie jemals gesehen hatten. Skimre musste in Kreisen emporfliegen, um ausreichend an Höhe zu gewinnen und über den Gipfel zu fliegen. Die Rückseite des Berges fiel steil ab. Skimre konnte die Talsohle wegen des Nebels nicht sehen, sodass er langsam und vorsichtig hinabsank.
Und dann, mit einem Mal, durchstießen sie den Nebel. Bendik schnappte nach Luft, denn es gab keinen Zweifel, dass sie endlich zum Urschlund der Trolle gekommen waren. Unter ihnen erstreckte sich eine merkwürdige Landschaft, mit abgestorbenen und verdrehten Bäumen, Felsblöcken und Eis.
Dort, wo der Hang nicht von Schnee bedeckt war, wuchsen nur Moos und Heidekraut. Um unter der Nebeldecke zu bleiben, flog der Drache sehr tief und Bendik konnte überall Trampelpfade erkennen. Die Bäume sahen aus, als wären sie aus Stein, kein einziger Zweig bewegte sich, als der Drache vorbeiflog.
Es ging immer weiter hinunter in eine Art Tal, in dessen Soh-

le ein großer See lag. Nebelschwaden trieben wie Wolkenfetzen über das schwarze Wasser. Bendik erblickte mehrere Eisschollen und eine schmale Brücke, die quer über das Wasser führte. Durch den Nebel war es zwar nicht leicht zu erkennen, aber am Ende der Brücke sahen sie undeutlich ein großes Tor, das in den Berg hineinführte. Sie hatten das Nordtor erreicht.

Skimre schwebte in einem weiten Kreis über das Wasser, während sie sich sorgfältig umsahen. Hier gab es kein Anzeichen von Leben. Das Wasser unter der Brücke lag schwarz und still da, der Eingang in den Berg wirkte verlassen. Das gewaltige Tor war hoch und breit, auf beiden Seiten befanden sich aus Stein gehauene Säulen, über denen ein schwerer, flacher Stein lag. Als sie am Tor vorbeiflogen, versuchte Bendik einen Blick in den Berg zu werfen, aber er konnte lediglich erkennen, dass es dort ziemlich dunkel war. Jetzt begann sie, die Reise in der Dunkelheit, die Even vorausgesagt hatte. Bendik erschauderte.

»Sollen wir landen?«, fragte der Drache.

»Ja.«

»Die Brücke ist zu schmal, wir müssen auf dem Hang hier drüben runtergehen«, erklärte Skimre und steuerte das steinerne Ufer an, an dem die Brücke begann. Er schlug heftig mit den Flügeln und stellte seine Füße zwischen Geröll und glitschiges Moos. Bendik sprang ab.

Vom Abhang aus wirkte das Nordtor noch größer. Es erhob sich drei Mannshöhen hoch. Bendik überlegte, ob man es so hoch gebaut hatte, damit die hindurchpassten, die es normalerweise benutzten.

»Es stimmt doch, dass Riesen und Trolle tagsüber nicht rausgehen?«, fragte er Skimre.
»Ich glaube schon«, antwortete der Drache. »Ungemütlicher Ort, findest du nicht?«
Bendik nickte. Er holte den Bart zwischen seinen Kleidern hervor und band ihn um, dann zog er die Kapuze tief ins Gesicht. »Was ist mit dir?«, fragte er. »Du bist ein wenig zu groß, um dich zu verkleiden, aber es wird ziemlich merkwürdig aussehen, wenn mir ein Drache an den Fersen klebt.«
Skimre schürzte nachdenklich die Lippen. »Hast du bei all deinen Planungen nicht an mich gedacht?«
»Schade, dass du dich nicht wieder in eine Schlange verwandeln kannst«, sagte Bendik. »Dann hätte ich dich kinderleicht unter meinen Kleidern verstecken können.«
»Nie wieder Schlange«, sagte Skimre bestimmt. »Außerdem würde eine Schlange dir nicht helfen können. Schlangen sind widerliche kleine Würmer, noch dazu unehrlich. Man kann Schlangen nicht trauen!«
»Gut, dass Drachen ganz anders sind«, sagte Bendik. »In Ordnung – sollen wir einfach reingehen, was meinst du? Es liegt ein seltsamer Geruch in der Luft. Ich hoffe, der kommt nicht aus der Öffnung. Das Wasser sieht auch nicht besonders frisch aus. Warum ist es eigentlich nicht mit Eis bedeckt? Die Luft ist kalt genug und trotzdem liegen darauf nur einige wenige Eisschollen.«
»Wir müssen vorsichtig sein«, meinte der Drache. »Lass uns zum Tor gehen, dort können wir uns erst einmal umschauen, bevor wir uns hineinschleichen.«
Sie gingen hintereinander über die Brücke. Der Gestank wur-

de immer schlimmer. Ihnen wurde klar, dass der Geruch von dem schwarzen Wasser stammte, und Bendik sah Dinge darin umherfließen, die er lieber nicht näher betrachten wollte. Er war erleichtert, als sie das Tor erreichten. Trotzdem hielt er davor an und betrachtete es.

»Hast du Angst?«, fragte der Drache.

»Nein, natürlich nicht«, log Bendik. »Es ist wegen des Gestanks.« Skimre sah so aus, als glaube er ihm nicht. »Er kommt auch aus der Öffnung, puh, das stinkt schlimmer als ein magenkranker Eber!«

Bendik legte die Hand auf eine der Torsäulen. Er fühlte sich auf einmal so klein. Wie groß waren eigentlich die Trolle und die Riesen? Er spähte angestrengt in das Halbdunkel und ging langsam durch das Tor. Bendik hatte angenommen, dass auf der Innenseite ein Tunnel sei. Jetzt stellte er ein wenig überrascht fest, dass sie direkt in eine große Halle eintraten. Der Boden war eben, aber übersät mit Unrat. Weiße Knochenreste lagen überall herum, dazwischen sahen sie Zweige von den versteinerten Bäumen. Es lag ein fürchterlich strenger Geruch in der Luft.

»Pfui Teufel«, schnappte Bendik nach Luft und zog den Bart so weit hinauf, dass er die Nase bedeckte.

»Es riecht nach Riesen und Trollen«, sagte der Drache. »Das können keine Zwerge oder schwarzen Elfen sein, die hier leben, denn die sind viel reinlicher. Lass uns losgehen. Wir sind weit über das Eis geflogen, jetzt müssen wir unter der Erde eine ebenso weite Strecke zurücklegen.«

Sie durchquerten die große Halle und gingen durch eine Bogenöffnung, die sich auf der anderen Seite befand. Jetzt wur-

de es dunkler, denn bis hierher reichte nur noch wenig Licht von draußen. Sie standen in einem Höhlengang, der leicht abwärts führte.
»Mir gefällt das nicht«, sagte Bendik.
»Wir können immer noch umkehren und zu den Ländern im Süden fliegen«, schlug Skimre vor.
»Nein«, sagte Bendik und bedeckte Mund und Nase mit seinem Ärmel, um sich nicht wegen des widerlichen Gestanks zu übergeben. »Ich weiß nicht, wie das bei Drachen ist, aber kein Held gibt auf, nur weil es ein bisschen fürchterlich riecht.«
»Es ist nicht der Geruch, der mich stört«, sagte Skimre. »Ich dachte, du redest von den Schritten, die sich nähern.«
»Welche Schritte?«, fragte Bendik und sah sich im Halbdunkel um.
»Sie kommen von dort unten«, sagte der Drache und zeigte auf den Tunnel vor ihnen. »Hörst du sie denn nicht?«
Bendik blieb regungslos stehen und lauschte. Jetzt konnte auch er etwas hören. Schwere Schritte, die sich näherten. »Das klingt nach etwas Großem«, flüsterte er. »Es müssen Trolle oder Riesen sein.«
»Drei Riesen, um genau zu sein«, sagte Skimre. »Und es gibt keinen Ort, an dem wir uns verstecken können. Also, was meinst du, sollen wir fliehen?«
Bendik schüttelte trotzig den Kopf. »Nein, wir werden sie früher oder später sowieso treffen und ich habe mich schließlich als Zwerg verkleidet. Es wird mir schon gelingen, sie zu täuschen.«
»Aber was ist mit mir?«, fragte Skimre. »Du musst schon rich-

tig gut sein im Täuschen, wenn du ihnen weismachen willst, dass ich ein Zwerg bin!«

»Das müssen wir herausfinden«, sagte Bendik angespannt. Er krümmte seinen Rücken und versteckte seine Hände hinter dem falschen Bart. Dann beugte er den Kopf ein wenig nach unten und ging den Höhlengang hinunter.

Es war ein breiter und hoher Tunnel. Sie hatten viel Platz. Den hatten auch die Riesen, die ihnen entgegenkamen. Bei ihrem Anblick durchfuhr Bendik ein Kälteschauder, denn sie waren mehr als doppelt so groß wie er und sie schienen bedrohlich stark zu sein. Ansonsten unterschieden sie sich nicht sehr von Menschen. Sie trugen Kleider, auch wenn sie nicht sehr schön waren, Bärte und zerzauste Haare. Als sie Skimre erblickten, der ein wenig ratlos mitten im Tunnel stand, blieben sie abrupt stehen.

Bendik schluckte und wusste, dass es jetzt darauf ankam. Jetzt würde sich zeigen, ob er die Riesen täuschen konnte.

»Komm schon, Fjomur«, sagte er mit der tiefsten Stimme, die er machen konnte. Dann schüttelte er übertrieben den Kopf und sagte zu den drei Riesen: »Fjomur ist so störrisch und widerspenstig, seit die schwarzen Elfen ihren Bann über ihn gesprochen haben. Wenn man einen Bann brechen könnte, indem man beleidigt ist, wäre er schon lange gebrochen.«

»Was für ein Bann?«, fragte der erste Riese. Bendik warf ihm einen kurzen Blick zu und wieder durchfuhr ihn ein Schauder, als er sah, wie gewaltig der Riese war.

»Sie haben gezaubert, dass Leute mit wenig Verstand Fjomur für einen Drachen halten«, sagte Bendik. »Die Elfen haben eine Sinnestäuschung über ihn geworfen, aber wir wissen nicht, ob sie noch gilt, denn nur dumme Leute werden getäuscht. Ich erkenne deutlich, dass dort hinten ein rotbärtiger Zwerg steht, dumme Leute aber werden einen Drachen sehen.«

»Häh?«, machte der Riese und betrachtete Skimre so intensiv, dass der Drache einen Schritt zurückwich.

»Das sind doch Kinderstreiche«, fuhr Bendik fort und wurde ein wenig frecher, weil das Gespräch mit den Riesen so gut lief. »Stellt euch vor, ein Drache! Es ist nicht nett, dass nur dumme Leute getäuscht werden.«

»Also Dummköpfe sehen einen Drachen, während Schlauköpfe einen Zwerg sehen?«, fragte der Riese.

»So ist es. Ich werde nicht fragen, was ihr seht, denn ich gehe davon aus, dass ihr nur einen buckligen Zwerg mit rotem Bart seht. Aber es gibt jedes Mal Ärger, wenn wir auf Dummköpfe treffen. Sie brüllen und schreien, das könnt ihr euch ja denken.«

»Brüllen und schreien, ja«, sagte der Riese. »Aber wir sehen einen Zwerg.«

Die beiden anderen Riesen nickten. »Einen Zwerg mit rotem Bart, das sehen wir.«

»Komm jetzt, Fjomur«, sagte Bendik und winkte Skimre zu. »Du hörst, dass diese Männer keine Dummköpfe sind. Sie werden keinen Ärger machen.«

Die drei Riesen gingen zur Seite und ließen Bendik und Skimre vorbeigehen. Der letzte drehte sich um und schaute dem Jungen und dem Drachen misstrauisch hinterher. Skimre und Bendik gingen mit schnellen Schritten den Tunnel hinab, während die Riesen in die entgegengesetzte Richtung stapften.

Skimre hielt sich zurück, bis sie außer Hörweite der Riesen waren, dann brach es aus ihm hervor: »Meine Güte, warst du schlau! Das ist das Listigste, was ich je gehört habe!«

»Danke«, grinste Bendik. »Aber eigentlich bin ich nicht derjenige, der das erfunden hat. Es gibt eine alte Geschichte, die fast so verläuft.«

»Du hast sie tatsächlich glauben gemacht, dass ich ein Zwerg bin«, gluckste Skimre. »Ich hatte schon Lust, ein bisschen Feuer zu speien, nur um zu sehen, wie sie reagieren.«

Es wurde zunehmend dunkler im Tunnel und jetzt tauchten rechts und links Öffnungen auf.

»In allen Öffnungen riecht es nach Riesen«, sagte Skimre und bestand darauf, geradeaus zu gehen. »Hier gibt es so viele Riesen und Trolle wie Läuse in einem Bart. Lass uns in diesem mittleren Tunnel bleiben, denn hier weht ein frischer Luftzug, der mich glauben lässt, dass es keine Sackgasse ist.«

Sie liefen den breiten Höhlengang hinab. Da es sehr dunkel war, blies der Drache eine schwache Flamme, damit sie gehen konnten, wo sie langgehen mussten. Dann tauchte in einiger Entfernung ein flackerndes Licht auf und sie gelangten in einen Abschnitt des Tunnels, der mit Fackeln erleuchtet war. Kurz danach kamen sie an eine Gabelung.

»Nun, was meinst du, welchen Weg sollen wir wählen?«, fragte Bendik.

Der Riesentunnel, durch den sie gekommen waren, endete in einem noch größeren und breiteren Gang. Er erstreckte sich in beide Richtungen und beide Wege schienen gleich häufig genutzt.

»Hier sind ein paar Zeichen«, sagte der Drache und deutete

auf die Wand. »Even hat dir doch beigebracht, wie du diese Symbole deuten sollst?«

Bendik rümpfte nachdenklich die Nase. »Na ja, es waren so viele Zeichen, ich erinnere mich nicht an alle. Das dort bedeutet Küche, glaube ich. Wie seltsam, denn von dort sind wir ja gekommen. Das sah nicht aus wie eine Küche. Und dieses dort, war es nicht das, was Bierstube bedeutet? Oder vielleicht Vorratskammer? Oder war es Viehstall? Die anderen kenne ich nicht.«

Skimre reckte die Nase und schnupperte, dann lauschte er angestrengt. »Ich kann in dieser Richtung einen Fluss hören«, sagte er.

»Einen Fluss unter der Erde?«

»Es gibt viele Flüsse unter der Erde«, sagte Skimre. »Wusstest du das nicht? Ich höre auch Stimmen, am Fluss sind Zwerge.«

»Vielleicht sollten wir . . .«

»Psst! Sie reden miteinander, ich kann sie hören.«

Bendik schwieg und lauschte, aber er konnte nicht einmal den Fluss hören. Er bekam allmählich großen Respekt vor Skimres Gehör.

»Sie reden über Boote«, sagte Skimre. »Ich glaube, sie benutzen den Fluss als Transportweg zwischen den Gruben hier im Urschlund der Trolle und den Hallen weiter südlich.«

»Sollen wir den Weg ausprobieren, was meinst du?«, fragte Bendik.

»Nun, ich mag Wasser nicht besonders gern«, begann der Drache. »Aber . . .« Er hielt inne und lauschte erneut. »Sie sind weg«, sagte er. »Die Zwerge sind abgefahren. Ich gehe davon aus, dass wir auf jeden Fall dort runtergehen und uns umsehen können.«

Während sie gingen, betrachtete Bendik die Formen an den Wänden. Die Bilder reichten vom Boden des Tunnels bis zur Decke und sie zeigten gewaltige Riesen, die gegen Bären und Monster kämpften. Er dachte daran, wie einfach er die Riesen getäuscht hatte, und war darüber ein wenig stolz. Für sich spielte er mit Worten:

Unter der Erde
Im Reich der Riesen
Der Riesen drei
Hielten Reden mit dem Helden
Schnell dachte der Sohn des Jarls
Die Riesen er narrte . . .!

»Oh, oh«, sagte Skimre plötzlich und drehte den Kopf.

»Was ist?«

»Die Riesen.«

Bendik blickte zurück, aber dort war nichts. »Was meinst du?«

»Die drei Riesen, die wir getroffen haben, sie kommen hinter uns her. Ich kann sie hören.«

»Woher weißt du, dass sie hinter *uns* herkommen? Sie können doch einfach nur auf dem Rückweg dorthin sein, von wo sie gekommen sind.«

»Ich kann sie reden hören«, sagte der Drache. »Sie vermuten, dass sie getäuscht worden sind, und jetzt suchen sie uns. Sie wollen uns beide plattmachen. Das heißt, dich werden sie plattmachen, mich werden sie häuten und als Wandschmuck verwenden.«

~ 18 ~

Bendik und Skimre rannten den Gang hinunter, so schnell ihre Beine sie trugen. Der Tunnel war eben und mit Fackeln recht gut beleuchtet, das war kein Problem. Zwischendurch warf Bendik immer mal wieder einen Blick über die Schulter, aber von den Riesen war nichts zu sehen. Dann machte der Tunnel eine Biegung.

»Wo ist denn bloß dieser Fluss?«, jammerte Bendik, als auch hinter der Biegung nichts als ein langer gerader Tunnel zu sehen war. »Du hast doch gesagt, dass er ganz in der Nähe ist.«

»Nur noch ein kleines Stück«, keuchte der Drache. Er drehte den Kopf und lauschte. »Wir sollten uns beeilen.«

»Wir laufen doch schon so schnell wir können«, schnaufte Bendik.

»Kann sein, dass du noch schneller laufen kannst, wenn du nicht so viel quatschst«, warf Skimre ein.

»Frecher Drache«, sagte Bendik. Doch dann hielt er den Mund und tat, was der Drache gesagt hatte. Ihm war schrecklich warm in den beiden Schaffellen und der Bart hatte sich bereits an einem Ohr gelöst, aber er konnte sich nicht die Zeit nehmen, ihn zu richten. Bendik hörte etwas herantrampeln. Jemand näherte sich von hinten, jemand, der groß und schwer war und lange Schritte machte.

Ein Stück vor ihnen tauchte eine neue Biegung auf. Bendik biss die Zähne zusammen und zwang seine Beine, noch schneller zu laufen. Er rannte so schnell, dass er fast das Gleichgewicht verlor, als er die Biegung erreichte. Bendik hörte Skimre nach Luft schnappen und vermutete, dass er einen Blick über die Schulter geworfen hatte. Er selbst traute sich nicht, sich umzudrehen, und stolperte fast um die Biegung. Plötzlich befand er sich auf einer Plattform. Vor ihm gluckste und gluckerte ein breiter düsterer Fluss. Das Wasser war rabenschwarz, es schäumte und schwappte gegen die Seiten des Tunnels. An einem Eisenring war ein Lastboot angebunden, das gegen die Landungsbrücke schlug.

Bendik gelang es gerade so, an der Uferkante anzuhalten. Skimre hing ihm direkt an den Fersen und musste mit den Flügeln schlagen, um nicht im Wasser zu landen. Hinter sich hörten sie die Riesen.

»Wir müssen ins Boot«, befahl Bendik. »Schnell!«

»Es ist zu klein«, sagte Skimre erschrocken und schnaubte aus Protest orange Flammen.

Bendik wartete nicht, sondern sprang schnell ins Boot. Er sah, dass es sehr stabil gebaut war. Es hatte ziemlich hohe Kanten, aber weder Segel noch Ruder, nur ein Steuerruder ganz hinten. Offensichtlich war die Strömung im Fluss stark genug, es vorwärtszutreiben.

»Beeil dich«, rief er und begann, das Tau zu lösen, mit dem das Boot festgebunden war.

»Aber wir werden sinken, ich bin zu schwer«, sagte Skimre.

Im selben Augenblick kamen die drei Riesen aus dem Tunnel gelaufen.

»Da sind sie!«, rief der erste. »Kommt schon, fangt sie, bevor sie entkommen!«

»Skimre!«, rief Bendik und es gelang ihm endlich, das Tau zu lösen. Der Drache sprang verzweifelt ab. Mithilfe der Flügel schaffte er es, im Boot zu landen. Bendik klammerte sich an den Achterstak, während das Wasser auf und ab klatschte und das Boot von dem plötzlichen Gewicht zu kentern drohte. Es schaukelte bedrohlich hin und her, über die eine Seite schwappte bereits das Wasser hinein. Der erste Riese erreichte die Brückenkante und warf sich auf die Knie, während er nach dem Steuerruder des Bootes griff.

»Hab sie«, schrie er den beiden anderen Riesen zu. Erschrocken fühlte Bendik, wie das Boot einen Ruck machte. Die Strömung war zwar stark und wollte sie mit sich wegziehen, doch der Riese war stärker. Triumphierend hielt er das Boot an der Brücke fest. Die beiden anderen Riesen bereiteten sich darauf vor, den Jungen und den Drachen zu ergreifen.

»Spei Feuer, Skimre!«, brüllte Bendik.

Skimre spie eine Feuersäule direkt ins Gesicht des Riesen. Der Riese schrie laut auf, als sein Haar und sein Bart plötzlich in Flammen standen. Er ließ das Boot los und schlug die Hände vors Gesicht. Da wurde das Boot von der Strömung erfasst und rauschte mit Bendik und dem Drachen an Bord schnell den Fluss hinunter.

Während Bendik und Skimre sich nach den Riesen umschauten, trieb das Boot in einen Tunnel, der so niedrig war, dass sie die Kälte spüren konnten, die ihnen vom Berg entgegenschlug. Die Brücke und die Riesen verschwanden aus ihrem Blickfeld und sie glitten lange den Fluss hinunter, ohne dass sie etwas sehen konnten.

»Das war knapp«, sagte Bendik. »Aber jetzt ist vermutlich das Schlimmste überstanden, oder was meinst du? Die Zwerge und die schwarzen Elfen können nicht so gefährlich sein wie die Riesen. Zumindest sind sie nicht so groß und stark. Gut, sie setzen Zauberkunst ein, aber ich treffe lieber ein Dutzend Zauberer mit magischen Fähigkeiten als drei dieser stinkenden Riesen.«

»Ich möchte auf keinen Fall gehäutet werden«, sagte Skimre nur.

Um sie herum brauste und gluckste der Fluss. Ab und zu stießen sie gegen die Bergwand, manchmal spritzte etwas Wasser ins Boot, aber im Großen und Ganzen trieben sie gleichmäßig und beständig flussabwärts. Skimre blies ein paar Flammen, damit sie sich umsehen konnten.

Durch das Licht wurde ihnen als Erstes klar, wie schnell sie fuhren. Braunschwarze Berge auf beiden Seiten des Bootes glitten so schnell vorüber, dass ihnen fast schwindelig wurde. An einer Stelle machte der Fluss eine Biegung und das Boot schleuderte gegen die Bergwand, dass die Eisenbeschläge Funken sprühten. Bendik hatte sich an der Reling festgehalten, jetzt aber zog er die Finger zurück.

Ziemlich lange brausten sie auf diese Art voran.

»Vor uns ist Licht«, sagte Skimre plötzlich.

Ein merkwürdiges bläuliches Licht kam schnell näher. »Glaubst du, dass wir da sind?«, fragte Bendik und griff das Steuerruder, um eine Brücke ansteuern zu können, falls es eine gab.

»Ich weiß nicht«, antwortete Skimre. »Aber es leuchtet ziemlich hell!«

Das blaue Licht wurde immer intensiver, am Ende wurden sie sogar richtig geblendet. Bendik hielt einen Arm schützend vor seine Augen. Dann glitt das Boot plötzlich aus dem Tunnel heraus. Über ihren Köpfen wölbte sich dickes blaues Eis.

»Schau dir das an!«, sagte Bendik. »Wir fahren unter dem Gletscher!«
Zuerst war das Eis direkt über ihnen, doch dann strömte der Fluss plötzlich in eine Halle aus Eis, deren Decke so hoch war, dass sie sie nur erahnen konnten.
»Das ist vollkommen unglaublich«, sagte Bendik, während er sich mit großen Augen umsah. »Wenn mir jemand erzählt hätte, dass es unter dem Eis so aussieht, hätte ich es nie geglaubt. Schau mal, wie hoch die Decke reicht! Schau dir das Eis an und schau, wie grün das Wasser ist!«
Das Boot verlor an Fahrt und wäre fast in einen Strudel geraten, hätte Bendik nicht das Steuerruder ergriffen und es wieder auf sicheren Kurs gebracht. Vor ihnen verengte sich das Wasser wieder zu einer Flussmündung. Als sie sich ihr näherten, nahm das Boot erneut an Fahrt auf. Sie fuhren so schnell in einen Eistunnel hinein, dass das Wasser um sie herum nur so spritzte. Das Boot musste jetzt vielen Biegungen folgen und stieß dabei manchmal so hart an das blau schimmernde Eis, dass es ganze Eisstücke regnete. Bendik wurde kalt, aber er traute sich nicht, das Steuerruder loszulassen, falls sie in gefährliche Stromschnellen geraten sollten.
Es brauste und polterte so laut, dass sie sich nicht unterhalten konnten, und so fuhren sie tief unter dem gewaltigen Helsisen, bis Bendik vom Festhalten des Steuerruders Krämpfe bekam. Er hing mittlerweile halb über dem Ruder und zitterte vor Kälte, seine Augen schmerzten vom blauen Licht und dem vielen Eis, das ihm ins Gesicht pikste, sobald das Boot die Seiten des Eistunnels rammte.
Als der Fluss wieder unter der Erde verschwand, war Bendik

völlig erschöpft. Seine Augenbrauen und sein Haar waren gefroren. Der falsche Bart und seine Kleider waren weiß wie Schnee. Der Drache hingegen saß vorne im Boot und war genauso goldgrün wie immer.
Unter der Erde wurde es wieder dunkel, doch diesmal empfand Bendik es als Erleichterung. Allmählich wurde der Fluss ruhiger und das Boot schaukelte ziemlich friedlich flussabwärts. Es gab keine Anzeichen dafür, dass sie sich bewohnten Gebieten näherten, also setzte Bendik sich bequem hin und entspannte. Er war fast eingeschlafen, als der Drache plötzlich flüsterte: »Da vorne ist Licht! Und dieses Mal ist es gelb, wie bei einem Feuer.«
Bendik zuckte zusammen und ergriff erneut das Steuerruder. Aus einer gewölbten Öffnung vor ihnen erstrahlte ein gelber Lichtschein. Sie näherten sich dem Ende des langen Tunnels.
Noch waren Bendik und Skimre im Dunkel des Tunnels verborgen, aber im Licht dort vorne sahen sie deutlich, dass eine Landungsbrücke in den Berg gehauen war. Dort arbeiteten viele Zwerge. Sie waren zu den Gefilden der Zwerge gekommen.
Der Fluss strömte jetzt ziemlich langsam, was Bendik ein wenig Zeit zum Nachdenken gab. Jetzt wurde ihm klar, dass Zwerge auf der Brücke sein würden, an denen sie vorbeimussten. Wie hatte er bloß vergessen können, dass ein Boot voll mit Zwergen losgefahren war, kurz bevor er und Skimre auf dem Wasser vor den Riesen geflohen waren! Es war natürlich gut, dass er selbst als Zwerg verkleidet war, mit Bart und allem Drum und Dran, aber jetzt wurde ihm schlagartig bewusst, dass er nicht darüber nachgedacht hatte, wie er einen

ganzen Drachen verstecken sollte. Die Geschichte, mit der er die Riesen hereingelegt hatte, konnte er nicht noch einmal bringen, er musste sich etwas Besseres einfallen lassen.
Das Boot dümpelte lautlos vorwärts. In einigen wenigen Augenblicken würden sie bereits die Öffnung erreichen und von allen Zwergen gesehen werden. Verzweifelt suchte Bendik die Umgebung ab, auf der Suche nach einer Möglichkeit, das Boot anzuhalten, um Zeit zu gewinnen. Er musste Skimre verstecken, aber wie?
Skimre selbst saß aufrecht vor ihm und blickte nach vorne. Das war das absolut Schlimmste, was er tun konnte, dachte Bendik und zog fest am Steuerruder, als könnte er das Boot auf diese Weise stoppen. Das Boot schlug unsanft an die Bergwand. Skimre drehte sich um und sah Bendik fragend an.
»Leg dich hin«, zischte Bendik.
Der Drache riss verständnislos die Augen auf.
»Leg dich auf den Boden des Bootes!«, befahl Bendik. »Wir müssen dich verstecken.«
Skimre legte sich nur widerwillig hin.
»Falt deine Flügel besser zusammen!«
Skimre seufzte laut und faltete den Flügel zusammen, der hervorschaute.
Das war nicht genug. Immer noch gab es viel zu viel vom Drachen zu sehen. Er musste ihn zudecken. Aber womit? Er riss sich den Umhang vom Leib und warf ihn über Skimre. Dann wurde es mit einem Mal heller und das Boot strömte leise aus dem Tunnel.
Die Halle war groß und hatte eine hohe Decke. Am Rande der Strömung war das Wasser ruhiger. Dort lag eine ganze Reihe

von Booten nebeneinander. In einem von ihnen standen mehrere Zwerge, die sich allesamt umdrehten, als Bendiks Boot auf sie zusteuerte.
Bendik verschaffte sich schnell einen Überblick über den Rest der Halle. Der Fluss endete hier nicht, sondern verschwand in einem dunklen Tunnel, aus dem es bedrohlich grollte. Dieser Weg war allerdings mit einem großen, schweren Balken versperrt.
Bendik konzentrierte sich jetzt auf die Zwerge auf der Brücke. Dort herrschte große Aufregung. Einige von ihnen trugen Kettenhemden und Lanzen, andere liefen vor und zurück, riefen und zeigten mit dem Finger. Dann kamen mehrere Zwerge mit langen Bootshaken in den Händen angerannt.
Zu diesem Zeitpunkt hatte das Boot von Bendik und Skimre so viel an Fahrt verloren, dass es nur sehr langsam auf die Brücke zufuhr. Bendik starrte die Zwerge an und die Zwerge starrten mit misstrauischen Augen zurück.
»Wer bist du?«, rief einer von ihnen.
Bendiks Gehirn war vollkommen leer. Er wusste, dass Even ihm Ratschläge gegeben hatte, wie er die Zwerge täuschen konnte, aber er konnte sich um nichts in der Welt an sie erinnern.
»Ich bin . . . Fjomur«, sagte er und vergaß vollkommen, die Stimme zu senken.
»Fjomur? Und weiter? Warum klingst du wie ein Mädchen?«
»Ich bin Fjomur der Schmied«, sagte Bendik mit tieferer Stimme. »Und ich habe Halsschmerzen.«
»Hmpf. Was hast du geladen? Was glänzt dort?«
Bendik schluckte und hatte keine Ahnung, was er sagen soll-

te. Er wusste nicht, welche Art von Gruben die Zwerge oben im Urschlund der Trolle hatten. Aber man sagte, unter der Erde gebe es viel Reichtum.
»Gold«, antwortete er deshalb. Ein schwaches Stöhnen erklang von Skimre ganz unten im Boot. Bendik verstand, dass seine Antwort falsch war.
Mehrere Zwerge kniffen die Augen zu schmalen Schlitzen zusammen und begannen, leise miteinander zu sprechen. Zwei von ihnen, die Enterhaken hatten, gingen hinaus an den Rand der Landungsbrücke. Das Boot war in Reichweite getrieben. Sie packten es und hielten es ziemlich ruhig in einem Abstand, der es Bendik unmöglich machte, an Land zu gehen.
Bendik war so nervös, dass er schwitzte. Der Bart fühlte sich steif an und juckte. Jetzt war er so nah an den Zwergen, dass er sicher war, dass sie seine Verkleidung durchschauen würden. Er beugte deshalb den Kopf nach unten und zog ein wenig an der Kapuze. Gleichzeitig bemerkte er, dass Skimres Hinterpfote ein wenig hervorschaute, und schob sie diskret zurück unter den Umhang.
Da schnappte er Bruchstücke dessen auf, worüber die Zwerge tuschelten. »Riesentricks . . .«, sagte einer. ». . . Wasserfall«, sagte ein anderer. ». . . lügt«, sagte ein dritter.
Bekümmert blickte Bendik zum abgesperrten Tunnel. Das Grollen von dort konnte gut von einem Wasserfall stammen. Der Baumstamm, der den Weg versperrte, war an dicken Ketten befestigt. Nun sah Bendik, dass mehrere Zwerge an einem Rad drehten, das die Ketten aufzog. Der Baumstamm begann, sich zu heben. Er war schwarz und nass, schwere Tropfen fielen in das gurgelnde Flusswasser hinab. Das Boot bewegte

sich, als die Zwerge es mit den Enterhaken in Richtung des Tunnels zogen. Sie waren durch seine Verkleidung nicht getäuscht worden und nun würden sie ihn den Wasserfall hinunterschicken.

»Heh, was macht ihr da?«, rief er den Zwergen zu. Mit einem Mal erinnerte er sich daran, was Even ihm geraten hatte zu sagen, und er brabbelte, so schnell er nur konnte: »Ich bin Geselle, mein Meister heißt Regin Sokk, ich habe es eilig!«

»Sokkmime«, flüsterte Skimre vom Boden des Bootes. »Und Kohle! Nicht Gold.«

»Ja, es ist Kohle«, schrie Bendik fast. »Es ist Kohle, die ich im Boot habe. Massenhaft Kohle.«

Aus dem Augenwinkel sah er, dass der Baumstamm ganz hochgezogen war. Jetzt stand der Tunnel offen und die Zwerge konnten ihn mit den Enterhaken ganz leicht zu dem dröhnenden Wasserfall ziehen. Bendik sah vor seinem inneren Auge, wie Skimre und er den Wasserfall in die stille Dunkelheit hinabfielen, wie das Boot in Teile zerschlagen wurde und sie in den gewaltigen Wassermassen ertranken.

»Wartet!«, rief er verzweifelt.

Einer der Zwerge stemmte die Hände in die Hüften und schaute ihn prüfend an. »Was macht ein Schmiedgeselle mit einer Ladung Kohle aus dem Urschlund der Trolle?«, fragte er streng.

»Ich . . . ich hole sie«, stammelte Bendik. »Ich hole sie für Sokkmime, meinen Meister. Er heißt Regin Sokkmime.«

»Ich kenne ihn gut. Ich dachte, ich kenne auch alle seine Gesellen. Sag mir: Was ist Regins Hauszeichen?«, fragte der Zwerg und kniff die Augen misstrauisch zusammen.

»Haus. . . Haus. . .?« Bendik wusste nicht, was er sagen sollte. Die Menschen benutzten als Zeichen oft Runen oder, falls sie ungelehrt waren, ein Kreuz. »Eine R. . . Rune?«, schlug Bendik vor.

Die Zwerge auf der Brücke steckten die Köpfe zusammen.

»Wir wissen, dass du ein Lügner und Schwindler bist. Du wirst *eine einzige Chance* bekommen, uns zu sagen, wer du wirklich bist und warum du kommst«, sagte der Zwerg.

Bendiks Blick fuhr hektisch herum. Da sah er, dass auf jeder Seite des Zwerges, der ihn verhörte, bewaffnete Wachen standen. Sie hatten ihre Waffen geladen und auf Bendik gerichtet.

»Riesentricks, ich hatte recht«, sagte einer der Zwerge.

»Sie sind wütend wegen des kleinen Streichs, den du ihnen gespielt hast«, sagte ein anderer.

»Riesen mögen keine Scherze.«

»Schickt ihn in den Wasserfall«, befahl der Oberzwerg ärgerlich, als Bendik nicht antwortete. Er machte eine ungeduldige Handbewegung und augenblicklich schoben die Zwerge Bendiks Boot mit den Enterhaken in Richtung des Tunnels. Das Boot glitt still auf die dunkle Öffnung zu, wo es dröhnte und toste.

»Nein!«, rief Bendik. Aber die Zwerge überhörten seinen Protest. Sie gaben dem Boot einen so kräftigen Schubs, dass Bendik fast das Gleichgewicht verlor. Mehr brauchte es nicht, denn jetzt ergriff die Strömung das Boot und zog es hinein in den fürchterlichen Wasserfalltunnel.

~ 19 ~

Das Boot mit Skimre und Bendik wurde von der Strömung in den dunklen Flusstunnel gezogen. Das Licht von der Brücke der Zwerge verschwand schnell. Ein Stück vor ihnen ertönte das Brausen und Tosen des unterirdischen Wasserfalls.

»Skimre«, schluchzte Bendik.

Die Augen des Drachens glühten.

»Wir müssen weg!«

Das Boot trieb plötzlich schneller. Es rumpelte hin und her, als es gegen die Bergwand stieß, an der sie entlangfuhren. Bendik fiel fast um und griff nach dem Achterstak. »Leuchte, Skimre!«, sagte er.

Skimre spie einen Flammenschauer und sie konnten erkennen, dass sie sich in einem nassen und braunschwarzen Tunnel befanden. Er war schmal und eng und schwierig zu befahren, weil sie ständig an herausragende Steine und Klippen stießen. Plötzlich schossen sie über einige Stromschnellen, bevor sie so heftig gegen einen riesigen Felsblock stießen, dass es im Gebälk nur so knirschte. Bendik und Skimre fielen um. Als sie sich wieder aufgerappelt hatten, trieb das Boot ruhiger, aber das Getöse vor ihnen war umso lauter geworden. Jetzt konnten sie ganz deutlich hören, dass es das Dröhnen eines mächtigen Wasserfalls war.

»Da ist ein Wasserfall vor uns«, sagte Bendik unnötigerweise.

»Du hättest nicht zulassen dürfen, dass sie uns hier hineinschicken«, meinte Skimre.

»Aber was hätte ich denn tun sollen? Sie haben ihre Waffen auf mich gerichtet, sie wollten mich erschießen!«

»Du hättest besser aufpassen sollen, als Even dir von den Zwergen erzählte«, sagte Skimre. »Dann wäre es dir gelungen, ordentlich auf ihre Fragen zu antworten.«

Plötzlich krachte das Boot an einen Felsen. Es schürfte über den Boden und Bendik befürchtete, dass es leckgeschlagen hatte. Erst hob sich der Bug, dann drehte sich das Boot ein wenig seitwärts und blieb still liegen.

»Wir sind auf Grund gelaufen!«, sagte Bendik.

»Dieser Teil des Flusses ist nicht so gut gepflegt wie der Rest«, erklärte Skimre. »Sieh mal dahinten, da liegen mehrere große Steine im Weg.«

»Vielleicht können wir dem Wasserfall doch noch entkommen«, sagte Bendik.

»Aber wo sollen wir denn hin?«, fragte Skimre. »Willst du etwa zur Zwergenbrücke zurückgehen? Wie sollen wir eigentlich zur Königstochter gelangen?«

»Ich weiß nicht. Warum haben wir uns bloß mit hineinziehen lassen? Wir hätten machen sollen, was du gesagt hast, und in die Länder südlich des Großen Meeres fliehen sollen.«

»Na ja, falls es dich tröstet«, sagte Skimre, »ich glaube nicht, dass wir das geschafft hätten. Du hast selbst gesehen, wie erschöpft ich an dem Tag war, an dem wir über das Meer flogen. Ich glaube nicht, dass meine Kräfte lange genug gereicht hätten. Wir wären vermutlich ins Meer gefallen und ertrunken, wenn wir es versucht hätten. Es stimmt wohl, was Even gesagt hat: Es war dein Schicksal, unter die Erde zu gehen.«

»Und jetzt sind wir hier«, sagte Bendik und stützte die Ellbogen auf die Knie, während er das Gesicht in den Händen vergrub. »Und ich habe Angst, dass wir nicht wieder rauskommen.«

Der Berg wird der erbarmungslose Tod
Für den furchtlos Fahrenden
Der Fall löscht die Flammen
Die sein Drache trug.

»Das war schrecklich düster«, sagte Skimre. »Ich habe nicht vor, so schnell zu erlöschen.«

Um sie herum brauste und gluckste es. Das einzige Licht, das sie jetzt hatten, waren Skimres Flammen. Bendik blickte in die Richtung zurück, aus der sie gekommen waren, dann sah er nach oben. Die Decke war sehr hoch. Es war, als befänden sie sich am Grunde einer gewaltigen Spalte im Berg. Nur ein paar Mannshöhen über ihnen standen die Wände weit genug auseinander, dass ein Drache fliegen konnte.

»Skimre«, sagte er nachdenklich, während er dasaß und sich umschaute. »Was meinst du, was ist dort oben?«

»Dunkelheit«, antwortete der Drache.

»Nichts als Dunkelheit, genau das hat der irre Even gesehen. Dann ist das unser Weg.«

»Wir werden die Tochter des Königs dort oben nicht finden«, sagte Skimre.

»Nein. Aber lass uns dorthinauf fliegen, vielleicht finden wir einen Weg hinunter in die Gefilde der Zwerge, der nicht bewacht ist.«

»Das Problem wird das Abheben sein«, sagte Skimre und taxierte die Abstände. »Hier ist es zu eng, ich kann die Flügel nicht ausbreiten, wie also sollen wir hoch genug gelangen, dass ich abheben kann?«

»Wir müssten uns trauen, dem Fluss noch ein Stück zu fol-

gen«, sagte Bendik, »denn es scheint, als würde er im Verlauf breiter.«
»Aber wir sind auf Grund gelaufen, wie sollen wir das Boot weitertreiben?«
Bendik griff nach dem Steuerruder. »Willst du versuchen, uns loszubekommen?«, fragte Skimre. »Aber was ist, wenn wir es nicht schaffen, wieder anzuhalten?«
Bendik antwortete nicht. Er steckte das Steuerruder so tief wie möglich ins Wasser. »Es ist ziemlich flach hier«, sagte er.
»Na und?«
»Wir können aus dem Boot steigen und flussabwärts waten.«
»Aber dann werden wir nass!«
»Na und?«
»Na ja, eigentlich finde ich Wasser ziemlich abscheulich. Erinnerst du dich daran, dass ich dir den Unterschied zwischen Feuertieren und Wassertieren erklärt habe?«
»Aber hier können wir doch nicht bleiben. So finden wir weder die Tochter des Königs, noch haben wir etwas zu essen.«
»Das stimmt«, sagte Skimre und legte eine Pfote auf seinen Bauch. »Die Robbe, die wir gestern gegessen haben, hat nicht satt gemacht. Weit entfernt von satt gemacht.« Seine Augen glühten plötzlich orange. Er starrte Bendik gierig an. In seinem Hals zischte und knurrte es und Bendik fühlte sich plötzlich schlecht.
»Warum starrst du mich so an?«
Skimre seufzte. »Das Gerede vom Essen hat mich hungrig gemacht. Aber das Band um meinen Hals sitzt zu eng«, sagte er heiser.
»Ich glaube nicht, dass wir es lösen können«, sagte Bendik.

»Aber schau mal, wir haben immer noch das Essen, das Even uns gegeben hat.«
Skimre fraß sehr viel, und als Bendik die Reste verstaute, war er beunruhigt darüber, wie wenig nur noch übrig war. Sie sollten sich beeilen, Lilja zu finden, wenn sie nicht Hunger leiden wollten. Er lehnte sich über die Reling und studierte den weiteren Flusslauf.
»Sieh mal«, sagte er und zeigte nach vorne. »Wir können dorthin waten, dort wird der Abstand zwischen den Höhlenwänden so breit, dass du abheben kannst. Es ist nicht weit und das Wasser ist nicht besonders tief.«
»Aber es ist sehr nass und kalt.«
»Daran können wir nichts ändern«, sagte Bendik. »Und ich habe ein Band um deinen Hals gebunden, deshalb musst du mir gehorchen. Und deshalb befehle ich dir jetzt, in den Fluss zu springen und dort hinüberzuwaten.«
Skimre grummelte vor sich hin und blieb trotzig sitzen. Er sah zu, wie Bendik sich daranmachte, über die Reling zu klettern.
»Jetzt komm schon«, sagte Bendik streng. »Spring rein!«
Mit einem Funkenschnauben sprang der Drache über Bord. Er platschte in den Fluss, sodass Bendik von Kopf bis Fuß nass wurde, aber indem der Drache das Boot verließ, wurde es auch viel leichter, sodass es loskam. Und während Bendik noch immer bäuchlings über der Reling hing, nahm das Boot Fahrt auf und trieb in schnellem Tempo den Fluss hinunter.
»Nein!«, rief Bendik, als das Boot erneut gegen einen Stein stieß, sich langsam herumdrehte und seine wilde Fahrt Richtung Wasserfall fortsetzte. Bendik war klar, dass er loslassen musste, aber er hatte keine Ahnung, ob der Fluss hier tief

oder flach war und ob er nicht mit der Strömung in den Wasserfall gezogen werden würde. Er sah Skimres Licht nicht mehr und wusste nicht, wo der Drache war. Er spuckte und schluckte Wasser, das zu allem Übel noch so eisig kalt war, dass er sich ganz benommen fühlte. Das Boot bekam noch einen weiteren harten Schlag und da ließ Bendik los. Er fiel ins schäumende Wasser. Es blubberte in der Nase und sauste in seinen Ohren. Aber er spürte festen Boden unter den Füßen, und als er sich aufrichtete, gelang es ihm zu stehen, ohne von der Strömung umgerissen zu werden. Das Wasser reichte ihm bis zur Taille und der Fluss zog und schob ihn hin und her. Plötzlich sah er hinter sich ein Licht, das von Skimre stammen musste. Er watete mit Mühe in Richtung des Drachens, der bis zum Bauch im Wasser stand und ziemlich bedrückt wirkte.

»Lass uns losfliegen«, sagte Bendik und kletterte auf den Rücken des Drachens.

»Halt dich gut fest, das hier wird Präzisionsfliegen«, sagte Skimre. »Ziemlich verzwickt, aus einem widerspenstigen Fluss abzuheben.«

Bendik klemmte die Knie gegen den Drachenkörper und flocht die Hände in die Mähne. Skimre breitete seine Flügel aus und begann, mit ihnen zu schlagen. Er machte einen kleinen Hüpfer, kam aber nicht aus dem Wasser.

»Es ist zu schwierig«, klagte Skimre nach einigen misslungenen Versuchen. »Ich schaffe es nicht, aus dem Fluss abzuheben.«

Bendik musste absteigen. Ihm war von dem Eiswasser ordentlich kalt geworden und er stand zitternd da, während Skimre es erneut versuchte. Dieses Mal klappte es. Der Drache hob

ab und Bendik streckte die Arme in die Luft und ergriff seine Beine.
»Fledermaus müsste man sein«, sagte Skimre und schlug mit den Flügeln, während er sich abmühte, an Höhe zu gewinnen. »Fledermaus, um durch Bergspalten wie diese zu fliegen.« Er schlug erneut mit den Flügeln, flog schwer und ungleichmäßig, aber sie stiegen beständig höher, und bald war das Brausen des Flusses und des Wasserfalls viel schwächer geworden.
Hinauf durch die Dunkelheit ging es. Skimre hickste orange Flammen und sie brachten einen ziemlich engen Teil der Spalte hinter sich. Dann wurde der Spalt breiter und Bendik sah, dass es unter ihnen flach und eben war. Dort konnten sie landen.
»Geh runter, Skimre!«, rief er.
Der Drache landete. »Du ahnst nicht, wie anstrengend es ist, mit den Flügeln zu schlagen wie eine Fledermaus«, stöhnte er. »Drachen sind dafür gemacht, auf dem Wind zu gleiten.«
»Dahinten sind Eingänge«, sagte Bendik. »Lass uns mal nachsehen, ob einige von ihnen hinunter zu den Zwergen führen.«
Sie durchsuchten alle Tunneleingänge. Das erste Loch war riesig. Bendik kletterte so weit an den Rand, wie er konnte. »Skimre, da unten ist Licht«, sagte er.
»Und Stimmen«, sagte Skimre. »Pst, lass mich mal lauschen, was sie sagen.«
Bendik verhielt sich mucksmäuschenstill.
»Es sind die Zwerge auf der Steinbrücke«, sagte der Drache nach einer Weile. »Dieser Tunnel führt direkt hinunter zur Steinbrücke. Den Weg willst du doch wohl nicht nehmen?«
»Nein, lass uns den nächsten versuchen.«

Sie suchten lange, ohne noch einen weiteren Tunnel zu finden, der wieder hinunterführen könnte. Schließlich wurden sie müde und beschlossen, an Ort und Stelle zu übernachten. Skimre trocknete Bendiks Kleider und sie aßen den größten Teil des noch vorhandenen Essens auf.

Es war unmöglich zu sagen, wie lange sie geschlafen hatten oder ob es bereits Morgen war, als sie erwachten. Bendik setzte sich auf und rieb sich den Schlaf aus den Augen.

»Ich glaube, ich würde verrückt werden, wenn ich unter der Erde wohnen müsste«, sagte er. »Stell dir mal vor, nie zu wissen, ob es Nacht oder Tag ist, ob es regnet oder die Sonne scheint.«

»Die Unterirdischen mögen die Sonne nicht«, sagte Skimre. »Manchmal kommen sie dennoch hinauf.«

»Weißt du, ich habe nachgedacht«, sagte der Drache. »Wenn es einen Tunnel gäbe, der direkt hinunter zu den Zwergen führt, würden sie von ihm wissen. Sie haben hier seit Urzeiten gelebt, es kann hier gar keinen Tunnel geben, den sie nicht kennen.«

»Das stimmt. Aber es kann Hallen geben mit sehr hohen Decken und es kann sein, dass wir so hoch oben aus einem Tunnel kommen, zu dem sie einfach nicht hinreichen.«

»Ja gut, lass uns weitersuchen.«

Sie flogen noch höher und fanden an einer Stelle einen breiten Vorsprung, auf dem der Drache landen konnte. Von dort aus führte ein breiter Tunnel direkt hinunter in den Berg. Sie beschlossen, diesen zu versuchen. Lange gingen sie auf einem groben und steinigen Boden bergab. Kein Zwergenhammer war benutzt worden, um diesen Weg zu ebnen. Gleichwohl führte er in die richtige Richtung, meinte der Drache, und so mühten sie sich weiter ab. Bendik brummte jedes Mal unzufrieden, wenn sie über große Steine stolperten oder auf losem Kies und Sand ausrutschten.

Endlich sahen sie weiter vorne einen Lichtstrahl. Der Tunnel war allmählich schmaler geworden und wurde jetzt so eng, dass Skimre fast festzustecken drohte, doch es gelang ihm, sich hindurchzuquetschen. Schließlich standen sie vor einem Loch im Boden und sahen hinunter. Das Loch war nicht groß. Bendik passte möglicherweise hindurch, nicht aber die Zwerge und niemals der Drache. Bendik schaute vorsichtig hinunter, voller Angst, entdeckt zu werden. Der Boden war eben und mit vielen schönen farbigen Steinen verziert. Es waren vielleicht zwei Mannshöhen dort hinunter.

»Es ist ein Saal«, flüsterte er. »Er ist groß und an den Wänden hängen Fackeln.«

»Siehst du irgendwelche Zwerge?«

»Drei Stück, sie ziehen sich gerade Kettenhemden und Helme an. Es sieht so aus, als sei der Raum eine Waffenkammer.«

»Lass mich lauschen«, sagte Skimre. Nach einer Weile sagte er: »Sie reden nur über Bier und Frauen. Jetzt gehen sie.«

Bendik lehnte sich vor und sah, dass der Drache recht hatte. Die drei Zwerge verschwanden durch eine breite Tür. Sie wurde geschlossen und die Waffenkammer war leer.

»Ich muss hier runter«, sagte Bendik.

»Nicht besonders schlau«, sagte Skimre. »Wenn du jemandem begegnest, dann werden es tapfere Krieger sein, bewaffnet bis an die Zähne. Du wirst keine Chance haben.«

»Aber ich bin als Zwerg verkleidet, und wenn ich es noch

schaffe, mir Kettenhemd und Helm anzuziehen, werden sie mich nie entdecken.«

»Du bist ganz allein, ich kann dort nicht runtergehen.«

»Das können wir jetzt nicht ändern. Vielleicht kannst du einen anderen Weg finden.«

Sie standen dicht beieinander und schauten hinab in die Waffenkammer. Dann biss Bendik die Zähne zusammen und schwang sich an den Armen hinunter. Kurz darauf landete er mit einem weichen Plumps auf dem Boden.

~ 20 ~

Bendik stöhnte kurz auf, als er auf dem Steinboden landete. Seine Knöchel schmerzten. Während er die Füße bewegte, um sich zu versichern, dass sie nicht verstaucht waren, hörte er Stimmen. Jemand war auf dem Weg in diesen Raum. Bendik sprang auf die Füße und rannte zu den Kettenhemden und Helmen hinüber, die gebrauchsbereit entlang der einen Wand hingen. Schnell fasste er nach einem Kettenhemd, bevor er begriff, dass die Zeit nicht reichen würde. In seiner Nähe stand ein zweirädriger Karren, gefüllt mit dreckigen Kleidungsstücken. Bendik sprang schnell hinauf und grub sich zwischen den Kleidern ein.

Die Tür wurde geöffnet und Bendik hörte Schritte. Sie kamen bis zum Karren, dann folgte ein Ruck und der Wagen setzte sich in Bewegung.

Bendik wagte nicht, sich zu rühren. Er lag mit dem Gesicht

eng an ein Kleidungsstück gepresst, das nach altem, saurem Schweiß stank. Es war staubig und es kitzelte in seiner Nase. Er spürte, wie sich ein Niesen aufbaute, und musste den Atem anhalten, um es zu unterdrücken. Der Karren rollte lange, es ging um Kurven und durch Gänge, die abwechselnd mit Kies bestreut oder glatt waren. Dann hielten sie an und er hörte, wie eine Tür geöffnet wurde. Der Karren wurde in einen Raum mit vielen Stimmen gezogen und dann spürte Bendik zu seinem großen Schrecken, dass er umgekippt wurde.

Bendik wirbelte zusammen mit der ganzen Wäsche auf den Boden. Hinter sich hörte er die Tür zuschlagen. Er kam auf die Knie und bemerkte, dass der Bart sich schon wieder gelöst hatte. Er hing nur noch an einem Ohr. Während Bendik verzweifelt versuchte, ihn zu befestigen, sah er sich kurz um. Der Raum, in dem er sich befand, war voller Schwaden und heißem Wasserdampf. In mehreren großen Feuerstellen loderten Flammen, er sah riesige Töpfe mit kochendem Wasser und Zwergenfrauen, die Wäsche wuschen und aufhängten.

Die weiblichen Zwerge hatten keine Bärte. Sie trugen ihr langes und dunkles Haar in Zöpfen, die länger waren, als er es je bei Menschenfrauen gesehen hatte. Sie hatten kürzere Körper, aber feinere Hände und kürzere Nasen als die männlichen Zwerge. Plötzlich entdeckten die Zwergenfrauen Bendik und viele von ihnen kamen angelaufen, um den Zwerg in der dreckigen Wäsche zu betrachten.

»Wer bist du?«, fragte eine, die die Anführerin zu sein schien, denn an ihrem Gürtel hing ein dicker Schlüsselbund.

Bendik wusste nicht, was er antworten sollte, also stand er einfach nur da. Eine andere Zwergenfrau zog ihm den Bart ab.

»Ich glaube ernsthaft, dass wir einen Menschenjungen bekommen haben.«
»Das ist der, hinter dem die schwarzen Elfen her sind! Ihr habt doch bestimmt von der Belohnung gehört? Tausend Taler für den, der den Menschenjungen fängt!«
Bendik schluckte nervös.
Eine dritte Zwergenfrau kam zu ihm und zog ihm Kapuze und Umhang aus. »Aber schaut nur, wie schön er ist!«
»Schön oder nicht, wenn die Elfen ihn finden, haben wir keine Freude mehr an ihm«, sagte die mit den Schlüsseln. »Wir müssen ihn verstecken, denn wir wissen nicht, wann jemand zur Tür hereinplatzt.«
»Komm her«, sagte die, die Bendik den Bart abgenommen hatte. »Wir werden dich verstecken, denn du willst doch nicht in den Händen der Elfen landen?«
»N. . . Nein«, stammelte Bendik und ließ sich durch die Wäscherei in den hintersten Teil des Raumes schieben. Dort lagen Haufen von alten und zerrissenen Kleidern und die Zwergenfrauen baten ihn, sich dort versteckt zu halten.
»Mach es dir hier zwischen den Lumpen gemütlich«, sagte eine.
»Gegen Abend, wenn wir fertig sind, werden wir viel Freude mit dir haben«, versprach eine andere. »Aber bis dahin darfst du dich ausruhen.«
Alle Zwergenfrauen lachten und redeten, während sie zurück an die Arbeit gingen. Bendik blieb liegen und hörte ihnen zu.
»Heute Abend werden wir das Tanzbein schwingen«, sagte eine von ihnen.
»Ich will ihn zuerst haben«, sagte die mit den Schlüsseln. »Schließlich bin ich die Meisterin, oder etwa nicht?«

»Aber Brynhild, nach dir werden wir doch wohl auch mit ihm tanzen dürfen?«
»Wir müssen gut auf ihn aufpassen«, sagte Brynhild. »Damit er länger hält als sein Vorgänger.«
»Aber der Vorgänger wollte weder essen noch trinken«, sagte eine Zwergenfrau, deren gelbe Zöpfe um ihren Kopf gewickelt waren.
»Wir werden dafür sorgen müssen, dass dieser es will«, sagte Brynhild bestimmt. »Diesmal dürfen wir nicht aufgeben, und wenn wir seine Nase zuhalten und den Löffel in seinen Mund zwingen müssen.«
Bendik spürte, wie Mutlosigkeit ihn überkam. Eine Weile hatte er geglaubt, gerettet zu sein. Er hatte nicht den Eindruck, dass die Zwergenfrauen ihm etwas Böses wollten, und es war auch klar, dass sie ihn gegen die schwarzen Elfen beschützen wollten. Jetzt aber schloss er die Augen und fühlte eine tiefe Verzweiflung in seiner Brust. Man war verloren, wenn man etwas von dem aß oder trank, was einem unter der Erde angeboten wurde. Das wusste jeder.
Vorsichtig grub er in seinen Kleidern nach dem wenigen, das er noch von dem Brot aus der Welt draußen hatte. Er kaute jeden Happen ganz langsam. Wenn er den Zwergenfrauen widerstehen wollte, war es das Beste, wenn sein Magen nicht vollkommen leer war.
Bendik merkte nicht, dass er einschlief. Als eine Zwergenfrau ihn rüttelte, um ihn zu wecken, zuckte er zusammen.
»Komm schon«, sagte sie lächelnd. »Es ist Abend geworden. Gut, dass du dich ausgeruht hast, denn jetzt wirst du die ganze Nacht tanzen!«

»Zieh das hier an«, sagte eine andere und hielt ihm eine Kapuze und einen Umhang hin. Bendik schüttelte den Kopf, denn die Kapuze war rosa und ihr Rand mit Leder umzogen, dazu hatte sie Seidenbänder, die man unter dem Kinn verknotete.
»Wir müssen dich verkleiden, verstehst du«, sagte Brynhild. »Du musst so aussehen wie eine von uns, wenn wir durch die Hallen und Gänge zum Frauensaal gehen. Sei nicht störrisch, ich kann dir sagen, dass größere Helden als du sich in Frauenkleider gekleidet haben, wenn es sein musste.«
Da gab Bendik nach, denn auch er kannte mehrere Lieder und Sagen, in denen der Held sich wie eine Frau gekleidet hatte. Er ließ zu, dass die Zwergenfrauen ihm die Kapuze und den Umhang anzogen, bevor sie ihn zwischen sich nahmen und sich darauf vorbereiteten, die Wäscherei zu verlassen.
Die Gruppe bewegte sich kichernd und lachend vorwärts. Bendik wagte es nicht, sich umzuschauen, dennoch bemerkte er im Vorbeigehen ein strahlendes Licht, hörte Musik in der Ferne und nahm einen verlockenden Duft von Essen wahr. Trotz des Brotes, das er gegessen hatte, war er immer noch ziemlich hungrig, und er dachte darüber nach, wie er dem Festessen bloß widerstehen sollte.

~ 21 ~

Die Schar der Zwergenfrauen schritt durch lange Tunnelgänge. Mitten unter ihnen ging Bendik, versteckt unter einer rosa Kapuze und Umhang. Nach einer Weile kamen sie zu einem Saal, in dem nur Frauen waren. Die Tür wurde sorgfältig geschlossen und verriegelt.

»Was ist los mit euch?«, fragten einige Zwergenfrauen, die schon im Raum waren.

»Wir haben eine Überraschung mitgebracht«, kicherte eine der Frauen aus der Wäscherei.

»Was ist es?«, fragten mehrere gleichzeitig und bald hatte sich eine ganze Schar versammelt.

»Wir haben einen Menschenjungen bekommen!«, sagte Brynhild stolz und zog Kapuze und Umhang von Bendik.

Der Frauensaal unter der Erde war groß und hübsch eingerichtet. Es gab Betten entlang der Wände, Kisten für Kleider und persönliche Dinge und Wärme von einer großen Feuerstelle mitten auf dem Boden. Trotzdem war hier alles so groß, dass in diesem Saal mehr Platz war als im Vorhof des Jarls. Jetzt bauten einige Frauen lange Tische mit verschiedenen Speisen und Getränken auf, während andere Instrumente hervorholten und anfingen zu spielen.

»Komm schon, Blondschopf«, riefen sie Bendik zu, »jetzt wollen wir tanzen!«

Ein halbes Dutzend von ihnen lief herbei und bildete einen Kreis um Bendik. Die Musik spielte eine Melodie, die ihm bekannt vorkam, und sie tanzten mit so leichten Füßen, wie er es bei Zwergen nicht für möglich gehalten hätte.

Dann nahm Brynhild seine Hände und zog ihn mit sich. Die Schritte waren leicht und bald klatschten alle Zwergenfrauen in die Hände und jubelten.

»Du tanzt gut, Blondschopf!«

»Schneller, schneller!«

Sie erhöhten den Takt, um zu sehen, wie schnell Bendik tanzen konnte, und er bemerkte, dass keine der Zwergenfrauen die Schritte so schnell tanzen konnte wie er. Lachend tanzte er schneller und schneller zur Musik, bis ihm ganz schwindelig wurde, während die Frauen im Kreis um ihn standen und klatschten. Dann stoppte die Musik und er taumelte ein paar Schritte, bevor er das Gleichgewicht wiederfand.
»Wir dürfen dich nicht zu Tode tanzen«, sagte eine der Frauen grinsend. »Komm jetzt und stärk dich ein wenig. Denn die Nacht ist lang und wir werden viel tanzen!«
»Nein, nein«, protestierte Bendik. »Ich habe weder Durst noch Hunger.«
»Willst du denn nicht mehr tanzen?«
Bendik spürte verzweifelt, dass er nicht die Kraft hatte weiterzutanzen, bevor er sich nicht ausgeruht hatte. »Ich kann für euch singen«, schlug er vor.
Die Zwergenfrauen sahen sich an. »Kannst du singen, Blondschopf? Das wollen wir gerne hören.« Sie setzten sich erwartungsvoll hin. Bendik war froh, dass er so viel Übung in Gesang hatte. Er stellte sich aufrecht hin, die Beine dicht beisammen, legte eine Hand auf den Rücken und streckte die andere ein wenig zur Seite heraus. Feierlich verbeugte er sich vor den Zwergenfrauen.
Zuerst sang er von Sirill und Kormak, denn das kannte er gut. Zudem war es ein Lied über unglückliche Liebe und er glaubte, dass es den Zwergenfrauen vielleicht gefiel. Als er fertig war, saßen die Zwergenfrauen ergriffen da.
»Das war schön, Blondschopf«, sagte eine von ihnen schließlich. »Sing weiter!«

Da sang Bendik von der Jungfrau Venelill und der bösen Stiefmutter. Jetzt, da es so gut lief, fühlte er sich ein wenig mutiger, und er sang so gefühlvoll, dass sich einige der jüngsten Frauen die Tränen aus den Augenwinkeln wischen mussten. Nach diesem Lied war es mucksmäuschenstill. Bendik lächelte schüchtern und sah, dass eine von ihnen eine Handharfe bereithielt. Er ging zu ihr und nahm sie ihr aus den Händen. Bendik spielte selbst auf der Harfe, während er das nächste Lied sang.

»Nie haben wir schönere Musik gehört, Blondschopf«, sagte Brynhild, als er fertig war. »Du musst uns sagen, was du als Lohn für deine Musik haben willst, denn Lohn hast du verdient.«

Die anderen Frauen nickten. Eine kleine Hoffnung keimte in Bendik auf. »Dann wünsche ich mir, dass ihr mich gehen lasst«, sagte er.

»Das können wir wohl, aber das wird nicht dein Lohn sein, fürchte ich«, sagte Brynhild. »Wenn du hier herausgehst, werden die schwarzen Elfen dich finden, denn sie sind überall und sie hassen Menschen.«

»Aber vielleicht könnt ihr mir helfen, so auszusehen wie ein echter Zwerg?«

»Wir können es versuchen, aber vielleicht können wir dir besser helfen, wenn du uns erzählst, warum du unter die Erde gekommen bist. Denn du bist wegen etwas ganz Besonderem gekommen, oder etwa nicht?«

Bendik schaute Brynhild an und überlegte, ob er ihr vertrauen konnte. »Es ist eine gefährliche Reise, auf der ich mich befinde«, sagte er vorsichtig.

»Du kommst von der Obererde und wir wissen, dass die schwarzen Elfen starke Zauberkraft gegen euch dort oben eingesetzt haben.«

»Die schwarzen Elfen?«, fragte Bendik. »Es waren doch Zwerge, die die schwarzen Steine schmiedeten.«

Brynhilds Miene verfinsterte sich. »Die schwarzen Elfen haben Hass und Verbitterung zwischen uns Zwergen gesät«, sagte sie. »Sie haben einige von uns verführt und uns dazu gebracht, unser Wissen zu ihren eigenen Zwecken einzusetzen. Unsere Meisterschmiede haben schwarze Steine geschmiedet, aber das ist der Plan der schwarzen Elfen, sie sind es, die die Menschen ausrotten wollen.«

»Nicht alle Zwerge mögen die Elfen«, sagte eine andere. »Denn die Elfen haben meinen Bruder dazu verführt, in ihren Dienst zu treten, und jetzt ist er tot.«

»Viele fanden den Tod, als der Sonnenstein fiel«, sagte Brynhild. »Allesamt Zwerge, und die Elfen wussten, dass es so kommen würde. Sie wussten, dass der Berg aufbrechen und der Sonnenstein fallen würde, als der Tunnel, den sie bauten, hoch genug in den Sonnenberg reichte. Sie ließen unsere Brüder und Väter sterben, sie taten es bewusst und absichtlich.«

»Wir wissen auch, dass Harfir, der König der schwarzen Elfen, nach einem Menschenjungen sucht und einen Preis auf deinen Kopf ausgesetzt hat.«

»Sie haben ein Menschenmädchen gefangen«, sagte Bendik da. »Sie ist es, die ich holen will.«

»Wie romantisch«, sagte eine Zwergenfrau.

»Genau wie in deinem Lied«, sagte eine andere.

»Ist sie schön?«, wollten die Zwergenfrauen wissen.

»Ich hoffe, dass es nicht der Feuermeister ist, von dem du sprichst«, sagt Brynhild.
»Was weißt du vom Feuermeister?«, fragte Bendik.
»Sie wird von den schwarzen Elfen gefangen gehalten, im tiefsten Verlies ihrer Stadt, Ollumdjupa. Ketten sind an ihre Hände und Füße geschmiedet und die Schlüssel hängen am Gürtel von Harfir selbst. Falls sie diejenige ist, wegen der du kommst, und ich glaube, dass es so ist, dann können wir nicht viel für dich tun.«
»Komm schon, Blondschopf, sing uns noch was vor, dann können wir anschließend essen und trinken.«
Da sang Bendik von Iselilja, die vom Nöck geholt worden war, aber gerettet wurde, als ihr Liebster so schön auf seiner goldenen Harfe spielte, dass die Rinde von den Bäumen blätterte, die Vögel aufhörten zu singen und das Herz des Nöcks barst. Zu Hause hatte er nie gerne vor anderen gespielt und gesungen, aber hier unter der Erde bei den Zwergenfrauen, die ihm vielleicht helfen konnten, sang er, dass selbst Brynhild Tränen in die Augen stiegen.
»Ich glaube, ich weiß, wie wir dir helfen können«, sagte sie, als Bendik fertig gesungen hatte. »Aber es ist sowohl für dich als auch für uns gefährlich, deshalb will ich, dass du zuerst drei Nächte bei uns bleibst. Drei Nächte lang werden wir singen, tanzen und feiern und dann werden wir dir auf deiner Reise helfen, auch wenn es uns das Leben kostet.«
»So soll es sein«, sagte Bendik. »Aber ich kann nichts von euren Speisen oder Tränken anrühren.«
»Dann wirst du zu schwach werden, um deine Aufgabe zu bewältigen.«

»Aber wenn ich etwas von dem esse oder trinke, was ihr mir anbietet, werde ich verloren sein und nie mehr aus dem Berg herauskommen.«
»Nur wenn wir Berglockungsrunen über die Speisen und Trünke geritzt haben«, sagte Brynhild. »Wir können dir Essen geben, das ganz ohne Makel ist.«
»Wir holen es sofort«, sagten zwei junge Zwergenfrauen.
Sie waren bald zurück mit Brei aus Sauerrahm, der so fett war, dass er glänzte, und Wein in einem Trinkhorn, dessen Kante mit Silber verziert war. Sie stellten alles vor Bendik auf und bildeten einen Kreis um ihn herum, um sicherzugehen, dass er aß und trank.
Bendik lief das Wasser im Mund zusammen. Er war so hungrig, dass sein Magen schmerzte, und Brei aus Sauerrahm war sein Leibgericht. Durstig war er auch und sein Mund war nach all dem Gesang ganz trocken, aber er wusste nicht, ob er sich trauen sollte, das Essen anzurühren. Waren die Speisen tatsächlich ohne Makel, wie sie behaupteten? Er hatte noch nie davon gehört, dass sie Runen über dem Essen ritzten, wenn sie Menschen in den Berg lockten. Was, wenn sie nur sagten, dass dieses Essen ohne Makel war, weil sie ihn dazu bringen wollten, alles über Lilja und seine Aufgabe zu vergessen, um für immer bei ihnen zu bleiben?
»Ich . . .«, begann er schließlich und wusste nicht, wie er das Essen ablehnen sollte.
»Magst du keinen Sauerrahmbrei? Sollen wir etwas anderes holen? Willst du Lachs? Bärenfleisch? Oder Käsekuchen?«
»Käsekuchen?«, entfuhr es Bendik.
»Holt Käsekuchen!«, rief Brynhild.

Bendik schaute auf den duftenden Brei aus Sauerrahm und bemerkte gar nicht, dass seine Hand sich bereits um den Löffel geschlossen hatte.

»Ist der Brei dir zu warm? Willst du mehr Rahm obendrauf?«, fragten sie.

»Er ist gut so«, sagte Bendik. Er hob einen Löffel voller Brei hoch. Er war gelb und sah einfach köstlich aus und sie hatten ja gesagt, er sei ohne Makel. Langsam führte er den Löffel zum Mund und aß.

~ 22 ~

Lilja erwachte von ihrem eigenen Schrei. Sie setzte sich mit einem heftigen Ruck auf und öffnete die Augen, aber es blieb so stockdunkel wie mit geschlossenen Augen. Lilja wurde von Panik ergriffen. Sie hatte keine Kraft mehr, die Dunkelheit zu ertragen, sie spürte die Dunkelheit wie einen Wahnsinn, der über sie kroch und sie dazu brachte, an den Ketten zu rütteln, bis sie sich selbst blutig geschürft hatte.

Sie wusste nicht, was sie geträumt hatte, außer, dass es so mächtig gewesen war, dass sie keine Hoffnung hatte davonzukommen. Sie bemühte sich, den Schlaf schnell abzuschütteln, damit die Traumbilder wegglitten, aber indem die Träume verschwanden, kam die Wirklichkeit zurück, und die Wirklichkeit war noch viel schrecklicher.

Lilja hatte nie zuvor Angst vor der Dunkelheit gehabt, aber sie hatte auch nie geahnt, dass die Dunkelheit so schwer und erdrückend werden konnte, wie sie hier unter der Erde war. Sie hatte länger gehungert, als sie für menschenmöglich gehalten hatte, doch es schien nicht so, als sollte sie sterben. Das war Harfirs Werk, er hielt sie mit seiner Zauberkraft am Leben. Oh, wie sie ihn hasste. Aber ihn vergessen, das konnte sie nicht mehr. Er war immer in ihren Gedanken und sie verstand allmählich, dass man über Harfir nicht siegen konnte.

Plötzlich spitzte sie die Ohren. Da war ein Geräusch in der Ferne, das sie mehr fürchtete als Dunkelheit und Einsamkeit. Hatte sie wieder geschrien? Oh nein, wenn sie doch nur nicht geschrien hatte! Ganz still saß sie da und lauschte, aber es gab keinen Zweifel. Da draußen kam jemand die Treppen herunter.

Lilja machte sich stark. Sie atmete mehrere Male tief ein und versuchte, so leise wie möglich zu sein. Wenn sie leise genug war, würden sie vielleicht glauben, sie hätten sich geirrt, und würden wieder gehen. Sie hielt vor Spannung den Atem an. Dann ertönte das Klirren von Schlüsseln. Schließlich ging die Tür auf und Licht strömte herein.

In der Öffnung stand eine große und stattliche schwarze Elfe, mit langem schwarzem Haar und Kleidern aus dunklem Samt. Ihr Gesicht war bleich, ihre Augen schwarz und sie trug eine Krone aus weißem Gold auf dem Kopf. »Die Wache sagt, Ihr habt schlimme Träume«, sagte Harfir und betrat das Verlies.

Lilja antwortete nicht.

»Wenn Ihr vom Wasser der Verblendung trinkt, werdet Ihr nie wieder Albträume haben. Dann werdet Ihr alles vergessen, was einmal war, und von da an glücklich in meinem Reich unter der Erde leben.«

Lilja schüttelte stumm den Kopf.
»Ihr wartet immer noch auf einen Helden«, sagte Harfir. »Bendik, der Sohn des Jarls. Stimmt das?« Er lachte. »Ja, es stimmt, denn Ihr erschrakt, als ich seinen Namen nannte. Auf den Sohn des Jarls müsst Ihr nicht mehr warten. Er wird nicht kommen.«
Was war mit Bendik geschehen? Lilja wollte nicht glauben, dass Bendik gefangen genommen worden war, aber woher sollte der König der schwarzen Elfen sonst seinen Namen kennen? Die Hoffnung, die sie am Leben gehalten hatte, erstarb in ihrer Brust. Sie spürte Harfirs Blick auf sich, sie wusste, dass er nur darauf wartete, dass sie verzweifeln würde, aber diese Freude würde sie ihm auf keinen Fall machen.
»Es ist nicht Bendik, auf den ich warte«, sagte sie.
Da lächelte Harfir sie an und holte einen Schlüsselbund hervor, der in seinen Kleidern verborgen gewesen war. »Gut, denn Bendik, den Sohn des Jarls, gibt es nicht mehr. Alle, die dort oben auf der Erde lebten, sind tot, und deshalb werde ich Euch mit hinauf in meine Gemächer nehmen, selbst wenn Ihr nicht vom Wasser der Verblendung getrunken habt.« Er bückte sich und schloss die Ketten auf, und da sie vor Hunger und Durst zu schwach war sich aufzurichten, hob er sie hoch und trug sie hinaus.

Verglichen mit der Pracht in Harfirs Palast war der Königshof auf der Erde nur ein dreckiger Stall. Hier war alles aus Gold und Silber, selbst die Türbeschläge. Es gab gepolsterte Sitzmöbel und auf dem Boden lagen dicke Teppiche. Lilja wurde gebadet und neu eingekleidet, sie saß am Feuer und wärmte

sich und der König der schwarzen Elfen selbst spielte für sie auf der Handharfe.
Dann kamen andere Elfen hinzu und tanzten. Speisen aller Art wurden hereingetragen und Lilja brannte darauf zu essen. Harfir betrachtete sie mit seinen schwarzen Augen. Er winkte einen Diener herbei, der ihm ein Trinkhorn reichte, und dann holte er ein Blendkorn hervor, das er in den Wein gab.
»Heute werdet Ihr das Wasser der Verblendung zu Euch nehmen«, sagte er und hielt ihr das Horn hin.
Lilja schüttelte den Kopf und drehte sich weg.
»Ist die Musik in meinen Hallen nicht besser als die Einsamkeit im Verlies?«, fragte Harfir da. »Seht mich an, Lilja, Tochter des Königs!«
»Ich will nicht«, sagte sie. Sie dachte an das, was Harfir über Bendik gesagt hatte, dass Bendik nicht kommen würde. War er tot? War er gefangen genommen? Dann war alles vorbei. Dann war es sinnlos zu kämpfen.
»Ich will sterben«, sagte sie.
»Das sagt Ihr, weil Ihr nicht wisst, wie es sich anfühlt zu sterben«, entgegnete der König der schwarzen Elfen. »Ihr wisst nichts über die Schmerzen, die Ihr zuvor durchleiden müsst, wie es sich anfühlt, das Leben langsam zu verlieren, so wie Ihr es in meinem Verlies tun werdet. Denn ich werde Euch nicht schnell sterben lassen, das wisst Ihr doch?«
Da drehte Lilja sich um und sah ihn an. Sie zuckte zusammen, als sie in seine schwarzen Augen blickte, denn sie verstand, welche Qualen sie erwarteten.
Harfir hielt ihr das Trinkhorn erneut hin.
»Was ist mit Bendik geschehen?«, fragte sie mit dünner Stimme.

»Er ist von den Zwergen entdeckt worden, als er unter die Erde kam, um Euch zu retten. Auch er ist tot.«
Bendik war tot! Lilja sank verzweifelt in sich zusammen. Alle, die sie liebte, waren tot. Es tat zu weh, daran zu denken.
»Er dichtete bis zuletzt Heldenlieder«, sagte der König der schwarzen Elfen. »Wenn man das nun Heldenlieder nennen will, diese jämmerlichen Verse, die ihr Menschen zustande bringt.«
Lilja spürte eine riesige Leere in ihrer Brust. Wie könnte Harfir von Bendiks Dichtkunst wissen, wenn er ihn nicht getroffen hätte? Er konnte es nur auf diese Weise erfahren haben.
»Wenn Ihr trinkt, werdet Ihr vergessen«, lockte Harfir.
Lilja sah den Königshof und den Hof des Jarls vor sich.
»Ehre sollt Ihr erlangen, weil Ihr so lange ausgehalten habt. Solange jemand am Leben war, der Euch retten konnte, wart Ihr bereit, gerettet zu werden. Niemand hätte mehr tun können als Ihr, aber jetzt ist es vorbei! Es gibt keine Menschen mehr, Ihr seid der letzte. Und das Einzige, was Ihr jetzt bestimmen könnt, ist, wie Euer eigenes Leben enden soll. Wollt Ihr langsam und schmerzvoll sterben, selbst wenn es niemandem mehr von Nutzen ist? Oder wollt Ihr vom Wasser der Verblendung trinken und unter den Elfen leben, bis Ihr alt seid?«
Lilja knetete ihre Hände.
»Es ist Eure Wahl, Prinzessin«, sagte Harfir. »Und jetzt ist die Zeit der Wahl gekommen. Schiebt Ihr das Trinkhorn auch heute zur Seite, werde ich es Euch nie wieder anbieten. Vergessen oder Dunkelheit im Verlies? Kann das wirklich so schwierig sein?«

Da nahm Lilja das Trinkhorn.
Das Horn mit dem Wasser der Verblendung war schwer. Lilja blinzelte und schaute auf den Trank. Er sah dunkel und gefährlich aus, auch wenn er süß duftete. Langsam hob sie das Getränk zum Mund, dann schloss sie fest die Augen und legte das Trinkhorn an die Lippen. Sie hasste Harfir für das, was er den Menschen angetan hatte. Für den Bruchteil einer Sekunde war sie kurz davor, den Vergessenstrank von sich zu werfen. Dann atmete sie tief ein und trank alles aus.
Sie hustete heftig und zuckte schmerzvoll zusammen, während das Trinkhorn aus ihrer Hand glitt. Blitzartig kam ihr der Gedanke, dass sie Gift getrunken hatte und sterben würde. Ihr wurde schwarz vor Augen und sie spürte, dass sie fiel. Starke Hände ergriffen sie und lehnten sie zurück in die Kissen.

An keinem anderen Ort war die Pracht so groß und der Reichtum so überwältigend wie in Harfirs Palast unter der Erde. Lilja saß auf einem weichen Sofa und lauschte herrlicher Musik. Das Feuer brannte in der großen offenen Feuerstätte. Harfir saß neben ihr.
»Wo seid Ihr geboren und wo seid Ihr beerdigt?«, fragte er. So etwas zu fragen, schien wie ein lustiges Spiel.
»Im Berg ward ich geboren und dort ward ich beerdigt«, antwortete Lilja. Einen Moment lang hatte sie das Gefühl, als hätte sie einmal eine andere Antwort auf die Frage gehabt, aber dann verwischten ihre Gedanken und sie fühlte sich nur noch leicht und froh. »Im Berg ward ich geboren und dort ward ich beerdigt und dort sind meine Frauenkleider gefertigt«, sagte sie.

»Und was ist auf der Erde?«, fragte der König der schwarzen Elfen weiter.
»Nichts ist auf der Erde.«
Da spielten die schwarzen Elfen mit wilder und heftiger Musik auf und viele Frauen tanzten. Lilja wurden Speisen angeboten und jetzt lächelte sie sogar, während sie aß. Zwischen den schwarzen Elfen verbreitete sich das Gerücht wie ein Lauffeuer: Der Feuermeister hatte vom Wasser der Verblendung getrunken. Harfir hatte gesiegt und die Menschenprinzessin war verloren.

Durch die ganze Unterwelt flog das Gerücht und Skimre, der ein sehr gutes Gehör hatte, schnappte es auf, während er dasaß und sich langweilte und darauf wartete, dass Bendik zurückkam.
»Was treibt der Junge bloß«, sprach er irritiert zu sich selbst. »Er ist jetzt schon mehrere Tage weg, er hat doch gar nicht genug zu essen dabei. Er muss mich im Stich gelassen haben. Ich wette, dass er die Speisen der Unterirdischen gegessen oder getrunken hat. Wenn er tot wäre, hätte ich das vermutlich gemerkt, an ihn gebunden, wie ich bin. Ich bin wohl gezwungen, selbst dorthinein zu gehen. Die Aufgabe war zu groß für das Menschenkind. Jetzt ist Drachenmacht vonnöten.«
Während er nachdachte, blies er abwechselnd aus dem rechten und linken Nasenloch grüne und orange Flammen. Dann atmete er tief ein und flog hinfort durch die Dunkelheit. Bald hatte er die große Felsspalte erreicht und kurz darauf konnte man ihn bereits über der Steinbrücke der Zwerge sehen. Bevor die Wachen überhaupt reagieren konnten, spie er so lan-

ge Feuer und Rauch in ihre Richtung, bis sie in wilder Panik flohen. Skimre drehte eine Runde über der Brücke, dann landete er an der großen Tunnelöffnung. Erst hörte er das Trampeln von Füßen, dann ertönte ein Alarmhorn. Er fühlte, dass er voll Feuer und Kraft war und dass er lange nichts gefressen hatte.

~ 23 ~

An der Feuerstelle im Frauensaal saß eine Gruppe für sich. Brynhild war unter ihnen sowie zwei andere Meisterinnen: Isfrid aus dem Schneidersaal und Kårhild aus der Küche. Zwischen ihnen saß Bendik und lauschte dem, was die Frauen zu berichten hatten. Eine tiefe Falte lag zwischen seinen Augenbrauen.

»Wir haben Neuigkeiten vom Feuermeister gehört«, sagte Kårhild.

»Aber es sind schlechte Neuigkeiten«, fügte Isfrid hinzu.

»Was ist es?«, fragte Bendik. »Ich bin jetzt drei Nächte lang hier gewesen und habe gesungen und getanzt. Jetzt müsst ihr mir helfen, Lilja zu retten.«

»Aber sie kann nicht mehr gerettet werden«, sagte Kårhild. »Sie hat vom Wasser der Verblendung getrunken.«

»Wasser der Verblendung, was ist das?«

»Es ist von Harfir, ein Zauber des Königs der schwarzen Elfen«, sagte Brynhild. »Wer davon trinkt, vergisst alles. Den Ort, an dem er geboren ist, ebenso wie seinen Namen.«

»Klingt wie die Speisen, über die ihr Berglockungsrunen ritzt«, sagte Bendik. »Ist das eine so viel schlimmer als das andere?«

»Ja, das ist es«, sagte Kårhild. »Denn wenn wir jemanden freilassen wollen, den wir in den Berg gelockt haben, können wir ihm einfach einen Trank geben, über den wir andere Runen geritzt haben.«

»Derjenige erinnert sich einfach nicht mehr, was er unter der Erde erlebt hat«, fügte Isfrid hinzu.

»Manchmal werden die Betroffenen zwar ein wenig schwermütig, aber sie erinnern sich auf jeden Fall an ihre Namen und daran, woher sie kommen«, sagte Brynhild.

»Nein, unser Zauber ist nicht so schlimm«, sagte Kårhild. »Das Wasser der Verblendung ist viel schlimmer.«

»Aber warum ist es schlimmer?«

»Weil es keine Möglichkeit gibt, sie zu wecken«, sagte Isfrid. »Sie wird sich an nichts mehr aus der Zeit auf der Erde erinnern. Niemals, niemals mehr!«

Bendik starrte resigniert in die Flammen. Es war ziemlich lange still, dann sagte Brynhild vorsichtig: »Bleib hier bei uns, du kannst das Land auf der Erde nicht retten!«

»Ich weigere mich, das zu glauben. Es muss doch irgendwie möglich sein, sie zu wecken!«

»Nein, das ist es nicht, zumindest nicht, soweit wir wissen«, sagte Brynhild. »Glaub nicht, dass wir das nur sagen, weil wir dich hierbehalten wollen. Wenn es einen Weg gäbe, würden wir durch Feuer und Wasser gehen, um dir zu helfen.«

Bendik saß schweigsam da und schaute ins Feuer. Eine leise Stimme in ihm flüsterte, dass er gewusst hatte, dass die Dinge diesen Lauf nehmen würden, er hatte es von Anfang an gewusst. Die Aufgabe war einfach zu groß für ihn und er war kein echter Held. Er überlegte, ob es gut wäre, vom Wasser der Verblendung zu trinken. Es musste schön sein, einfach zu vergessen.

Er schüttelte den Kopf. Der Berg lag schwer und dunkel über ihm. Es war gefährlich, sich mit den Unterirdischen zu verbünden und es war gefährlich, unter der Erde zu sein. Tief dort unten legte sich eine Dunkelheit auf das Gemüt und machte die Gedanken genauso düster und schwer wie der Berg selbst. Bendik begann zu glauben, dass er nie wieder an die Oberfläche zurückkehren würde, er begann zu glauben, dass alles hoffnungslos war.

»Dann ist es wohl wahr, was sie sagen«, seufzte er. »Dass alles vergebens ist und alle, die im Land dort oben auf der Erde wohnen, sterben müssen.«

»Sei nicht so betrübt«, sagte Brynhild. »Du wirst nicht sterben, Blondschopf! Du wirst für immer hier bei uns sein und wir werden singen und tanzen und feiern!«

»Ja, das werden wir wohl«, sagte Bendik. »Es gibt ja nichts anderes zu tun.«

»Aber du musst fröhlich sein«, bat Isfrid. »Wir halten es nicht aus, dich so sorgenvoll zu sehen.«

Sie lächelte ihn an. Isfrid war die jüngste und schönste der Frauen. Sie hatte goldenes Haar und Lachgrübchen in den Wangen. Bendik bemühte sich, ihr Lächeln zu erwidern. »Vielleicht ist es das Beste, wenn ihr mir etwas gebt, über das ihr Berglockungsrunen geritzt habt«, sagte er. »Damit auch ich vergessen kann.«

»Nein, das wollen wir nicht«, jammerte Isfrid und nahm seine Hand. »Wir wollen nicht, dass du vergisst.«
»Aber wenn ich nicht vergessen kann, wie soll ich dann fröhlich sein?«
Die drei Frauen wurden still. »Es gibt vemutlich viele Menschen auf der Erde, die du liebst«, sagte Isfrid nach einer Weile.
Bendik nickte.
»Gut«, sagte Kårhild. »Mein Onkel Kolbjörn ist ein weiser Zwerg. Vielleicht weiß er mehr über die Wirkung des Wassers der Verblendung und darüber, wie der Zauber aufgehoben werden kann. Wir können dich zu ihm bringen.«
»Aber glaubst du, er wird auch einem Menschen helfen können?«, fragte Brynhild sie. »Man sagt, dass Kolbjörn alle hasst, die auf der Erde wohnen.«
»Das stimmt. Dann müssen wir alleine zu ihm gehen. Warte hier, Blondschopf!«
Die Frauen verschwanden. Bendik blieb alleine zurück. Plötzlich war es ganz still im Saal der Zwergenfrauen, denn unter der Erde hatte der Arbeitstag begonnen. Normalerweise schlief Bendik tagsüber, aber jetzt fand er keine Ruhe. Der Gedanke, dass er jetzt drei Tage lang hier war, hatte ihn auf eine Art aufrechterhalten, aber nun, da er nicht wusste, wie lange er hier noch warten musste oder ob er jemals wieder hinauskommen würde, fühlte er sich schwer und müde. Er versuchte, das Bild von Lilja hervorzurufen, aber ihr Gesicht entwich ihm. Stattdessen sah er Isfrid und die anderen Zwergenfrauen. Stunde um Stunde verging, während Bendik wartete.

~ 24 ~

In der unterirdischen Stadt der schwarzen Elfen lag der Palast des Königs ein wenig abseits. Dort gab es einen Garten, der vollständig vom Palast umgeben war. Lilja gefiel der Garten. Sie schlenderte langsam unter den Bäumen umher, während sie vor sich hin sang. Sie bewunderte den Springbrunnen, in dem das Wasser aus dem Maul eines vergoldeten Fisches strömte. Es war ein angenehmes Gefühl, über das weiche Moos zu schreiten, das die Erde bedeckte.

Und doch gab es eine Sache, über die sie häufig nachdachte: Warum mochte sie die lebenden Bäume wohl mehr als die künstlichen?

»Es stimmt, was der König sagt«, sprach sie leise zu sich selbst und zog einen dünnen Ast herunter. »Die Blätter an diesem Baum sind matt und fast schwarz und der Stamm ist grob und dunkelbraun. Es ist kein schöner Baum. Die künstlichen Bäume hingegen haben Stämme aus glänzendem Silber und Blätter aus Gold. Es gibt keinen Grund, diese tristen alten Bäume zu mögen.«

Sie ging weiter und kam an eine Hecke. »Auch diese Büsche sind lebendig, sie haben dunkelgrüne Blätter und scharfe Dornen, doch sie blühen nicht. Warum tun sie das nicht? Die künstlichen Blumen sind prächtig, mit Blüten aus Seide und Gold, aber wenn keine lebende Pflanze Blüten hat, wie kamen die Künstler dann auf die Idee, sie zu schaffen?«

Lilja seufzte und ging langsam auf eine Türöffnung zu, die in den Palast führte. Unmittelbar dahinter blieb sie stehen.

Dort hing ihr Lieblingsbild, das sie stundenlang betrachten konnte.
Auf dem Bild sah man große grüne Wälder, nicht düster und dunkelgrün wie die Bäume hier unter der Erde, sondern hellgrün und fruchtbar. Man sah Menschen, die auf schnellen Pferden ritten, und Blumen, die vollkommen lebendig aussahen. Und eine glühende Feuerkugel am Himmel.
Die schwarzen Elfen mochten es nicht, für sie war kein Bild schön, das nicht einen Drachen oder ein anderes Fabeltier darstellte. Deshalb hing das Bild ein wenig abseits.
Während Lilja dort stand und es träumend betrachtete, kam Harfir vorbei. »Was betrachtet Ihr so lange, schöne Prinzessin?«, fragte er freundlich.
Sie lächelte und schüttelte leicht resigniert den Kopf. »Es ist dieses Bild. Ich mag es so gern. Weißt du, ich habe heute Nacht sogar davon geträumt.«
»Habt Ihr?«
Lilja nickte. »Ich habe geträumt, dass ich auf einem Pferd ritt, und es waren Hunde dort, und . . .« Sie hielt mitten im Satz inne. »Es war seltsam. Woher wusste ich, dass diese Tiere Hunde genannt werden? Es gibt doch keine solchen Tiere, oder?«
»Nein«, sagte Harfir und schüttelte den Kopf. »Ich glaube, Ihr seid müde. Ruht Euch ein wenig aus.« Er strich mit einer Hand über ihre Stirn und ihre Augen. Sofort fühlte Lilja sich unendlich müde. Sie ging schlaftrunken in ihr Zimmer.
Das nächste Mal, als sie an dieser Stelle vorbeikam, war das Bild verschwunden, aber Lilja bemerkte es nicht, denn sie hatte es bereits vergessen.

~ 25 ~

Isfrid rüttelte an Bendik. »Wach auf, Blondschopf!«

Bendik schlug die Augen auf und war mit einem Mal hellwach. Die Zwergenfrauen waren zurück vom Besuch bei Kårhilds Onkel, dem weisen Zwerg, der vielleicht Rat wusste gegen die Wirkung von Harfirs Wasser der Verblendung. Er setzte sich auf und sah sie erwartungsvoll an. Isfrid sah ernst aus, Brynhilds und Kårhilds Mienen waren ausdruckslos.

»Onkel sagt, dass es ein Gegengift gibt«, begann Kårhild. »Aber wenn du hörst, was man dafür braucht, wirst du verstehen, dass es keinen Sinn hat. Solche Dinge gibt es nicht mehr.«

»Was für Dinge?«

»Drachenblut.«

Da musste Bendik grinsen. »Ist das alles?«

»Nein, nein. Zusätzlich braucht man noch Blut von einem Mann, einem Zwerg, einer Elfe und einem Riesen. Das kriegen wir schon hin, aber an Drachenblut heranzukommen, ist unmöglich.«

Da grinste Bendik noch breiter. Die Zwergenfrauen sahen sich an und schüttelten den Kopf.

»Ist er verrückt geworden?«

»Nein, nein, ich bin nicht verrückt«, sagte Bendik. »Aber ich habe einen Drachen. Wenn ihr das andere Blut besorgen könnt, dann hole ich Blut von ihm.«

»Aber wo versteckst du deinen Drachen?«

»Er wartet in den Höhlen über der Waffenkammer«, sagte Bendik.

»Dann müssen wir nur überlegen, wie du unerkannt dorthin gelangen kannst«, sagte Brynhild. »Und wir machen uns daran, Riesen- und Elfenblut zu besorgen. In vierzehn Tagen sollten wir alles haben, was wir brauchen.«

»Vierzehn Tage?«

»Ja, schneller geht es nicht«, sagte Brynhild. Sie lächelte Bendik an. »Es wird also noch viele Nächte mit Gesang und Tanz geben, bevor du uns verlässt!«

»Das ist zu lang«, protestierte Bendik. »Es ist eine zu lange Zeit im Berg«, sagte er und blickte die Zwergenfrauen inständig an.

»Aber es braucht Zeit, Riesenblut zu besorgen«, erklärte Kårhild. »Zuerst müssen wir genug Gold beschaffen, denn Riesenblut ist teuer, und dann müssen wir warten, bis jemand, den wir kennen, nordwärts zum Urschlund der Trolle fährt. Wir müssen frisches Blut besorgen, weißt du. Wenn das Blut alt ist, kann es seine Kraft verloren haben, und das nützt dir gar nichts.«

»Warum hast du es so eilig? Es stimmt, dass Schnee und Frost auf der Erde herrschen, aber die Menschen haben doch wohl noch Essen für ein paar weitere Wochen?«

»Ja, das haben sie vermutlich. Aber ich glaube nicht, dass ich das aushalte«, sagte Bendik. »So lange unter der Erde zu sein, ist zu gefährlich für mich.«

»Du siehst nicht krank aus«, sagte Isfrid und grinste.

»Aber ich bin krank«, sagte er. »Seid so lieb und glaubt mir, ich kann nicht viel länger unter der Erde bleiben. Der Berg fühlt sich so schwer und bedrückend an und hier ist es immer dunkel, es gibt keinen Unterschied zwischen Tag und Nacht. Es gibt keinen Regen oder Wind, Vögel, die singen, oder Hunde, die bellen.«

»Wie seltsam, dass du diese Dinge vermisst«, sagte Isfrid. »Ich fühle mich dort oben an der Oberfläche nackt und ungeschützt. Wenn ich keinen soliden Fels über meinem Kopf habe, wird mir schwindelig und übel. Und Vogelgesang ist doch nicht halb so schön wie Harfenspiel!«

»Und Regen ist fürchterlich unbehaglich«, sagte Kårhild und schüttelte den Kopf. »Davon wird man ja nass.«

»Und der Wind bringt das Haar durcheinander«, fügte Isfrid mit einem Lächeln hinzu. »Du bist schon ein bisschen seltsam, Blondschopf.«

»Es ist sicher nur die Übergangszeit«, sagte Brynhild. »Du wirst es schon schaffen, selbst wenn du noch ein paar Wochen warten musst.«

»Nein, ihr versteht nicht«, sagte Bendik und fasste sich an den Kopf. »Es fühlt sich an, als ob Stein und Fels an meinem Gemüt knabbern. Wenn ich nachts träume, meine ich zu ersticken, und wenn ich versuche, an das zu denken, was auf der Erde ist, merke ich, dass es irgendwie weggleitet, als ob ich bereits zu vergessen beginne, obwohl ich keinen Vergessenstrank zu mir genommen habe.«

Die Zwergenfrauen blickten sich an. Isfrid schien bekümmert.

»Na ja, ich kann ja mal nachsehen, ob es in der Krankenstube getrocknetes Riesenblut gibt«, sagte Kårhild. »Riesenblut in Pulverform wird bei Nagewunden und Durchfall eingesetzt.«

»Elfen- und Zwergenblut kann ich besorgen«, sagte Isfrid. »Das mache ich in der Nähstube, ich pikse einfach ein wenig, wenn Leute kommen und ihre neuen Kleider anprobieren.«

»Und dann müssen wir dich als eine von uns verkleiden und dich dorthin bringen, wo dein Drache sich versteckt«, sagte Brynhild. »Wenn wir sofort anfangen, dann ist das Gegengift vielleicht schon heute Abend fertig. Aber die Frage ist, ob es mit altem Riesenblut wirksam genug ist. Was willst du tun, wenn sie nicht aufwacht?«

»Dann müssen wir wohl frisches Blut besorgen und es erneut versuchen«, sagte Bendik.

Die Zwergenfrauen schauten sich an.

»Ich glaube nicht, dass wir eine zweite Chance bekommen«, sagte Brynhild und schüttelte den Kopf. »Wenn wir es schaffen, bis zum Feuermeister vorzudringen, werden es die schwarzen Elfen merken. Wenn der Feuermeister aufwacht, gelingt es uns vielleicht zu entkommen. Aber eines weiß ich, wenn wir beim ersten Mal scheitern, werden sie uns nie im Leben wieder dorthinein lassen.«

~ 26 ~

Viele endlose Stunden vergingen, bevor es Abend wurde und alle in den Frauensaal zurückkehrten, wo Bendik immer noch wartete. Kårhild hatte getrocknetes Riesenblut besorgt, Isfrid hatte Blut von schwarzen Elfen und Zwergen dabei, Bendik schnitt sich in den Finger und opferte einige Tropfen seines eigenen Blutes. Dann vermischten sie alles mit Wein in einem Becher und Brynhild schüttete es anschließend in eine kleine Kristallflasche.

»Jetzt fehlt dir nur noch Drachenblut«, sagte sie zu Bendik.

Isfrid stand bereits mit den neuen Kleidern bereit. »Komm schon, Blondschopf. Lass mal sehen, ob wir es schaffen, dich aussehen zu lassen wie eine echte Zwergenfrau!«

»Hier ist die Perücke von Steinvor«, sagte Kårhild. »Goldringe kannst du dir von mir leihen.«

Unter Kichern und Lachen wurde Bendik als Zwergenfrau verkleidet. Die Perücke war gelb und lockig und so lang, dass sie ihm bis zum Bauch reichte. Man zog ihm einen Rock an, steckte ihm Ringe an die Finger und band ihm zum Schluss noch dieselbe rosa Kapuze um, die er schon einmal zuvor getragen hatte.

»Nein, wie fein du geworden bist«, kicherte Isfrid.

»Aber er sieht einem Zwerg nicht besonders ähnlich«, sagte Kårhild.

Bendik sah die Frauen bekümmert an.

»Sein Gesicht ist zu schmal«, sagte Brynhild. »Daran können wir nicht viel ändern.«

»Und dann ist seine Nase so kurz und niedlich«, sagte Isfrid. »Kein Zwerg hat so eine süße und spitze kleine Nase!«

»Wir können nur hoffen, dass niemand ihn bemerkt«, sagte Brynhild und warf ihren eigenen Umhang über die Schultern.

»Aber«, protestierte Bendik. »Wenn ich nicht wie ein Zwerg aussehe . . .«

»Das tust du nicht«, lächelte Isfrid und kniff ihn leicht in die Wange. »Du siehst aus wie ein Knuddelhase!«

Bendik schluckte nervös. »Aber wenn sie mich entdecken?«

»Ich glaube nicht, dass wir anfangen sollten, darüber nachzudenken, was passieren wird, wenn du entdeckt wirst, denn dann verlieren wir nur unseren Mut. Du musst die Kapuze tief ins Gesicht ziehen«, sagte Brynhild.

»Dann erweckt er auf jeden Fall Misstrauen«, sagte Kårhild. »Ihr müsst über mehrere Tunnelkreuzungen und außerdem die Rundhalle und die Bierstube durchqueren und in der Bierstube trägt niemand eine Kapuze!«

»Er muss die Kapuze nicht tragen«, sagte Isfrid. »Sicher wird ihn niemand bemerken. Die schwarzen Elfen sehen uns Zwerge niemals zweimal an, und die meisten Kerle sind zu beschäftigt, um sich um uns Frauen zu kümmern.«

»Das stimmt«, sagte Brynhild. »Sollen wir jetzt gehen?«

»Warte noch«, sagte Kårhild. »Das gefällt mir nicht. Ihr sagt, dass die schwarzen Elfen die Zwerge niemals zweimal ansehen, aber vergesst nicht, dass sie jetzt auf der Suche nach Bendik sind und es auch Zwerge gibt, die gerne tausend Taler haben möchten.«

»Aber was sollen wir denn machen?«, fragte Brynhild. »Wir können doch sein Gesicht nicht verändern!«

»Doch, vielleicht können wir das«, sagte Kårhild. »Sieh mal, Blondschopf, steck diese Wolle in die Innenseite deiner Wangen!«

Bendik stopfte, so viel er konnte, zwischen Zähne und Wange.

»Das sieht schon besser aus«, sagte Brynhild und nickte.

»Jetzt bist du noch süßer geworden!«, seufzte Isfrid.

»Du hast allerdings mehr in der rechten Wange als in der linken«, sagte Kårhild.

Bendik stopfte ein wenig mehr von der Wolle in die linke Wange.

»Scheh isch jetscht mehr wie ein Schwerg ausch?«

»Du bist immer noch zu schmal«, sagte Kårhild. »Aber vielleicht geht es, wenn keiner dich genau betrachtet. Geh hinter Brynhild und halt den Kopf gebeugt, als seist du zu schüchtern, um aufzusehen. Und wenn du reden musst, dann öffne den Mund nicht zu weit, denn dann sieht man die Wolle.«

»Lass uns gehen«, sagte Brynhild. »Er wartet unten bei der Waffenkammer, hast du gesagt?«

»In den Höhlen über der Waffenkammer«, sagte Bendik mit Mühe, denn es war etwas schwierig, mit den Wangen voller Wolle zu reden.

Sie verließen den Frauensaal und gingen mit raschen Schritten einen langen Tunnel hinunter. Der Tunnel war vom Handwerk der Zwerge geprägt, er hatte einen gleichmäßigen, flachen Boden, geschmückte Wände und eine hohe Decke. An den Wänden hingen Fackeln in geschmiedeten Halterungen, die so dicht standen, dass der Tunnel gut beleuchtet war. Er endete in einer großen, runden Halle mit vielen Öffnungen. Hier war es noch heller, denn an der Decke hing ein enormer Kronleuchter, der nur so strahlte. In der Halle tummelten sich massenhaft Zwerge und mehrere schwarze Elfen. Alle waren offensichtlich auf dem Weg von oder zu Werkstätten, Küchen und Schenken. Bendik beugte den Kopf so weit nach unten, wie er konnte.

»Der sicherste Weg führt durch die Bierstube«, sagte Brynhild. »In den Tunneln gibt es viele schwarze Elfen, aber in die Bierstuben der Zwerge gehen sie nie. Bleib dicht hinter mir und schau niemanden an.«

Sie gingen durch einen breiten Bogengang in einen Saal, in

dem es nach gebratenem Fleisch roch. Er hatte zwar eine hohe Decke, dennoch war die Luft stickig und der Geräuschpegel ohrenbetäubend. Auf Bänken und Schemeln saßen langbärtige Zwerge, die aßen und tranken. Auf der einen Seite des Raumes standen drei Zwerge, die auf Harfe, Geige und Fiedel spielten, von der anderen Seite des Saales ertönte lauter Gesang. Zwischen den Tischen war es sehr eng. Zwerge mit umgebundenen Schürzen liefen eifrig mit schweren Tellern hin und her und Frauen trugen Schalen, gefüllt mit Bier und Met.

»Hier entlang«, sagte Brynhild und nahm Bendiks Hand, damit sie sich in dem Gedränge nicht verloren. Bendik konzentrierte sich darauf, nach unten zu sehen und nicht über Brynhilds Rock zu stolpern.

Von mehreren Tischen ertönte lärmender Gesang. Es schien, als hätte der Met sie besonders laut und munter gemacht. Bendik hoffte, dass das ein gutes Zeichen war und dass sie sich deshalb weniger um ihn kümmern würden.

»Wie dumm, dass sie heute Abend so munter sind«, flüsterte Brynhild da. »Denn wenn sie voll mit Met sind, ist die Chance viel größer, dass sie uns beachten.«

»Warte mal, Brynhild, meine Liebe!«, rief plötzlich ein rotbärtiger Zwerg und stellte sich direkt vor sie. Aus den Augenwinkeln sah Bendik, dass seine Wangen gerötet und seine Nase dunkelrot war.

»Wir haben es eilig, Bodur«, sagte Brynhild und drängte sich an ihm vorbei. Bendik hastete hinterher und dachte fast, sie hätten es geschafft, als er spürte, wie Bodur ihn am Arm packte.

»Nein, nein, schöne Frauen müssen doch Zeit haben, mit einem alten Freund zu schäkern. Kommt und setzt euch, dann erzähle ich euch eine Geschichte!«

»Lass uns erst unseren Auftrag erledigen, danach kommen wir und lauschen deiner Geschichte!«, sagte Brynhild, als sie merkte, dass Bendik festgehalten wurde. Sie versuchte, Bendiks Arm aus Bodurs engem Griff zu lösen. »Komm schon, Bodur, ein Mann wie du wird doch wohl nicht Gewalt gegen uns Frauen anwenden?«

Da ließ Bodur widerwillig los. »Aber ihr kommt danach wieder? Versprichst du es?«

»Ja, ich verspreche es«, lächelte Brynhild und zog Bendik weiter.

Die Bierstube war riesig und es wurden nicht weniger Leute, je weiter sie in den Raum vordrangen. Brynhilds Hand war schon ganz schwitzig, aber sie hielt Bendik fest und zog ihn im Zickzack durch die Tische.

Bendik fühlte mehrmals lange Blicke auf sich ruhen. Ein Mal gab ihm jemand einen leichten Klaps auf den Po, ein Mal zog jemand an seinen goldenen Locken und an fast jedem Tisch rief ihnen jemand etwas nach, was Brynhilds Gesichtszüge angespannt und ihren Griff noch härter machte, als sie Bendik weiterzog.

»Sollten wir nicht umkehren und lieber durch den Tunnel gehen?«, fragte er, als sie stehen blieben und warten mussten, weil zwei hitzige Zwerge sich fast darum prügelten, wer Brynhild zu Tisch bitten durfte.

»Nein, der Tunnel ist zu gefährlich, jetzt, wo die schwarzen Elfen dich suchen!«, flüsterte sie zur Antwort.

»Aber es kann doch nicht gefährlicher sein als das hier.«

»Dies hier ist nichts, wovor man Angst haben muss! Ich weiß, wie ich mit betrunkenen Kerlen umgehen muss«, sagte Brynhild. Und um ihre Worte zu beweisen, redete sie so scharfzüngig auf die Zwerge ein, dass diese schwiegen, sich verbeugten und sie vorbeiließen.

Bendik kam zu dem Schluss, dass der Weg durch die Bierstube vielleicht doch nicht der schlechteste war. Er trottete hinter Brynhild her, während sie alle möglichen Einladungen gleichgültig und überlegen zurückwies. Er hatte immer noch Angst, dass jemand ihn enttarnen könnte, indem er zu fest an seiner Perücke zog oder ihn am Bauch drücken und herausfinden würde, dass er mit Schaffellen gepolstert war. Aber sie hatten es fast geschafft. Zumindest sah Bendik die Spitze eines Bogenganges.

»Hallo Brynhild«, rief da plötzlich ein schwarzbärtiger Zwerg. »Was ist das für eine Freundin, die du da hast?«

Bendik kümmerte sich zunächst nicht um den Schwarzbart. Brynhild wusste bestimmt auch dieses Mal, was sie zu sagen hatte. Da bemerkte er, dass Brynhild sich zu dem umdrehte, der sie angesprochen hatte, und ein wenig angestrengt lächelte. »Das ist Cousine Malmfrid, Onkel Fundin.«

Bendik zuckte zusammen und linste vorsichtig an Brynhild vorbei. Sofort gefror ihm das Blut in den Adern. Er erkannte die krumme Nase und die schmalen Augen. Er schaute in das gleiche Gesicht, das er bereits im Mai auf der Schafweide gesehen hatte.

»Ihr solltet nicht so in Eile sein«, sagte Fundin. »Hier am Tisch ist Platz, setzt euch, dann reden wir ein bisschen. Ich will mehr über Cousine Malmfrid erfahren.«

»Wir haben es sehr eilig, Onkel«, entgegnete Brynhild.
»Ist das der Ton, den man gegenüber einem älteren Verwandten anschlägt?«, fragte Fundin. »Bin ich etwa nicht der Bruder deines Vaters? War ich es nicht, der deinen Bruder zum Gesellen nahm, nachdem er nachts das Feuer in der Wachstube hat ausgehen lassen und in Ungnade gefallen war?«
»Doch, Onkel.«
»Na also! Setzt euch jetzt hin, ohne weiteren Kommentar!«
Bendik war vor lauter Schreck so benommen, dass er sich nicht bewegen konnte. Brynhild schob ihn auf eine harte Holzbank und setzte sich neben ihn. Fundin winkte einer Kellnerin, die eine große Schale Met auf den Tisch stellte. Fundin trank als Erster, dann reichte er die Schale über den Tisch weiter zu Bendik.
»Du bist also Cousine Malmfrid?«, sagte er langsam und nachdenklich.
Bendik wagte nicht, den Blick des Zwerges zu erwidern. Er nickte und sah nach unten.
»Dann bist du die Tochter von Volund«, sagte Fundin weiter.
Bendik schluckte. Er traute sich nicht zu antworten, denn er war sicher, dass er auf jeden Fall enttarnt würde, sobald er zu sprechen begann.
»Nun trink doch endlich!«, befahl Fundin. Bendik streckte seine Hände vorsichtig nach der Metschale aus und zog sie näher heran. Sie war schwer und viel größer als die Schalen, aus denen sie zu Hause auf dem Hof des Jarls für gewöhnlich tranken. Der Met schwappte, als Bendik die Schale anhob, und er hatte Mühe nicht zu schlabbern, als er trank.
»Höh«, gluckste Fundin. »Trinkt wie ein Spatz, oder? Erzähl

mir, wie es deinem Vater geht! Ich habe ihn seit fünfzehn Jahren nicht mehr gesehen!«

Brynhild trat Bendik warnend auf die Zehen. Wenn er doch nur wüsste, wovor sie ihn warnen wollte. Vermutlich war es das Beste, überhaupt nichts zu sagen. Er schwieg und schaute mürrisch in die Metschale.

»Nun antworte doch, Mädchen!«, brüllte Fundin plötzlich.

Brynhild trat Bendik noch heftiger auf die Zehen.

»Vater geht es gut!«, sagte er dünn und piepsend.

»So!«, schnaubte Fundin. »Es geht ihm jetzt also gut, ja? Als ich ihn zuletzt traf, ging es ihm nicht gut, er wurde von Magenschmerzen geplagt.«

Bendik nickte wieder.

»Aber wie kannst du dann sagen, dass es ihm gut geht?«, knurrte Fundin und schob die Metschale zu Brynhild hinüber.

Brynhild hob die schwere Schale ohne Schwierigkeiten an die Lippen. Sie nahm einen großen Schluck, bevor sie den Met absetzte und ihn über den Tisch zu Fundin schob. »Danke, Onkel«, sagte sie.

»Schön zu hören, dass zumindest eine von euch immer noch Manieren hat«, sagte Fundin und schenkte Bendik einen unzufriedenen Blick. »Du hättest sie nicht mit herbringen sollen, Brynhild, da sie offensichtlich weder gelernt hat, gesittet zu reden, noch weiß, was sie einem älteren Verwandten gegenüber schuldet. Sie bringt Schande über die ganze Familie!«

Bendik war so nervös und unglücklich, dass er fürchtete, sich jeden Moment übergeben zu müssen. Der Zwergenmet war viel stärker als der Met, den er gewöhnt war, er blubberte und kochte im Magen und machte die ganze Angelegenheit nur noch schlimmer. Er schwitzte unter der Perücke und sein Herz hämmerte so stark in seiner Brust, dass er Angst hatte, es könnte durch seinen Körper zu hören sein.

»Das tut mir leid, Onkel Fundin«, sagte Brynhild.

Bendik saß da und starrte auf den Boden. Er spürte Fundins Blick auf sich. Der schwarzbärtige Zwerg schaute ihn so intensiv und so lange an, dass Bendik ganz bleich wurde.

»Du ähnelst deinem Vater nicht besonders, Malmfrid«, sagte er langsam.

Bendik schüttelte den Kopf, sodass die gelben Locken tanzten. Er drehte die Hände im Schoß und wagte nicht aufzusehen.

»Woher hast du eine so kleine Nase bekommen? Sie ist schmal und spitz wie ein Vogelschnabel. Jetzt schau doch auf, Mädchen, damit ich dich ansehen kann!«

Bendik konnte nicht anders. Er hob den Kopf, sah Fundin aber nicht an. Die Wolle in seinem Mund war vom Met durchtränkt und ihm wurde vom Geschmack übler und übler.

Er merkte, dass Brynhild nervös wurde. Sie fingerte an der Metschale herum und sah aus, als suche sie nach einer passenden Ausrede, um gehen zu können. Bendik war jedoch klar, dass Fundin von einem ganz anderen Schlag war als die lustigen Burschen, die sie vorher abgewiesen hatte. Das Versprechen, dass sie wiederkommen würden, war bei ihm vermutlich vollkommen vergeblich.

»An dir ist das eine oder andere, das ich nicht mag«, sagte Fundin. »Malmfrid, sagst du. Ich habe dich schon einmal gesehen, als du klein warst, und es scheint mir doch sehr merkwürdig, dass du damals schwarzhaarig warst und jetzt goldlockig bist.«

Er wandte sich wieder an Brynhild. Bendik sah aus den Augenwinkeln, dass selbst Brynhild ganz bleich wurde. Fundins Gesicht wurde noch angespannter und seine Augen funkelten. »Irgendetwas stimmt hier nicht«, sagte er. »Und ich habe beschlossen, es im Namen der Familienehre herauszufinden.«

»Aber lieber Onkel«, begann Brynhild. »Wir . . . Ich . . .«

Plötzlich entstand hinten am Bogengang ein Tumult. Mehrere Zwerge kamen angelaufen. Im selben Augenblick ertönte das Alarmhorn. Brynhild schnappte nach Luft. In die Bierstube stürmten Zwerge. Das Horn ertönte wieder und wieder und jemand schrie, dass sie von hier wegmussten, ansonsten würden sie bei lebendigem Leib gefressen werden!

~ 27 ~

Fundin sprang auf. Es herrschte ein wildes Durcheinander, als alle Zwerge von den Tischen und Bänken stürmten, um zu hören, was geschehen war.

»Was ist los?«, fragte Fundin scharf und griff einen der Vorbeirennenden am Arm.

»Ein Drache!«, lautete die Antwort. »Ein Feuer speiender Drache, und er kommt her! Flieht!«

Im nächsten Augenblick erschienen bereits die Wachen. Sie trieben die Leute vor sich her, um alle in Sicherheit zu bringen. »Kommt schon, Mädchen!«, sagte Fundin. »Alle müssen in Sicherheit gebracht werden, bevor der Drache kommt! Wir werden uns später noch unterhalten.«

Sie wurden weitergeschoben. Als sie in die runde Halle kamen, wollten Bendik und Brynhild den Weg zum Frauensaal einschlagen, aber Fundin packte sie und schubste sie in die andere Richtung.
»Aber Onkel«, protestierte Brynhild. »Der Frauensaal liegt in dieser Richtung!«
»Wir müssen runter in den Schutzraum«, sagte er. »Alle müssen in den drachensicheren Raum im Kellergeschoss.«
Sie wurden weitergeschoben. Das Gedränge war mittlerweile so dicht, dass Fundin sie gar nicht mehr hätte festhalten müssen. Es war nicht möglich, sich gegen den Strom zu bewegen. Die Zwerge eilten durch zwei doppelte Türen und liefen dann die Treppen hinunter. Hier gab es im Vergleich zu den Tunneln nur wenig Licht, denn die Fackeln an den Wänden waren nicht angezündet. Ein paar Zwerge trugen jedoch Fackeln und so konnten sie erkennen, dass es vorbei an dunklen, groben Wänden bergab ging. Bendik sah sich um und überlegte, warum sie das hier drachensicher nannten. Skimre würde mit Sicherheit keine Probleme haben, hier herunterzukommen.
Dann erreichten sie das Ende der Treppen, wo sie stehen blieben und warteten. Ein Stück vor ihnen herrschte Aufregung, aber das Gedränge war so groß, dass Bendik nicht sehen konnte, was genau vor sich ging. Plötzlich erhielt er von Fundin einen Stoß in den Rücken und bemerkte, dass Brynhild bereits mehrere Schritte weitergegangen war, ohne dass er ihr gefolgt war.
»Schneller, schneller!«, rief jemand.
»Hinein in die Tunnel!«, rief ein anderer.
Da sah Bendik, dass die Zwerge sich auf alle viere begaben

und in dunkle, enge Tunnel krabbelten. Schon bald waren sie an der Reihe und krochen hinein in die pechschwarze Dunkelheit. Seine Knie schmerzten, doch plötzlich wurde er an den Armen gepackt und das letzte Stück hinausgezogen. Er befand sich jetzt in einer Halle, in die durch eine Reihe enger Tunnel ein gleichmäßiger Strom von Zwergen strömte. Hierher konnte Skimre niemals gelangen, diese Räume waren wirklich drachensicher.

Brynhild zog ihn am Ärmel weiter in die Halle hinein, in der es dunkel und ungemütlich war. Die Zwerge zündeten Fackeln an und entfachten die Feuerstellen und es gab zumindest Bänke und Tische, sodass sie sitzen konnten, während sie warteten.

»Das hier ist tausend Jahre altes Holz«, sagte ein Zwerg, der die Funken betrachtete, die aufflogen, als das knochentrockene Feuerholz zu brennen begann.

»Wenn wir lange hierbleiben müssen, werden wir gezwungen sein, tausend Jahre altes Essen zu essen«, sagte ein anderer. »Denn so alt ist das Essen in den Lagern hier. Es gibt Getreide für Brei, getrocknetes Fleisch und Fisch, allerdings weiß ich nicht, wie das schmeckt.«

»Es ist lange her, dass wir zuletzt einen Drachen gesehen haben«, sagte Brynhild zu Bendik.

»Da ist Isfrid!«, sagte Bendik überrascht. »Und Kårhild!«

»Sie haben vermutlich alle aus dem Frauensaal geholt«, sagte Brynhild.

Die Frauen setzten sich gemeinsam an einen Tisch. Es gab wenig Platz und so wurde Bendik zwischen Isfrid und Brynhild eingeklemmt. Er hätte gerne gewusst, was in den Hallen über ihnen vor sich ging. Um sie herum herrschte großes Gedränge, es war fast unmöglich, miteinander zu reden, ohne belauscht zu werden. Schweigend und eng aneinandergepresst konnten sie nichts weiter tun als warten.

»Gibt es etwas Neues, Kårhild?«, fragte Brynhild nach einer Weile. Bendik war fast eingeschlafen, doch jetzt hob er den Blick und sah Kårhild auf sie zukommen. Sie schüttelte den Kopf. »Nein«, sagte sie und setzte sich mit auf die Bank.

»Ich muss Skimre zu fassen kriegen«, sagte Bendik. »Wir müssen das Drachenblut haben.«

»Aber es nutzt nichts, Blondschopf«, sagte Isfrid und schenkte ihm ein aufmunterndes Lächeln. Dann sah sie auf und ihr entfuhr ein begeisterter kleiner Schrei. »Brynhild, ist das nicht dein Onkel? Der Mitglied im Hohen Rat ist?«

»Onkel Fundin meinst du?«, fragte Brynhild und schaute in die Richtung, in die Isfrid zeigte. »Doch, das ist er! Oh, nein! Er kommt, um das Verhör mit Blondschopf fortzuführen, was sollen wir machen?«

»Verhör?«, seufzte Isfrid. » Was meinst du damit?«

Bendik zuckte zusammen, als er den strengen schwarzbärtigen Zwerg auf sie zukommen sah. Der stahlgraue Blick wanderte von Frau zu Frau, als wäre er auf der Suche nach jemandem.

»Blondschopf hat sich ein bisschen unglücklich benommen, als wir Onkel in der Bierstube trafen«, sagte Brynhild. »Und jetzt ist Onkel misstrauisch und beleidigt. Was sollen wir machen? Er wird uns enttarnen!«

»Das wird er nicht«, sagte Isfrid und betrachtete Fundin.

»Aber wie sollen wir ihn aufhalten?«, fragte Brynhild.

»Wir müssen es wohl drauf ankommen lassen«, sagte Isfrid und stand auf. Sie begann, sich zwischen den Tischen hindurchzuquetschen.
Im nächsten Augenblick erstarrte Bendik, als eine knurrende Stimme sagte: »Da bist du ja! Komm her, Malmfrid. Es ist Zeit für unser kleines Gespräch.«
Als Bendik sich nicht bewegte, schob Fundin einige Zwerge zur Seite, um sich durchdrängeln zu können. Er grunzte ungeduldig, weil der Raum so mit Zwergen vollgestopft war. Den Blick hielt er jedoch stetig auf Bendik gerichtet, während er sich vorwärtspresste. Isfrid kam Fundin entgegen, doch das bemerkte er erst, als sie gegen ihn prallte. Er brummte wütend und wandte sich nun ihr zu: »Pass doch auf, Kleine!«
»Oh, es tut mir so leid«, sagte Isfrid und lächelte unschuldig. »Es war keine Absicht, im Weg zu stehen, aber es ist so schwierig, hier voranzukommen, ich werde hierhin und dorthin geschubst, selbst wenn ich es nicht möchte.«
»Hmpf, nicht besonders nett, bei einer so zarten kleinen Frau wie dir«, sagte Fundin ein wenig milder.
Als Isfrid lächelte, wurden ihre Lachgrübchen sichtbar, dann schlug sie den Blick unschuldig nieder. »Wir sind so neugierig, was dort oben geschieht, wo der abscheuliche Drache wütet.«
»Das Letzte, was ich gehört habe, ist, dass er die große Bierstube verwüstet hat«, sagte Fundin und betrachtete sie eingehend.
»Ist er fürchterlich gefährlich, was glaubst du?«, fragte Isfrid und schaute ihn mit großen Augen an.

Bendik beobachtete erstaunt, wie Fundin auf Isfrid reagierte. Sein Gesichtsausdruck veränderte sich, sein Tonfall war auf einmal anders und es schien, als hätte er »Cousine Malmfrid« vollständig vergessen.

»Du brauchst keine Angst zu haben«, sagte Fundin tröstend und legte eine Hand auf Isfrids Schulter. »Wir werden nicht zulassen, dass dir etwas geschieht . . . wie war dein Name, sagtest du?«

»Isfrid«, lächelte sie und machte höflich einen Knicks. »Tochter von Økkve Fjaskebotten aus Hökvaflok.«

Fundin verneigte sich. »Es ist mir eine Ehre, dich zu treffen, schöne Frau. Mein Name ist Fundin der Grübler. Darf ich dich einladen, eine Schale Met mit mir zu teilen, während wir warten?«

»Met? Hier?«

Fundin lächelte und legte den Arm um sie. »Ja sicher«, sagte er. »Tausend Jahre alter Met! Hier entlang, meine Schöne!«

Brynhild und Bendik saßen noch immer mit offenem Mund da.

»Na so was«, sagte Brynhild schließlich und schüttelte den Kopf. »Was ist mit Onkel Fundin passiert? Er hat ja gelächelt!«

»Das habe ich schon die ganze Zeit gesagt«, sagte Kårhild. »Diese Isfrid bleibt nicht lange im Frauensaal. Sie ist bestimmt verheiratet, noch bevor das Jahr zu Ende ist. Und wenn dein Onkel nicht der Mann ist, dann könnt ihr mich einen armen Wicht nennen!«

»Blondschopf ist jedenfalls gerettet«, sagte Brynhild. Sie seufzte und trommelte vor Langeweile mit den Fingern auf der Tischplatte. Die Stunden vergingen unendlich langsam.

Bendik lehnte sich an die Wand und dachte an Skimre. Was trieb er da oben? Dieser elende Drache! Wie sollte er jetzt an Drachenblut kommen?

~ 28 ~

Skimre stand in einer großen runden Halle, von der aus Tunnelöffnungen in alle Richtungen führten. Vor einem Eingang, der mit soliden Türen verschlossen war, hatte sich eine Gruppe Zwerge aufgestellt. Sie versteckten sich hinter ihren Schildern und drohten warnend mit ihren Lanzen.

»Verschwinde, Natter!«, rief ein mutiger Zwerg mit Hörnern auf dem Helm und einer großen Axt in der Hand.

»Natter?«, fragte Skimre beleidigt. Er atmete tief ein und spie dann einen gewaltigen Feuerstrahl. Die Zwerge duckten sich schnell hinter ihren Schildern. Skimre schnaubte irritiert und richtete das Feuer stattdessen auf ihre Füße, dann grinste er zufrieden, während die Zwerge in ihren brennenden Stiefeln hüpften und trampelten. Der Zwerg mit den Hörnern auf dem Helm schwang seine Axt und stürmte direkt auf Skimre zu. Er kam allerdings nicht besonders weit, und als die anderen sahen, was der Drache mit ihm veranstaltete, machten sie auf der Stelle kehrt und rannten um ihr Leben.

»Nicht schlecht«, schmatzte Skimre und leckte sich die Lippen. »Ziemlich dunkel, sicher schwer verdaulich, aber durchaus nicht schlecht. Jetzt muss ich den Jungen und den Feuermeister finden, und dafür muss ich diesen Weg wählen. Bin ich nicht fantastisch? Ich wette, dass kein anderer einen so guten Orientierungssinn hat wie ich.«

Er latschte weiter. Jetzt wagte niemand mehr, ihn aufzuhalten. Er stieß Türen ein, ließ Eisenbeschläge schmelzen und setzte Holzteile in Brand. Ein paar Mal spie er auch noch Feuer, denn es gab tatsächlich Zwerge, die sich hinter einer Mauer verbarrikadiert hatten und mit Armbrüsten auf ihn schossen.

Schließlich ließen die Zwerge von ihm ab, denn jetzt wurde deutlich, dass der Drache auf dem Weg zu der unterirdischen Stadt der schwarzen Elfen war. Sie zogen sich verbittert zurück. »Sollen die schwarzen Elfen doch gegen den Drachen kämpfen«, sagten sie sich schließlich.

Skimre flog zu der Stadt Ollumdjupa. Dort schwebte er ziemlich lange umher und spie aus Spaß Feuer und Funken, bevor er zu Harfirs Palast hinunterglitt. Seltsamerweise gab es hier keine Wachen. Zielstrebig schlurfte er in den Palast und stand bald vor dem Thronsaal des Königs der schwarzen Elfen. »Das geht viel zu einfach«, sagte er. »Lass mich mal überlegen, der Junge ist bei den Zwergen, das hatte ich vergessen. Na ja, dann muss ich zuerst das Mädchen holen, wo ich schon mal hier bin.«

Er legte die Pfoten gegen die Tür und gluckste zufrieden, als er merkte, dass sie abgeschlossen war. »Umso besser«, sagte er. »Mal überlegen, wie ich hineinbrechen soll. Feuer? Rohe Gewalt? Soll ich meinen mächtigen Schwanz gegen sie schwingen oder das Schloss mit einem schmalen Strahl aus glühend heißem Feuer schmelzen?« Er hatte sich gerade dazu entschieden, das Schloss zu schmelzen, als ein weiches Klicken erklang und die Tür vor ihm aufschwang.

»Mist«, sagte Skimre. »Immer muss einer den Spaß verderben.«

Er sah in Harfirs Thronsaal und erblickte eine Pracht, die alles auf der Erde übertraf. Alles war aus Gold, Silber und Edelsteinen. Es türmten sich Samt, Seide und Eiderdaunen, Felle von Eisbären, Silberfüchsen und Wölfen. Mitten im Raum stand Harfir. Hinter ihm verschwand eine Gruppe Elfenfrauen, zwischen sich hatten sie Lilja.

»Da ist sie«, stieß Skimre hervor und wollte hinter ihnen her.

Harfir bohrte seine eindringlichen Augen in den Drachen. »Stopp!«, befahl er mit einer so gebieterischen Stimme, dass Skimre tatsächlich stehen blieb. »Was machst du ungebeten in meinen Hallen, O'Schrecklicher?«

»Ja, ich bin schrecklich, nicht wahr?«, sagte Skimre und betrachtete den König der schwarzen Elfen genauer. Harfir war groß und bleich, er trug eine Krone, die wie ein Eiskristall auf seinem Kopf strahlte. Damals, als Skimre als Schlange hier gewesen war, hatte er gar nicht darüber nachgedacht, wie eindrucksvoll Harfir doch war. Ehrerbietig war er auch, da er ihn mit O'Schrecklicher ansprach. Skimre breitete seine Flügel leicht aus, um die schwarzen Elfen mit der Schönheit seiner Haut und der majestätischen Erhebung auf seinem Nacken zu beeindrucken.

»Du bist schrecklich und prachtvoll zugleich«, sagte Harfir mit einem zweideutigen Grinsen. »Aber wo ist der Junge? Bendik, der Sohn des Jarls, sollte mit dir zusammen sein.«

»Er ... Er war nicht besonders nützlich«, sagte Skimre. »Er hat wohl vom Vergessenstrank der Zwerge getrunken und weiß vermutlich nicht mal mehr, wie er heißt.«

»So, das hat er also«, entgegnete Harfir nachdenklich. »Ich wusste, dass du auf dem Weg bist. Und ich habe mich darauf gefreut, dich zu sehen, denn Drachen sind die fantastischsten aller Geschöpfe. Ich habe darüber nachgedacht, dir ein Schmuckstück zu schenken, aber was kann sich mit dem Glanz messen, den du bereits ausstrahlst? Selbst Diamanten erblassen an deiner Seite!«

»Ss-ss-ss«, sagte Skimre. »Jetzt schmeichelst du mir.«

»Nein, ganz und gar nicht«, sagte Harfir und machte einen Schritt nach vorn. »Ich habe noch nie etwas so Prachtvolles gesehen! Selbst im Altertum, als ich jung war und es viele Drachen auf der Welt gab, gab es keinen, der dich überstrahlen konnte, O'Schrecklicher! Und ich bin sicher, dass auch dein Feuer heißer ist als das der alten Drachen.«

»Oh, das weiß ich nicht.« Skimre spie eine schöne blaue Flamme.

»In meiner Jugend kannte ich einen Drachen, der Eisen zum Kochen bringen konnte, bis es Blasen bildete«, sagte Harfir.

»Eisen zu schmelzen, ist keine Kunst«, meinte Skimre.

»Aber kannst du es auch dazu bringen, Blasen zu bilden wie kochendes Wasser?«, wollte Harfir wissen. »Das können nämlich nicht alle Drachen.« Der König der schwarzen Elfen sah sich im Raum um, dann winkte er eine Wache herbei. Er befahl der Wache, ihre Lanze vor dem Drachen auf den Boden zu legen.

Skimre ließ das Feuer zwischen seinen Zähnen auflodern, bevor er einen dünnen, blauvioletten Strahl auf die Lanzenspit-

ze sandte. Bald glühte sie weiß und kleine gelbweiße Flammen züngelten, aber schmelzen wollte sie nicht, und es gab definitiv keine Blasen.
»Ts, ts«, sagte Harfir so leise, dass es kaum zu hören war.
Skimre konzentrierte sich darauf, das Feuer so heiß wie möglich zu machen. Als er es hinausblies, verwandelte sich der Holzgriff der Lanze zu Kohle. Die schwarzen Elfen schlugen die Hände vors Gesicht, um nicht von der Hitze verbrannt zu werden. Dann blies Skimre das Feuer so, dass es weißrosa aus seinen Nasenlöchern flammte. Das Eisen schmolz und lief über den Boden. Er blies und blies, und als er den letzten Atem aus sich drückte, blubberten drei kleine feine Blasen im Eisen, das einmal die Lanzenspitze gewesen war.
»Prächtig!«, rief Harfir aus.
Alle schwarzen Elfen klatschten.
»Das ist unglaublich!«, sagte Harfir beeindruckt.
Skimre fühlte sich nicht gut. Ihm war schwindelig und übel vom vielen Pusten. Er richtete sich auf. »Ja«, sagte er und schnappte nach Luft, dann wurde er von einem Hustenanfall überwältigt.
»Ich glaube, du bist ein wenig atemlos?«, sagte Harfir.
»Nein, nein«, hüstelte Skimre. »Mir geht es sehr gut.«
»Gut, denn das Eisen hat nur für einen sehr kurzen Augenblick Blasen gebildet, ich möchte so gerne, dass du das noch einmal machst.«
»Na gut«, sagte Skimre. Er schluckte, atmete wieder tief ein, dann ließ er das Feuer in seiner Brust kochen und spie riesige Flammen hervor. Seine Augen waren schon ganz rot und er schwitzte bereits Schwefel. Da bildete das Eisen endlich wie-

der Blasen und alle schwarzen Elfen brachen in gewaltige Begeisterung aus.
»Das ist unglaublich!«, riefen sie.
»Fantastisch! Prächtig!«
Skimre war so übel und schwindelig geworden, dass er schwankte. Er taumelte ein paar Schritte, bevor er vornüberkippte und hustend auf dem Boden liegen blieb. Die Augen des Königs der schwarzen Elfen blitzten. »Jetzt!«, befahl er seinen Männern. »Ergreift ihn!«

~ 29 ~

Bendik und die Frauen warteten in der drachensicheren Höhle immer noch darauf zu erfahren, was vor sich ging. Als sie es schließlich zu hören bekamen, übertraf es Bendiks schlimmste Befürchtungen.
Kårhild hatte mit ihrem Vetter aus der Wachmannschaft gesprochen und erfahren, dass Skimre vom König der schwarzen Elfen gefangen genommen worden war. Er war hinter dicken Steinmauern eingeschlossen, aus denen er sich nicht befreien konnte. Man sagte, dass Harfir ihn so lange gefangen halten wollte, bis der Drache einwilligen würde, den schwarzen Elfen zu dienen.
»Aber ich habe ein Band um seinen Hals gebunden«, sagte Bendik. »Er kann keinem anderen dienen.«
»Wenn Harfir das Band entfernt hat, ist der Drache frei«, sagte Brynhild.

»Das ist er wohl«, sagte Bendik und fühlte sich mit einem Mal allein und verlassen.

Mehrere Tage waren inzwischen vergangen. Bendik war immer noch bei den Zwergenfrauen unter der Erde. Er spürte, dass die Zeit ihm allmählich davonlief. Er hatte versucht darüber nachzudenken, wie er Lilja retten konnte, aber der Berg lag wie eine schwere Last auf ihm, die es ihm unmöglich machte, einen rettenden Einfall zu bekommen. Tagsüber saß er antriebslos da und starrte in die Flammen. Abends tanzte und sang er mit den Zwergenfrauen, bis er so müde war, dass er ins Bett fiel.

Es war mitten in der Nacht, als er ein Klopfen an der Tür hörte. Bendik setzte sich sofort auf. Brynhild war ebenfalls aufgewacht, sie schlief am dichtesten an der Tür. Sie stieg aus dem Bett und schlich über den Boden.

»Wer ist das?«, fragte Kårhild aus ihrem Bett.

»Macht Licht!«, rief eine andere Frau.

Dann wurde Feuer entfacht und Licht herbeigetragen. In dem flackernden Schein des Feuers sah Bendik verwirrt, dass es Even war, der gekommen war. Er stolperte aus dem Bett zu den anderen hinüber.

»Da bist du«, sagte Even mit schnarrender Stimme. »Gut, dass ich dich gefunden habe. Ich bin gekommen, um dir zu helfen.«

»Wie siehst du denn aus?«, rief Kårhild, als das Feuer nun kräftig loderte und sie besser sehen konnten. »Dreckig und zerlumpt und als hättest du mehrere Nächte nicht geschlafen!«

Even schwankte. Seine Augen waren rot unterlaufen und das

Gesicht noch zerfurchter als sonst. Er blinzelte und musste sich auf einen Stuhl stützen. Schnell eilten ihm die Frauen zu Hilfe.

»Es ist viele Jahre her, dass du mit uns hier im Frauensaal getanzt hast«, sagte Brynhild. »Ich war damals noch ein kleines Mädchen und Tyra war Meisterin, erinnerst du dich?«

»Ja, das ist lange her«, sagte Even.

»Wir haben nie erfahren, was mit dir passiert ist, nachdem die schwarzen Elfen dich uns weggenommen haben«, sagte Brynhild.

»Nein.«

»Wir haben dich vermisst«, sagte Kårhild. »Niemand kann so gut tanzen wie du.«

Even musste lachen. »Die Jahre waren freundlicher zu dir als zu mir, Kårhild.«

»Aber woher wusstest du, dass Blondschopf bei uns ist?«

»Ich wusste es nicht, ich wollte euch um Hilfe bitten, ihn zu finden.«

»Wie schlau!«

»Nun, es gibt nicht viel, was wir tun können«, sagte Bendik. »Lilja hat vom Wasser der Verblendung getrunken und Skimre ist gefangen genommen worden.«

»Ich weiß«, sagte Even.

»Sie haben ihn in ein Verlies aus Stein gesteckt, aus dem er nicht flüchten kann. Wir brauchen Drachenblut für das Gegengift, das Lilja wecken kann.«

»Ich weiß«, wiederholte Even.

»Woher weißt du das alles?«

Even schüttelte den Kopf. »Ich habe drei Nächte lang nicht geschlafen«, sagte er und rieb sich die Augen. »Ich bin vollkommen erschöpft.«

»Aber dann musst du jetzt ein bisschen schlafen«, nötigten ihn die Zwergenfrauen. »Wenn wir dem Jungen morgen helfen, ist das sicher früh genug!«

»Nein, ich darf nicht schlafen«, sagte Even langsam und bestimmt. »Egal, was geschieht, ich darf nicht schlafen, versteht ihr das?«

Die Frauen sahen ihn ein wenig verwundert an.

»Wenn ich einschlafe, wird Harfir herausfinden, dass ich hier bin. Und dann findet er heraus, dass der Junge im Frauensaal ist und dass ihr uns geholfen habt. Und dann wird er alles erfahren. Und dann kann es gut sein, dass außer mir noch andere Leute Schwierigkeiten bekommen.«

»Aber warum wird er etwas über uns herausfinden, wenn du einschläfst?«, fragte Bendik.

Even blickte ihn an und Bendik schluckte beklommen, als ihm klar wurde, wie erschöpft der alte Mann war.

»Weil Harfir Macht über meine Träume hat«, sagte er. »Wenn ich schlafe, erreicht er mich mit seinem Willen und findet Antwort auf alles, was er wissen will. So ist es, seit die schwarzen Elfen mich damals fingen, als ich im Berg war. Sie haben etwas mit meinem Kopf gemacht, sodass die Träume, die ich habe, nicht mehr meine sind. Alles, was Harfir über das Land auf der Erde wissen wollte, hat er von mir erfahren.«

»Du warst es also, der ihm von Lilja, von Skimre und von mir erzählt hat«, entfuhr es Bendik.

Even nickte. »Du sollst nicht glauben, dass ich das erzählen wollte, aber ich konnte es nicht stoppen. Der Zauber des Königs der schwarzen Elfen ist grausam und gnadenlos, ich werde ihm erst entkommen, wenn ich sterbe.«

»Armer Even«, rief Isfrid und strich dem alten Mann über den Rücken.

»Aber wie bist du hier hereingekommen?«, wollte Bendik wissen. »Du hast doch nicht das Nordtor genommen, oder?«

»Nein«, sagte Even kurz. »Ich bin auf dem gleichen Weg gekommen, den ich beim ersten Mal gegangen bin.«

Bendik atmete ein und wollte noch eine Frage stellen, aber Even kam ihm zuvor. »Ich dachte, das Nordtor wäre sicherer für dich, außerdem hattest du den Drachen zu Hilfe, die große Entfernung konnte also kein Problem sein.« Even suchte nach etwas. Dann zog er einen kleinen Flakon aus seiner Tasche. »Hier«, sagte er zu Bendik. »Das kannst du gebrauchen.«

»Was ist das?«

»Drachenblut.«

Bendik blinzelte.

»Du brauchst nicht so überrascht zu schauen«, sagte Even. »Wenn du gewusst hättest, wofür man Drachenblut alles gebrauchen kann, hättest du dir auch ein wenig davon gesichert, wenn mehrere Tage lang ein halb zahmer Drachen um dein Haus herumgeschlichen wäre.«

»Du hast Skimre also Blut abgenommen, während wir bei dir waren?«

»Richtig«, nickte Even. »Er hat es freiwillig gespendet, das war er mir schuldig, weil er meinen Hahn gerissen hat.«

»Aber woher wusstest du, dass ich Drachenblut brauche und dass Skimre gefangen worden ist?«

Da verzog Even die Lippen zu einem Grinsen. »Ein bisschen

hilft mir meine Hellsichtigkeit ja auch. Aber es gibt noch einen anderen Weg, auf dem ich Dinge erfahre. Harfir sucht mich jede einzelne Nacht in meinen Träumen heim, aber nach so vielen Jahren kann ich auch ein wenig von seinen Gedanken sehen. Ich kann zwar keine Fragen stellen, aber ich kann das sehen, woran er am meisten denkt.«

Brynhild nahm den Flakon mit Drachenblut und vermischte es mit dem Rest.

Mit einem Mal erschien Bendik alles viel leichter. »Dann müssen wir Lilja das Gegengift nur noch geben«, sagte er zu den Zwergenfrauen.

»Vergesst nicht, dass es eilt«, warf Even ein. »Ich weiß nicht, wie lange ich es noch schaffe, mich wach zu halten.«

»Ich weiß, wo der Feuermeister ist«, sagte Brynhild. »Sie ist in der unterirdischen Stadt Ollumdjupa. Dort hält sie sich in Harfirs Palast auf, in einem Zimmer, das früher von einer Prinzessin benutzt wurde.«

»Ollumdjupa ist die Hochburg der schwarzen Elfen. Ihr müsst an vielen, vielen Wachen vorbei«, sagte Kårhild. »Ich bin froh, dass nicht ich es bin, die dorthinmuss.«

»Ich war nur einmal dort«, sagte Isfrid und senkte den Blick. »Ich dachte, ich müsste sterben, so große Angst hatte ich, als ich über die Brücke ging.«

»Du darfst nicht über den Rand schauen«, sagte Kårhild. »Das war der Fehler, den du gemacht hast.«

»Der Abgrund war so tief«, sagte Isfrid. »Ich verstehe nicht, dass die Elfen dort so gerne leben.«

»Ollumdjupa hat dort viele Tausend Jahre gestanden«, sagte Brynhild. »Es wird nicht einstürzen, nur weil wir hingehen.«

»Was ist mit Skimre?«, fragte Bendik. »Ihn müssen wir auch retten.«
»Wie willst du das schaffen, Junge?«, fragte Even. »Hast du nicht genug damit zu tun, die Tochter des Königs aus Harfirs Klauen zu reißen und ihr zu helfen, den Sonnenstein zurück auf die Erde zu schaffen?«
»Fundin sagt, dass der Tunnel, der zum Sonnenberg führt, verschlossen ist«, sagte Isfrid. »Als der Sonnenstein fiel, entstand eine fürchterliche Wärme. Man kann von unten nicht mehr an den Sonnenstein gelangen. Ihr müsst hinauf und dann den Weg durch die Spalte im Sonnenberg nach unten finden, den gleichen Weg, den der Stein gefallen ist.«
»Du hast diesen Fundin in letzter Zeit wohl häufiger getroffen«, bemerkte Kårhild.
»So wird es für Blondschopf sicherer sein«, sagte Brynhild. »Denn wenn die schwarzen Elfen bemerken, dass der Feuermeister weg ist, werden sie alle Trolle in Jötunheim hinter ihnen herschicken.«
»Aber wie sollen wir zu Lilja gelangen?«, fragte Bendik.
»Ich habe einen Plan«, antwortete Brynhild. »Ich habe viel Zeit gehabt, nachzudenken und zu planen. Und ich weiß, wie sowohl Blondschopf als auch ich dort hinein- und mit dem Feuermeister wieder hinausgelangen können.«
»Erzähl!«, verlangte Even.
»Wir verkleiden Blondschopf als Zwergenfrau und benutzen den Wäschekarren. Ich bin die Meisterin, ich habe Zugang zum Palast und gehe jede Woche ein paar Mal dorthin. Die Elfen sind daran gewöhnt, wenigstens zwei von uns dreckige Wäsche umherschieben zu sehen, sie werden das nicht merk-

würdig finden. Und wenn wir von dort entwischen, können wir den Feuermeister zwischen der dreckigen Wäsche verstecken.«

»Ja, das ist eine gute Idee«, sagte Isfrid. »Blondschopf sieht so süß im Rock aus.«

Even betrachtete sie mit einer tiefen Falte zwischen den Augenbrauen. Langsam schüttelte er den Kopf. »Vergesst nicht, dass Harfir weiß, dass der Junge hier ist, er kennt sogar seinen Namen.«

»Aber er wird ein paar Zwergenfrauen, die die Wäsche transportieren, nicht zweimal angucken«, sagte Brynhild.

»Er braucht euch gar nicht anzugucken, er kann fühlen, dass ein Mensch in der Nähe ist. Es wird niemals funktionieren.«

Die Zwergenfrauen waren ein wenig betroffen. Brynhild seufzte. Isfrid kaute nachdenklich auf ihrer Unterlippe.

»Aber was sollen wir denn dann tun?«, fragte Bendik. »Es klingt, als gäbe es keine Möglichkeit für uns, es zu schaffen.«

»Vielleicht kann ich Fundin von unseren Schwierigkeiten erzählen?«, fragte Isfrid. »Er ist sehr schlau und kann uns sicher helfen.«

»Nein, nicht Onkel Fundin«, sagte Brynhild. »Hast du vergessen, dass er einer der Runenschmiede ist, die die schwarzen Steine geschmiedet haben? Er war einer von Harfirs engsten Mitarbeitern bei diesem Plan.«

»Aber das ist Vergangenheit«, sagte Isfrid. »Dann fiel der Sonnenstein und verbrannte nicht nur eine Schar von Zwergen. Er ist nicht länger ein Freund von Harfir! Er sagt selbst, dass der König der schwarzen Elfen uns im Stich gelassen hat.«

»Trotzdem«, sagte Brynhild. »Onkel wird rasend werden,

wenn er herausfindet, dass wir einen Menschenjungen im Frauensaal versteckt haben.«

»Ja, da hast du recht«, sagte Isfrid.

»Aber warum bist du überhaupt unter die Erde gekommen, wenn du wusstest, dass wir es nicht schaffen werden?«, fragte Bendik Even.

»Ich weiß nicht. Ihr müsst es einfach versuchen. Es kann sein, dass es klappt, wenn ihr Harfir nicht begegnet.« Er starrte Bendik mit seinen merkwürdigen Augen an, und Bendik hatte plötzlich das Gefühl, dass Even mehr wusste, als er gesagt hatte.

»Kannst du jetzt mehr von der Zukunft sehen?«, fragte er. »Kannst du sehen, ob wir es schaffen werden?«

Even schüttelte den Kopf. »Ich will es nicht sehen. Wenn es unsere Bestimmung ist, dass wir alle sterben werden, dann will ich auf jeden Fall mit Hoffnung sterben und nicht mit der Gewissheit, dass uns unser Plan misslingen wird.«

~ 30 ~

Früh am Morgen trotteten zwei Zwergenfrauen mit einem Karren einen breiten und mit Steinfliesen ausgelegten Tunnel entlang. Er war die Hauptader durch den Berg und führte in das Reich der schwarzen Elfen. Wenige Tage zuvor hatte Skimre denselben Weg beschritten und sie konnten an den Stellen, an denen er sich mit Feuerspeien vergnügt hatte, noch immer Ruß- und Brandmarken sehen.

Die eisenbeschlagenen Karrenräder rumpelten laut. Brynhild war kräftig und robust und zog den Karren mit gewohnten, langsamen Bewegungen. Hinter Brynhild ging eine dünnere Gestalt, gekleidet in einen rosa Rock und mit einem Meer goldgelber Locken auf dem Kopf. Es war Bendik.

Obwohl es noch sehr früh am Morgen war, herrschte unter der Erde schon emsiges Treiben. Die beiden Frauen mit dem Karren trotteten zügig durch die Tunnelgänge. Kein anderer, der so zeitig auf den Beinen war, schenkte ihnen Aufmerksamkeit. Die meisten Zwerge, die sie trafen, waren müde Gesellen auf dem Weg zur Arbeit. Sie sahen schwarze Elfen, die wie Krieger in Kettenhemden gekleidet waren, aber es waren nicht viele und sie gingen und gähnten und redeten leise miteinander. In der Zwischenzeit rumpelten die beiden Gestalten mit dem Karren ungehindert weiter, bis schließlich der Tunnel in breite Treppen überging, die abwärts führten.

Sie konnten die Treppen natürlich nicht mit dem Karren hinuntergehen, aber auf der Seite der Treppen befand sich eine Rampe, in die Radspuren gezogen waren.

»Hier müssen aber schon viele Karren entlanggerollt sein, um so tiefe Spuren entstehen zu lassen«, sagte Bendik verwundert.

»Und das, obwohl wir hier nicht so lange gelebt haben, wie unter dem Gletscher weiter im Norden«, antwortete Brynhild. »Das hier ist für uns nur ein entlegener Ort. Wir wohnen hier, weil die schwarzen Elfen Goldminen haben und uns reichlich für jede Art von Arbeit entlohnen, die sie nicht selbst verrichten wollen. Aber wir haben unsere Familien nicht hier, sie wohnen weiter nordwärts, in Dhvárasheim.«

Bendik zuckte zusammen, als er plötzlich das Muhen eines Rindes hörte. Der Gedanke, dass es unter der Erde Tiere gab, war so fremd, dass er meinte zu träumen. Als Brynhild an einer Glocke zog, öffnete sich eine Tür im Berg, durch die ein graubärtiger Zwerg mit einem gescheckten Ochsen kam. Während Bendik mit großen Augen dastand und staunte, banden sie den Ochsen an den Karren. Dann nahmen sie die Strecke abwärts entlang der Treppen in Angriff.

Auf beiden Seiten von ihnen befanden sich Wände, in die fantastische Bilder gehauen waren. Sie stellten kämpfende Drachen dar, Drachen in Lebensgröße, und sie waren so miteinander verbunden, dass es schwer war, zu erkennen, wo ein Bild begann und ein anderes aufhörte. Dann tat sich plötzlich vor ihnen die Dunkelheit auf. Die Treppen führten weiter, aber die Decke und die Wände verschwanden. Der Weg, auf dem sie gingen, führte auf eine gewaltige und breite Steinbrücke hinaus, die über einen riesigen Abgrund führte.

Der Ochse brüllte und trottete langsam und mühselig, während er sein ganzes Gewicht einsetzen musste, den Karren dem steilen Hang entgegenzuhalten. Bendik schaute sich um. Hinter sich sah er die Tunnelöffnung, aus der sie gekommen waren. Dann ging er zu der Steinkante an der Seite der Brücke und blickte über den Rand. Dort unten im Dunkeln glitzerte es, fast wie die Sterne in der Nacht. Ihm wurde bewusst, dass er einen allerersten Blick auf die unterirdische Stadt der schwarzen Elfen geworfen hatte.

Je weiter sie nach unten gelangten, desto mehr bekam Bendik den Eindruck, als sei die ganze Stadt von Wasser umgeben. Hinter der Stadt erhob sich der imposante Berg. Der einzige

Weg dorthin war diese Brücke. Bendik vergaß fast, dass sie sich tief unter der Erde befanden.

Während sie langsam vorwärtskamen, konnte Bendik die Einzelheiten der Stadt erkennen. Die Häuser waren hoch und schmal gebaut und die Lichter, die sie sahen, waren auf Pfählen in den Straßen befestigt. Zwischen den Gebäuden befanden sich Bäume und Weiden. Sie näherten sich einem riesigen Tor, das von mächtigen Pfeilern gestützt wurde. Sie waren mit Ranken aus Gold und Silber verziert und in einer schnörkeligen Schrift stand dort geschrieben: Thron des Wächters.

»Was ist das für ein Wächter?«, flüsterte Bendik Brynhild zu.

»Vor langer Zeit hatten die schwarzen Elfen einen Drachen«, flüsterte Brynhild zurück. »Einen Drachen, der die Brücke bewachte.«

»Was ist mit ihm geschehen?«

»Er wurde getötet. Das ist eine lange Geschichte.« Sie warf einen Blick auf den alten Zwerg und den Ochsen, der ihnen mit dem Karren half. Dann ging sie langsamer, sodass sie und Bendik ein Stück zurückblieben. »Es war ein böser alter Drache. Es war nicht geplant, dass er uns Zwerge angreifen sollte, aber er konnte sich nicht beherrschen und wieder und wieder kam er in unsere Hallen und wütete. Das ist schrecklich lange her, mehr als tausend Jahre, und kein Zwerg, der jetzt lebt, war zu dem Zeitpunkt geboren. Aber an den Drachen erinnert man sich in alten Sagen und man sagt, er sei glänzend und blauschwarz gewesen. Er spie Feuer und Äther und er fraß viele mutige Zwerge, bevor es ihnen eines Tages gelang, ihn in eine Falle zu locken und zu töten. Danach herrschte lange Zeit Unfrieden zwischen Zwergen und Elfen, aber dann kam

Harfir an die Macht und er sorgte dafür, dass Frieden geschlossen wurde. Seitdem sind wir hier unter der Erde glücklicherweise von Drachen befreit gewesen.«

»Aber jetzt hat Harfir Skimre«, sagte Bendik besorgt.

»Ja, jetzt hat er Skimre«, wiederholte Brynhild bekümmert.

Sie gingen durch das Tor und näherten sich dem Ende der langen Treppe. Erst jetzt bemerkte Bendik die schwarzen Elfen, die am Stadttor Wache standen. Er ging sofort langsamer und flüsterte Brynhild zu: »Sie wissen, dass wir kommen. Schau, sie stehen bereit, um uns zu ergreifen!«

»Red keinen Unsinn«, schnaubte sie. »Dort sind immer Wachen, aber sie kennen mich, und außerdem habe ich die Erlaubnis, hierherzukommen. Beug einfach nur den Kopf, wenn wir an ihnen vorbeigehen. Und denk daran, wie es im Heldenlied heißt:

Unwissender Mann, der draußen wandelt
Das Beste ist, er schweigt.
Dass wenig er weiß, merkt kein Wicht,
Wenn nicht zu viel er spricht.

»Unwissend?«, sagte Bendik und rümpfte die Nase.

»Unwissenheit ist genauso gefährlich wie Unklugheit«, sagte Brynhild. »Wenn du etwas Törichtes tust und sie herausfinden, wer du bist, dann ist es aus mit uns beiden! Bleib einfach ruhig und tu nichts, was Misstrauen erweckt, dann wird es schon gut gehen.«

Bendik versuchte, Brynhilds Worten Glauben zu schenken, aber als sie das letzte Stück in Richtung Tor gingen, wurde er den Eindruck nicht los, dass die Wachen auf jemanden warteten. Denn auch wenn einige von ihnen am Tor aufgestellt waren, gab es noch andere, die in einer kleinen Schar zusammenstanden. Sie trugen glänzende Kettenhemden und hatten hohe schmale Schilder und Lanzen in ihren Händen.

Der Zwerg mit dem Ochsen war jetzt unten angelangt und löste den Haken aus dem Ring im Karren. Er trieb seinen Ochsen auf der anderen Seite des Platzes einen kleinen Pfad hinunter bis zu einer Anhöhe, wo sich die Ställe befanden. Brynhild nahm den Karren in beide Hände und zog, während Bendik ihn von hinten kräftig anschob.

Er wusste, dass er ruhig bleiben musste. Sie waren im Reich der schwarzen Elfen und hier gab es natürlich viele Wachen. Viele misstrauische Augen und viele lauschende Ohren. Das Beste war, wenn er sich überhaupt nicht umsah und nichts sagte und wenn es ihm noch gelingen würde, nicht zu denken, wäre er vielleicht auch nicht so ängstlich und zittrig.

Wenn sie doch nur nicht an allen Wachen vorbeimüssten!

»Du kannst die schwarzen Elfen nicht täuschen«, hatte Even gesagt, damals, als sie noch auf der Oberfläche waren, wo es Sonne und Mond gab, Tag und Nacht. Damals hatte Bendik gedacht, dass es leicht sei, ein Held zu sein, und dass er unter die Erde gehen und Lilja retten würde, nur mithilfe eines Feuer speienden Drachens und ein wenig Glück.

Das Herz hämmerte so hart in seiner Brust, dass er Angst hatte, man könnte es hören. Er bemerkte, dass Brynhild ihm einen wütenden Blick zuwarf, und überlegte, ob sie ihn gehört hatte. Aber dann verstand er, dass sie knurrte, weil er den Karren losgelassen hatte, statt ihn anzuschieben.

Sie erreichten das Stadttor und Brynhild hielt an. Bendik hörte, wie sie etwas zu der Wache sagte. Er selbst blickte zu Boden und bemerkte gar nicht, dass er angesprochen wurde, bevor Brynhilds Stimme ihn weckte: »Malmfrid!« Bendik zuckte zusammen und sah auf. Sein Blick traf eine schwarze Elfe, die die Wache anführte. Warum hatte Even gesagt, dass man die schwarzen Elfen nicht täuschen konnte? Hatte Even es selbst probiert, und es war ihm misslungen? »Und wie ist *dein* Name, und was ist *dein* Begehren?«, fragte die Wache und starrte Bendik eindringlich an.

»Ähm, ich . . .« Bendik schluckte einen Kloß im Hals hinunter. »Das gleiche wie Brynhild«, stammelte er.

»Dein Name ist der gleiche wie Brynhild?«, fragte die Elfe und hob spöttisch eine Augenbraue.

»Nein, nein«, verbesserte sich Bendik. »Ich heiße Malmfrid.«

Die Elfen starrten ihn jetzt alle an und er dachte, dass sie ihn durchschaut haben mussten. Sie konnten seine Angst sicher spüren. Sein Mund war trocken und er wünschte sich fast, dass sie ihn ergreifen würden, damit die Qual endlich ein Ende hatte.

»Brynhild und Malmfrid«, wiederholte die Wache nachdenklich. »Ihr dürft passieren!«

Brynhild zog mit einem festen Ruck am Karren, um ihn in Gang zu bringen. Bendik lief hinterher. Jetzt befanden sie sich also in der Stadt Ollumdjupa. Bendik konnte es kaum glauben, aber die Elfen hatten sie nicht aufgehalten!

Als sie außer Hörweite der Wachen waren, flüsterte er Brynhild zu: »Jetzt ist doch wohl das Schlimmste überstanden?«

Im gleichen Augenblick hörten sie das Schlagen von Flügeln,

und beide schauten automatisch nach oben. Über ihren Köpfen flog eine schwarze Taube. Es schien, als käme sie vom Stadttor. Sie drehte eine Runde über der Stadt und nahm dann Kurs auf den Palast. Bendik spürte einen kalten Schauder über seinen Rücken kriechen, und die Angst kam noch stärker als zuvor zurück.

»Eine Brieftaube«, sagte er. »Brynhild, warum sollten die Wachen eine Brieftaube zum Palast senden, direkt, nachdem wir sie passiert haben?«

»Ich weiß nicht«, antwortete sie. »Aber es kann nicht wegen uns sein. Wenn sie uns stoppen wollten, hätten sie es am Tor machen können. Du hast selbst gesehen, wie viele Wachen da waren. Sie hätten keine Schwierigkeiten gehabt, uns zu ergreifen. Es muss um etwas anderes gehen. Komm, lass uns schnell machen. Je früher wir die Arbeit erledigt haben, desto eher können wir auch wieder von hier weg. Ich habe diesen Ort nie gemocht.«

Sie rollten über einen gepflasterten Platz mit einem großen Springbrunnen in der Mitte. Bendik hatte noch nie Wasser aus einem Springbrunnen plätschern sehen und es fiel ihm schwer, nicht hinzustarren. Hier wuchsen merkwürdige Bäume, Farne und Dornenbüsche, ungleich denen, die er kannte, aber er sah keine Blumen und hörte kein anderes Geräusch als das Wasser, das im Springbrunnen plätscherte.

Auf einmal durchbrachen sieben Glockenschläge die Stille. Jetzt näherten sie sich dem Palast und die Häuser auf beiden Seiten der Straße wurden protziger. Und dann standen sie endlich vor Harfirs Palast. Vor dem Haupteingang war ein großer Platz, mit einer Statue in der Mitte und vielen aus Silber und Gold geschmiedeten Bäumen. Auf den Rasenflächen wanderten Pfaue umher und ein Stück entfernt konnten sie Pferde entdecken. Der Palast selbst war groß und strahlend, mit vielen Türmen und Erkern.

»Hier entlang«, sagte Brynhild. Sie war von dem ganzen Reichtum nicht sonderlich beeindruckt. »Wir werden nicht den Haupteingang benutzen, komm jetzt, und glotz nicht so!« Sie nahm Kurs auf eine kleine, unscheinbare Seitentür, vor der nur eine einzige Wache stand. Als sie die zwei Zwerge kommen sah, nickte sie Brynhild erkennend zu und ließ sie herein. Mit gebeugtem Kopf schob Bendik den Karren durch die Türöffnung. Sie befanden sich im Palast des Königs der schwarzen Elfen.

~ 31 ~

Sie betraten einen langen, breiten Gang mit vielen Türen auf jeder Seite. Trotz der Pracht hatte Bendik das Gefühl, dass es im Palast düster und drückend war. Die wiederkehrenden Farben waren Schwarz, Dunkelrot und Lila. Außerdem hing der Dunst von etwas Ekeligem und Eingesperrtem in der Luft, als ob allzu viele Jahrhunderte vorübergezogen wären, ohne dass Wind oder Regen die Luft erfrischt hätten. Eine bleierne Schwere legte sich über Bendik, die ihm jegliche Kraft raubte. Brynhild hielt an und klopfte an eine Tür. Bendik wusste, dass sie erst die dreckige Wäsche holen mussten, unter der sie Lilja später verstecken würden. Sie konnten nicht direkt zu ihr gehen. Außerdem würde es auffallen, wenn sie keine Wäsche dabeihätten. Brynhild arbeitete schnell und gewissenhaft, ihre Wangen glühten. Trotzdem hatte Bendik das Gefühl, dass es zu langsam ging.

»Wir müssten doch jetzt wohl genug Wäsche im Karren haben, um Lilja darunter zu verstecken!«, flüsterte er.

»Sie werden Verdacht schöpfen, wenn wir nicht überallhin gehen«, sagte Brynhild.

»Aber die Zeit verrinnt, denk an Even.«

»Even, ja, du hast recht, wir müssen uns beeilen.«

Sie fuhren weiter. Vorbei an vielen Türen, eine schwache Neigung hinab und hinaus in einen neuen, breiten Gang.

»Es ist direkt hier unten«, sagte Brynhild und zeigte auf einen breiten Gang, der sich zu ihrer Rechten hin öffnete.

»Haltet an, Zwerge!«, rief plötzlich eine Stimme hinter ihnen. »Nicht so eilig!«

Brynhild hielt widerstrebend an.

»Ihr seid an den Zimmern meiner Herrin vorbeigegangen«, sagte eine Elfenfrau, die ihnen nachlief. »Habt ihr euren Kopf im Waschbottich vergessen? Ich habe große Stapel mit Schmutzwäsche für euch. Jetzt kommt schon!«

Sie machten kehrt und folgten ihr in einen großen und ungewöhnlich unaufgeräumten Raum. »Das da und dieses und dieses«, begann die Elfe. Bendik und Brynhild sammelten die Wäschehaufen ein und warfen sie in den Karren.

»Und dann war da noch der schwarze Samtrock, wo hab ich den noch hingelegt«, sagte die Elfenfrau zu sich selbst. »Die Herrin wird mich schlagen, wenn ich ihn nicht zum Waschen gebe, aber wo ist er bloß?« Sie suchte in einem Wäschestapel,

der über einer Kiste lag, und schaute durch eine Reihe Röcke, die an einer Stange hingen.
Brynhild und Bendik warteten.
»Wo kann ich ihn denn hingelegt haben?«, seufzte die Elfe und sah sich mit hoffnungslosem Gesichtsausdruck um.
»Vielleicht können wir auf dem Rückweg noch einmal hereinkommen«, schlug Brynhild vor.
»Nein, nein, auf gar keinen Fall. Ich habe ihn direkt hier, wartet mal.«
Bendik wurde nervös und auch Brynhild seufzte ungeduldig. Die Elfenfrau eilte hin und her.
»Wir müssen wirklich weiter«, sagte Brynhild schließlich.
»Was ist denn heute mit euch los?«, rief die Elfenfrau da, drehte sich um und blickte sie streng an. »Warum seid ihr so unverschämt? Ihr habt es doch sonst nie so eilig.« Ihre Augen wanderten von Brynhild zu Bendik. Als sie Bendik näher betrachtete, wurde sie misstrauisch. »Wer bist du?«, fragte sie und trat näher. »Ich habe dich noch nie gesehen. Alles in allem siehst du überhaupt nicht aus wie die anderen. Und dieses Haar kann nie im Leben echt sein!« »Sie ist eine affektierte Person, die eine Perücke benutzt«, sagte Brynhild schnell. »Aber ich war gezwungen, sie mitzunehmen, weil sie meine Cousine ist.«
Die Elfenfrau lachte höhnisch. »Ein Lump mit Perücke, hab ich das auch mal gesehen«, sagte sie und ging ein wenig näher zu Bendik, während ihre Augen an ihm auf- und abwanderten. »Und schau dir die Nase an! So eine süße kleine Nase, spitz wie ein Dolch. Sie sieht überhaupt nicht wie eine Zwergennase aus . . .«

Aus dem Augenwinkel sah Bendik, dass Brynhild hektisch begann, die Wäsche in dem Karren zu durchwühlen. Er selbst stand da wie gelähmt. Er wusste weder, was er sagen, noch, was er machen sollte, alles um ihn herum verschwamm und wurde unwirklich. Die Elfenfrau streckte langsam ihre Hand vor, als wolle sie die Perücke ergreifen und von ihm reißen.

»Ist es dieser?«, schritt Brynhilds Stimme ein. Sie hielt etwas Schwarzes aus der Schmutzwäsche hoch.

Während sich die Elfe von Bendik abwandte, wich er so weit zurück, bis er den Karren zwischen sich und die Elfe gebracht hatte. »Aber da ist er ja«, rief die Elfenfrau. »Wie schön. Dann ist meine Haut gerettet. Ihr dürft jetzt gehen!« Sie wedelte mit der Hand und sie verschwanden, so schnell sie nur konnten, aus dem Raum.

Schließlich standen sie in einem runden Gewölbe mit vier Bogenöffnungen. Sowohl nach rechts als auch nach links gingen breite, beleuchtete Gänge ab. Geradeaus lag ein Gang, dessen Boden mit weichen Teppichen bedeckt war. Der Eingang war mit einem Gitter verschlossen, in dessen Mitte sich eine Tür befand. Die Sprossen des Gitters waren wie Zweige und Blätter geformt, dazwischen waren Schlangen geschmiedet, die sich drehten und wanden. Eine Wache stand am Tor und langweilte sich.

Brynhild und Bendik gingen auf den Torbogen zu. Die Wache warf ihnen einen desinteressierten Blick zu und öffnete ihnen. Bendik wagte nicht, den Blick zu heben. Er schob den schweren Karren mit zusammengebissenen Zähnen weiter. Der Karren wurde noch schwerer, als sie auf die weichen Tep-

piche gelangten. Brynhild bestand darauf, in alle Kammern zu gehen, in denen sie normalerweise Wäsche holte.
Erst ging sie in drei kleine Zimmer auf der linken Seite, bevor sie endlich die Räume auf der rechten Seite in Angriff nahm. Bendik bemerkte, dass sie zitterte, als sie die Hand auf die letzte Türklinke legte und die Tür sehr vorsichtig öffnete. Die schmale Kammer war leer und sie schoben den Karren hinein. Brynhild schloss die Tür zum Gang hinter ihnen, dann flüsterte sie Bendik zu: »Es ist hier, durch die blaue Tür!«
Während Brynhild die Tür zu Liljas Zimmer öffnete, starrte Bendik ungeduldig über ihre Schulter. Der Raum schien verlassen, er konnte keine schwarzen Elfen sehen, aber er konnte auch Lilja nicht entdecken.
Mitten im Raum befand sich ein riesengroßes Bett mit roten Seidenvorhängen und vielen Kissen. Vor der Feuerstelle standen Stühle und eine Bank, die mit Fellen und Kissen ausgestattet waren. Dann bemerkte er einen kleinen Tisch, auf dem ein Brettspiel lag, und eine dunkelhaarige Gestalt, die über das Spiel gebeugt dasaß. Sie hatten Lilja gefunden.
»Lilja«, sagte Bendik und ging zu ihr. »Ich bin es, Bendik!«
Er wusste, dass Lilja vom Wasser der Verblendung getrunken hatte. Die Zwergenfrauen hatten ihn darauf vorbereitet, dass sie ihn nicht erkennen würde, aber es war einfach so schwer zu glauben, dass jemand seine Vergangenheit vollständig vergessen konnte. Er wünschte sich so sehr, dass Lilja sich an ihn erinnern würde. Es traf ihn wie ein Schlag in den Magen, als Lilja ihm einen Blick zuwarf, der ihm klarmachte, dass sie ihn nicht wiedererkannte. Ihre Pupillen hatten eine unnatürliche graue Farbe und sie wirkte bleich und schwächlich. Nach ei-

nem kurzen Blick auf Bendik sah sie wieder hinab auf ihr Spielbrett und bewegte ganz langsam einen der Spielsteine. »Was wollt ihr?«, fragte sie desinteressiert.

Brynhild nahm ein Glas und reichte es Bendik, der das Gegengift aus dem Flakon hineinfüllte. Die Zwergenfrauen hatten das Blut mit Wein vermischt, damit es nicht gerann. Es war ein widerlicher Trank und er war froh, dass er ihn nicht selber trinken musste. Bendik reichte Lilja das Glas.

»Danke, aber ich möchte nicht«, sagte sie, ohne den Blick vom Spielbrett zu heben.

Bendik war verzweifelt. »Aber Ihr müsst!«, drängte er und stellte das Glas mitten vor sie auf das Spielbrett.

Lilja seufzte und nahm das Glas in die Hand. Während Bendik den Atem anhielt, hob sie es an die Lippen und probierte den Trank. Dann zuckte sie die Schultern und trank alles aus.

»Lilja, erkennt Ihr mich jetzt?«, fragte Bendik im selben Augenblick, in dem sie das Glas absetzte.

Sie sah ihn an, ihre Augen waren immer noch getrübt. »Sollte ich das?«

»Aber Lilja!«, schrie er beinahe. »Jetzt habt Ihr doch das Gegengift bekommen, ich bin es, Bendik!« Er spuckte die Wolle aus dem Mund, nahm die Perücke ab und zog den Rock aus. »Ich bin gekommen, um Euch zu wecken . . . jetzt müsst Ihr den Sonnenstein finden und ihn wieder auf die Obererde zurückbringen.«

»Es gibt nichts auf der Erde«, sagte Lilja und beugte sich wieder über ihre Spielsteine. Bendik blieb stehen und sah sie an, während die Verzweiflung in Wellen durch ihn wogte. Lilja war nicht erwacht. Das Gegengift war ohne Wirkung geblieben.

~ 32 ~

»Ich habe ja gesagt, dass wir frisches Riesenblut nehmen müssen«, sagte Brynhild, die Bendik und Lilja beobachtete.

»Was sollen wir tun?«, jammerte er. »Wir müssen Lilja schnell wecken, sonst erfährt Harfir durch Even, dass wir hier sind.«

Lilja beachtete die beiden nicht. Sie verschob der Reihe nach die Steine auf ihrem Spielbrett. Bendik sah sie an und überlegte, ob der Trank vielleicht erst nach einer Weile wirken würde, aber nichts deutete darauf hin, dass etwas mit Lilja geschah.

»Wir müssen sie unbedingt wecken«, sagte er schließlich. Er griff nach Lilja und zog sie vom Stuhl hoch. »Lilja«, bat er inständig. »Lilja, Ihr müsst aufwachen!«

»Ich bin wach.«

»Ihr müsst Euch erinnern. Erinnert Euch, wer ich bin! Erinnert Euch an den Sonnenstein, an Euren Vater, den König, und an das Land dort oben. Erinnert Euch an die Sonne, den blauen Himmel, die Sterne in der Nacht, den Schnee und den Regen und den Wind!«

Über Liljas Gesicht legte sich ein leicht verwirrter Ausdruck.

»Wind«, sagte sie. »Ich glaube, ich erinnere mich an Wind, aber das war einmal in einem Traum.«

»Nein, das war kein Traum«, sagte Bendik. »Das war oben auf der Erde.«

»Ich erinnere mich an Schnee«, sagte Lilja langsam und abwesend. »Und dass ich geopfert werden sollte. Man wollte mich lebendig begraben, warum willst du, dass ich mich daran erinnere? Ich habe es hier jetzt besser.«

»Aber Lilja, Ihr werdet nicht lebendig begraben, Ihr müsst nur den Sonnenstein wieder an die Oberfläche holen, das ist alles.«
»Den Sonnenstein holen«, sagte sie. »Aber ich bin müde und hier darf ich mich ausruhen.«
»Dann werden alle sterben«, sagte Bendik enttäuscht. »Vater und Mutter, Jomar und Inga-Lill, allesamt. Dann wird alles zufrieren und unter ewigem Schnee und Eis liegen.«
Lilja riss sich von Bendik los und ging hinüber zum Bett. Sie kletterte hinauf zwischen die Kissen und setzte sich.
»Harfir sagt, dass dort oben schon alle tot sind.«
»Das ist nicht wahr!«
Sie legte sich hin und schloss die Augen. »Die Dunkelheit in Harfirs Verlies ist schwärzer als alles andere auf der Welt. Und die Einsamkeit dort ist kälter. Ich habe lange dagegen angekämpft, aber zum Schluss verstand ich, dass es ein sinnloser Kampf war. Harfir gewinnt immer und ich will lieber leben als sterben.«
Brynhild schüttelte den Kopf. »Da siehst du die Macht des Königs der schwarzen Elfen über sie. Er bricht den Willen seiner Opfer. Ich glaube nicht, dass Lilja freiwillig mit uns kommt. Vielleicht müssen wir sie ganz einfach entführen?«
»Aber wir können sie nicht zwingen, den Sonnenstein zu holen«, sagte Bendik. »Denn weder du noch ich können in seine Nähe gehen, ohne zu verbrennen. Wir müssen Lilja dazu bringen, es selbst zu wollen.«
»Ich glaube, ich will jetzt schlafen«, sagte Lilja. »Seid so lieb und blast die Kerzen aus, wenn ihr geht.«
»Nein!«, rief Bendik. Er lief hinüber zum Bett und ergriff ihre

Schultern. »Lilja, Ihr dürft nicht schlafen. Wacht jetzt endlich auf!«
Da schlug eine Uhr acht Mal.
»Jetzt kommen gleich meine Diener«, sagte Lilja und drehte sich weg. »Ihr solltet wirklich gehen.«
»Was sollen wir machen«, stöhnte Bendik und sah Brynhild verzweifelt an.
»Küss sie«, sagte Brynhild.
Bendik zögerte nur einen Augenblick, dann drehte er Lilja zu sich und küsste sie mitten auf den Mund. Lilja schob ihn protestierend von sich, bevor sie plötzlich erstarrte und ein gewaltiger Schauder sie durchfuhr. Sie krümmte sich und wimmerte, dann warf sie sich mit geschlossenen Augen rücklings ins Bett. Ihr Gesicht sah aus, als leide sie fürchterliche Schmerzen.
»Sie stirbt«, sagte Bendik. »Dieser abscheuliche Trank muss sie vergiftet haben!«
Brynhild eilte hinüber zum Bett und nahm Liljas Hand. Lilja wand sich und trat um sich, dann stöhnte sie so laut, dass Bendik Angst bekam, die Wache am Tor könnte sie hören.
»Lilja«, flüsterte er aufgebracht.
Da schlug sie die Augen auf und schaute Bendik mit klarem Blick an.
»Bendik?«, fragte sie. »Bist du hier?« Lilja sah sich im Raum um. Dann erschauderte sie. »Es fühlt sich an, als wäre ich mein ganzes Leben unter der Erde gewesen. Lasst uns von hier wegkommen.«
»Ich bin froh, dass Ihr aufgewacht seid. Aber wir sind in großer Gefahr! Wir werden Euch hinausschmuggeln«, sagte Bendik und nahm ihre Hand. »Kommt!«

Sie versteckten Lilja erst unter der Schmutzwäsche, dann zog Bendik seine Verkleidung wieder an. Schließlich zogen sie den Karren zurück in den Gang. Die Wache am Tor stand noch immer mit dem Rücken zu ihnen. Sonst war niemand zu sehen. Der Karren war jetzt fürchterlich schwer geworden und sie mussten sich ordentlich abmühen, um ihn über den weichen Teppich zu rollen.
Sie passierten das Tor ohne Probleme, und nun, da der Boden wieder aus Stein war, rollte der Karren auch leichter. Sie gingen, so schnell sie konnten, den Gang hinunter, durch den sie gekommen waren. Plötzlich bremste Brynhild. »Stopp«, flüsterte sie Bendik zu, der immer noch mit voller Kraft weiterschob.
»Was ist los?«, flüsterte er zurück.
»Wachen im Gang da unten.«
»Wo, ich kann niemanden sehen.«
»Sie stehen so, dass sie erst gesehen werden können, wenn wir auf ihrer Höhe sind. Aber ich habe sie reden hören.«
Bendik hatte sich mittlerweile daran gewöhnt, dass die Zwerge viel besser hörten als er, also nickte er nur und sagte: »Aber warum halten wir an? Glaubst du, sie sind hinter uns her?«
In diesem Augenblick kamen fünf Elfenfrauen aus der anderen Richtung gelaufen. Brynhild betrachtete sie sorgenvoll, doch sie gingen an ihnen vorbei, ohne sich um die Zwerge zu kümmern. Da ergriff Brynhild plötzlich den Karren und zog so heftig an ihm, dass Bendik fast stolperte, als er versuchte, Schritt zu halten. Sie bog jedoch nicht in den Gang ab, in dem die Wachen warteten, sondern nahm einen anderen Weg in einen schmaleren Gang.

»Was ist los? Wohin gehen wir?«, keuchte Bendik, während er im Laufschritt folgte.
»Die Elfen, die wir getroffen haben, waren Liljas Diener«, flüsterte Brynhild. »Ich habe sie schon einmal gesehen. Und sie waren auf dem Weg zu ihrem Schlafzimmer. Was glaubst du werden sie tun, wenn sie sie nicht finden?«
Sie rannten jetzt fast den langen Flur hinunter. Bendik drehte sich mehrmals um, sah aber niemanden, der ihnen folgte. Brynhild preschte vorwärts wie ein Pferd, und sie hielt erst an, als sie einen kleinen Raum erreichten, in dem Türen in mehrere Richtungen führten. Der Gang ging geradeaus weiter. Brynhild zögerte.
»Was ist los?«, fragte Bendik. »Kannst du noch mehr Wachen hören?«
Sie legte einen Finger an ihre Lippen und nickte. Bendik schaute sich um und erblasste, als er eine große Gestalt in ihre Richtung kommen sah. Es war eine Elfe, gekleidet in Kettenhemd und bewaffnet mit einem langen Schwert. Sie hatte das Schwert gezogen, als sei sie zum Kampf bereit. Bendik ging rückwärts am Karren entlang und zog Brynhild am Ärmel. Sie drehte sich um und stöhnte verzweifelt.
»Glaubst du, sie sind hinter uns her?«, flüsterte Bendik.
»Aus dem anderen Gang kommt auch eine Wache«, sagte sie und deutete mit dem Finger in die Richtung. Bendik blickte hinüber und sah, dass sie recht hatte. Aus beiden Richtungen kamen jetzt schwarze Elfen mit gezückten Schwertern auf sie zu.
»Die Türen!«, sagte Bendik.
»Es ist zu spät, sie haben uns bereits gesehen«, sagte Brynhild.

»Wir können niemals vor ihnen weglaufen. Bleib einfach still stehen, dann werden wir sehen, ob es mir gelingt, uns da rauszureden. Vielleicht sind wir es ja gar nicht, hinter denen sie her sind?«

»Stopp, Zwerge!«, sagte eine von ihnen, als sie den Raum betrat. Die Elfe hatte eine krumme Nase, die Bendik an einen Adlerschnabel erinnerte. »Wir haben Order, alle, die nicht hierhergehören, hinaus aus dem Palast zu eskortieren und ihnen das Stadttor zu zeigen. Folgt Ihr freiwillig?«

Bendik spürte, wie sein Herz einen Sprung machte. Sie waren nicht gekommen, um sie zu verhaften. Sie wollten sie zum Stadttor geleiten! Das bedeutete, dass sie es schaffen würden. Sie hatten die schwarzen Elfen getäuscht und schon bald würden sie den Palast verlassen können.

»Ja, wir folgen freiwillig«, antwortete Brynhild und auch sie klang erleichtert. Dann setzten sie sich in Bewegung. Sie rollten den langen dunklen Gang hinunter, weiter in einen, der viel breiter und besser beleuchtet war. Von dort gingen sie in einen dritten Gang, der mit einem blutroten Teppich bedeckt war, was es wieder sehr schwierig machte, den Karren vorwärtszuschieben. Während sie keuchten und sich abmühten, versuchte Bendik sich zu erinnern, wie weit sie gegangen waren, um hineinzukommen, und wie weit es noch bis zum Ausgang sein musste. Ihm war so heiß, dass der Schweiß unter der Perücke nur so herausströmte, und er sah nichts als den Teppich und die Rückseite des Karrens. Deshalb verstand er erst, dass Brynhild anzuhalten versuchte, als er sie nach Luft schnappen hörte.

Erschreckt blickte er auf. Sie waren gar nicht an einen Ausgang, sondern in einen großen Saal gelangt. Er war prachtvoll ausgestattet. Direkt vor ihnen stand ein riesiger Thron, der so glänzte, dass man seinen Blick nicht von ihm abwenden konnte. Vor dem Thron stand eine Elfe, die größer war als alle anderen Elfen. Sie hatte bleiche Haut und schwarzes Haar, ihre Kleider waren mit Gold und Silber verziert, auf dem Kopf trug sie eine Krone.

»Bendik, Sohn des Jarls«, sagte Harfir mit einem zufriedenen Gesichtsausdruck. »Endlich kommst du, ich habe lange auf dich gewartet!«

~ 33 ~

Nun ist es aus, dachte Bendik. Sie waren vom König der schwarzen Elfen gefangen genommen worden und hier würde das Heldenlied von Bendik, dem Sohn des Jarls, enden. Er spuckte die Wolle aus, die er sich in den Mund gestopft hatte. Dann zog er die Perücke ab.

Bendik dachte an Evens Worte, dass es nicht möglich war, die schwarzen Elfen zu täuschen. Warum hatte er geglaubt, dass ausgerechnet ihm das trotzdem gelingen würde? Warum hatte er geglaubt, dass er das Unmögliche schaffen könnte? Er war dumm gewesen. Sein Plan war misslungen. Jetzt war es vorbei. Jetzt war alles vorbei.

Eine der Wachen warf die Kleider im Karren zur Seite, sodass Lilja zum Vorschein kam. Harfir betrachtete sie mit einem boshaften Lächeln.

»Du hättest nicht versuchen sollen, in meinen Palast zu gelangen, Sohn des Jarls«, sagte der König der schwarzen Elfen. »Du hättest zwei starke Zwergenfrauen schicken und sie dazu bringen sollen, die Prinzessin mit Gewalt zu holen. Sie hätten sie fesseln und einen Sack über ihren Kopf ziehen können, um sie dann unter ihrer Last zu verbergen und hinausschmuggeln zu können. Das hätte vielleicht funktioniert, aber zu glauben, dass *du* meine Wachen täuschen könntest, verkleidet als Zwergenfrau, das war wirklich sehr naiv. Sie wussten schon am Stadttor, wer du bist.«

Bendik fand keine Worte. Er zog jetzt auch den Rock aus. Sich wie eine Frau zu kleiden, das hatte ihm wirklich nicht viel Gutes gebracht!

Lilja kletterte aus dem Karren und stellte sich neben Bendik. Sie nahm seine Hand und drückte sie. »Ich bin froh, dass du mich nicht gefesselt und einen Sack über meinen Kopf gezogen hast«, sagte sie zu Bendik.

»Meine Güte, wie süß«, spottete Harfir. »Der Sohn des Jarls führt sich wie ein Ritter auf, der die Jungfrau retten will. Aber Lilja, meine schöne Prinzessin, warum hintergeht Ihr mich? Habe ich Euch nicht alles gegeben, was eine Prinzessin sich wünschen kann?«

Lilja konnte nicht antworten. Sie hielt ihren Blick gesenkt.

»Ich bin tief enttäuscht«, sagte der König der schwarzen Elfen. »Einen schäbigen Menschenjungen vorzuziehen! Aber wo ist dein Drache, Junge? Wo ist der Drache, der dir den Weg bahnen sollte?«

Bendik antwortete noch immer nicht, doch seine Gedanken wanderten zu Skimre. Wo war der Drache jetzt?

»Ich sollte dir wohl dafür danken, mir ein so großartiges Geschenk gebracht zu haben«, sagte Harfir. »Über tausend Jahre stand der Thron des Wächters draußen an der Brücke leer. Nun aber wird dort endlich wieder ein Drache seinen Platz haben. Und ich werde ihm reiche Gaben geben. Zudem wird er Menschenfleisch zu fressen bekommen und das erste Mahl wirst du sein!«

»Skimre wird mich niemals fressen!«, rief Bendik wütend.

»Wird er nicht? Ich glaube, du täuschst dich, Sohn des Jarls, aber ich kann ihm auch zuerst das Mädchen geben.«

Er winkte seine Wachen herbei. »Legt sie alle drei in Ketten. Und bringt sie hinaus auf den Platz. Sie können dort warten, bis ich mit dem Drachen komme, dann werden wir sehen, wer recht hat, der Junge oder ich.« Er lächelte. »Das wird eine schöne Unterhaltung werden. Gebt allen Elfen Bescheid, dass sie zum Marktplatz kommen und zuschauen sollen. Findur, du kommst mit mir. Es gibt noch eine Person, die heute Drachenfraß sein wird, und du sollst sie holen.«

Die Wachen kamen mit Ketten, um die Gefangenen zu fesseln. Lilja wurde bleich. Bendik wünschte, er hätte eine Waffe, mit der er sie verteidigen könnte. Da schrie Brynhild plötzlich so laut, dass es im Saal nur so hallte, und ging zum Angriff auf die Wache über. Brynhild hatte der Wache die Lanze aus den Händen gerissen, noch bevor sie überhaupt an Gegenwehr denken konnte. Sie trampelte wie ein wütender Stier über sie und nahm jetzt Kurs auf den König der schwarzen Elfen.

»Wenn jemand heute sterben soll, dann bist du es, feige Elfe«, rief sie und warf die Lanze nach ihm. Aber Harfir war schneller

und sprang zur Seite. Die Lanze sauste an ihm vorbei und traf auf einen Schild hinter ihm.
»Ergreift sie!«, brüllte Harfir. Die Wachen warfen sich über Brynhild.
»Lauf, Blondschopf!«, rief Brynhild.
Es war kein leichter Kampf, denn Brynhild war sehr stark, und sie dachte nicht daran, aufzugeben. Niemand achtete in dem Tumult auf Bendik und Lilja und Bendik wusste, dass dies die einzige Chance war, die sie bekommen würden. Sie mussten fliehen, während Brynhild die Wachen aufhielt. Er griff Liljas Hand und zog die Prinzessin mit sich. Sie erreichten den Ausgang, bevor jemand verstand, was sie im Begriff waren zu tun.
»Haltet sie auf!«, hörten sie Harfir rufen. »Die Menschenkinder versuchen zu fliehen!«
Mit eisernem Griff um Liljas Hand spurtete Bendik den Gang hinunter. Er hörte bereits die Elfen hinter sich. Bendik rannte schneller und zerrte Lilja hinter sich her. Sie hatten nur einen klitzekleinen Vorsprung und der Weg aus dem Palast war noch weit.
»Ich kann nicht mehr«, schnappte Lilja hinter ihm nach Luft, »ich kann nicht so schnell laufen, lass mich los und rette dich selbst.«
»Sei nicht dumm«, keuchte Bendik und zog noch fester an ihrer Hand. »Wir werden das zusammen schaffen!«
Sie rannten auf die Doppeltüren am Ende des Ganges zu. Da sah Bendik, wie die Türen von den Wachen geschlossen wurden. Sie waren gefangen. Es gab keinen Weg, auf dem sie von hier fortkommen konnten. Während Lilja nach Luft schnapp-

te, warf sich Bendik gegen die geschlossenen Türen und hämmerte mit den Fäusten gegen sie. Dann wurden sie von den Wachen ergriffen und in Ketten gelegt.

~ 34 ~

Skimre saß in seinem dunklen Verlies und lauschte. Seit drei Tagen war er jetzt eingesperrt und hatte weder gegessen noch getrunken. Jetzt glaubte er zu hören, dass sich jemand näherte. Er rührte sich nicht, er bewegte nicht einmal die Nasenflügel. Der Drache saß still wie eine Statue. Jetzt hatte er keinen Zweifel mehr: Es kam tatsächlich jemand. Ein entrüstetes Beben aus der Tiefe seiner Gurgel ließ die Haare seiner Mähne für einen kurzen Augenblick erzittern.

Die Schritte draußen kamen näher und näher. Schließlich hielten sie an. Durch sein außerordentlich gutes Gehör wusste Skimre sofort, dass es neun Personen waren, die sein Verlies aufgesucht hatten. Acht von ihnen waren Elfen, die letzte war viel größer und schwerer.

»Drache!«, hörte er die Stimme des Königs der schwarzen Elfen rufen. »O'Schrecklicher, hörst du mich?«

Skimre neigte seinen Kopf ein wenig. »Ich höre«, antwortete er.

»Ich habe ein Angebot für dich«, sagte Harfir durch eine schmale Öffnung in das Verlies. »Bist du bereit, es anzuhören?«

»Du bist mächtig und trickreich, König der schwarzen Elfen. Du hast das Band entfernt, das der Junge mir um den Hals gebunden hat, und ein anderes um mich geschlungen.«

»Es ist lange her, dass die schwarzen Elfen einen Drachen hatten«, sagte Harfir. »Und keiner von denen, die ich sah, als ich jung war, konnte sich mit dir messen. Ich wünsche einen Drachen in meinen Diensten, und wenn du darauf eingehst, mir zu dienen, wirst du so viel Menschenfleisch zu fressen bekommen, wie du willst.«
Skimres Augen glühten ein wenig stärker, aber das konnte den König der schwarzen Elfen nicht sehen, weil immer noch eine dicke Mauer aus Stein zwischen ihnen lag. »Menschenfleisch«, wiederholte er heiser und sehnsüchtig. »Das mögen Drachen am allerliebsten. Aber ein Halsband ist nicht genug, König. Man braucht mehr. Der Junge gab mir Blut, als ich ihn biss, und selbst wenn das Band weg ist und ich frei bin von ihm, kann ich mich dem König der Elfen nicht unterwerfen, bevor er mir nicht etwas von sich gegeben hat.«
Harfir lächelte sanft. »Ich weiß«, sagte er. »Und ich will es dir geben.« In einem befehlenden Tonfall fügte er hinzu: »Bringt sie her!«
»Sie?«, fragte Skimre.
»Meine jüngste Tochter«, sagte Harfir. »Friss sie und du hast mein Blut bekommen!«
»Wie kann ich da Nein sagen?«, fauchte Skimre und ließ seine Zunge aus seinem Maul gleiten. »Kein Drache kann Königstöchtern widerstehen.«
»Ich habe mir schon gedacht, dass du einwilligen wirst«, sagte Harfir. »Dann werden wir dein Gefängnis öffnen.«
Skimre saß mucksmäuschenstill da, während Stein für Stein aus der Öffnung des Kerkers entfernt wurde. Plötzlich fiel der erste Lichtstrahl zu ihm hinein. Skimre musste instinktiv blin-

zeln, da er so lange in der Dunkelheit eingesperrt gewesen war. Er blickte hinaus zum König der schwarzen Elfen und seinen Männern. Ein schmales Elfenmädchen stand vor ihnen. Ihre Augen wirkten schläfrig, als ob sie betäubt wäre. Die schweren Steine in der Öffnung wurden von einem Riesen entfernt. Skimre hatte oft darüber nachgedacht, wie die schmächtigen Elfen ihn mit so gewaltigen und schweren Steinen hatten einsperren können. Jetzt verstand er. Er blieb unbeweglich sitzen und blinzelte, bis die Öffnung komplett freigelegt war.

~ 35 ~

Mit Ketten um Hände und Füße wurden Bendik, Lilja und Brynhild zum großen Platz in Ollumdjupa geführt. Dort mussten sie stehen bleiben und warten. Die Elfen strömten aus Häusern und Straßen herbei. Sie alle wollten Zeuge davon sein, wie ihr König den Drachen herausführte und das Ungeheuer die beiden Menschenkinder fraß. Bendik stand stolz und mit erhobenem Blick da. Der Ausdruck in Liljas Augen ließ Bendik vermuten, dass sie nicht länger in ihrem Körper war. Es schien, als wäre sie an einen Ort gewandert, an dem sie nichts mehr erreichen konnte. Sie wirkte weder ängstlich noch wütend oder stolz, nichts schien ihr mehr etwas auszumachen.

Brynhild hingegen war wütend. Und die Elfen konnten nicht umhin, das zu hören: »Das wird euch teuer zu stehen kommen, Schurken! Ihr habt kein Recht, einen Zwerg in Ketten zu legen, und wenn ihr den Drachen mich fressen lasst, dann verspreche ich euch, dass Krieg unter der Erde ausbrechen wird, ein Krieg, blutiger, als ihr ihn euch vorstellen könnt!«

»Übertreibst du jetzt nicht ein wenig?«, fragte der Anführer der Wachmannschaft. Er stand ziemlich nah bei den drei Gefangenen. »Ich glaube nicht, dass die Zwerge so dumm sind, wegen dir einen Krieg anzufangen. Vor allem nicht, wenn unser König wieder einen Drachen in seinen Diensten hat.«

Bendik schaute zur langen Brücke, die hinauf in die Gemächer der Zwerge führte. Sie lag leer und verlassen da, als ob das, was geschehen war, schon die Zusammenarbeit zwischen den unterirdischen Völkern unterbrochen hätte. Er seufzte und sah sich um. Die Stadt der schwarzen Elfen war in der Tat schön und glitzernd. Zwar waren die Häuser nicht aus Gold, wie es in den Sagen hieß, aber hier gab es Gold genug, um sie zu verzieren, falls man es gewollt hätte. Allerdings hatten die Sagen ganz recht damit, dass der, der die Stadt Ollumdjupa fand, sie niemals lebendig verlassen würde.

Bendik überlegte, was Skimre jetzt wohl tat. Hatte er Harfirs Angebot angenommen? War er bereit, herauszukommen und sie zu fressen? Und würde er anschließend auf dem Thron des Wächters sitzen und die Brücke bewachen? Würde er vielleicht das Gleiche wie der letzte Drache tun und sich kleine Ausflüge in die Hallen der Zwerge erlauben? Vielleicht würden die Zwerge ihn schließlich in die Enge treiben und töten? Bendik mochte den Gedanken, dass Skimre sterben würde, nicht. Selbst wenn Skimre nicht mehr sein Drache war, würde er immer an ihn als einen Freund denken. Der Drache sah das bestimmt anders. Er hatte ihn schon damals im Flusstunnel fressen wollen. Aber in die Länder südlich des Großen Meeres würde Skimre niemals kommen. Wenn er Harfirs Diener wäre, würde er den Rest seines Lebens unter der Erde verbringen.

In einer der Straßen entstand auf einmal ein kleiner Tumult. Bendik schaute konzentriert, um zu erkennen, was da vor sich ging. War das etwa Harfir, der mit Skimre kam? Er zitterte vor Anspannung. Selbst wenn er als Drachenfraß enden würde, konnte er nicht umhin, sich auf das Wiedersehen mit Skimre zu freuen. Und vielleicht . . . vielleicht würde Skimre ihn ja doch nicht fressen? Dann hätte er Harfir an der Nase herumgeführt! Was auch immer geschah, ob Skimre ihn fraß oder nicht, er würde auf jeden Fall sterben, wie es sich für einen echten Helden gehörte.

Plötzlich schrie jemand auf. Bendik drehte sich um. Er sah eine Säule aus Feuer und Flammen und ihm wurde klar, dass Skimre auf dem Weg war. Die Menge teilte sich, um dem Drachen Platz zu machen. Viele hatten solche Angst, dass sie wegrannten. Hatten sie denn gar kein Vertrauen, dass der König die Kontrolle über ihn hatte? Dann sah er Skimres glänzenden goldgrünen Kopf hin und her schwenken. Der Drache schien wütend und irritiert. Jetzt spie er wieder Feuer, direkt auf die Elfen der Wachmannschaft, die versuchten, sich hinter ihren Schildern zu verstecken.

Wo war Harfir selbst? Warum ließ er den Drachen so zwischen den Elfen wüten? War Harfir so kaltherzig, dass er seine eigenen Leute vom Drachen töten ließ? Selbst die Wachen um die drei Gefangenen herum wurden nervös und unruhig.

Skimre verjagte alle, die ihm im Weg standen, und jetzt war er so nah herangekommen, dass Bendik das neue Halsband sehen konnte. Es stimmte, dass das Band des Königs der schwarzen Elfen viel schöner war als der alte Stofffetzen, den Bendik ihm umgebunden hatte. Gold und Diamanten glitzerten jedes Mal, wenn Skimre sich bewegte. Aber Harfir selbst war immer noch nicht zu sehen.
Skimre hatte den Platz erreicht. Als Bendik sah, wie verändert der Drache wirkte, gefror ihm das Blut in den Adern. Etwas Erschreckendes lag in seinen Augen und Bendik wurde klar, dass Skimre nicht mehr sein Freund war. Der Drache war so wütend, dass Bendik Angst bekam.
»Gebt ihm die Gefangenen«, rief der Anführer der Wache. »Lasst ihn die Gefangenen fressen, dann beruhigt er sich wahrscheinlich!«
Doch Brynhild dachte gar nicht daran, sich einem Drachen servieren zu lassen. Sie warf sich herum und rammte den Kopf in den Magen der Wache, die ihr am nächsten stand, sodass diese ohnmächtig zu Boden sank. Sie riss die Ketten aus den Händen derer, die sie gehalten hatten, und schon bald lagen drei, vier Elfen auf dem Boden. Der Anführer der Wache wich zurück und hielt das Schwert zum Schutz vor sich. »Das Mädchen!«, rief er den Elfen zu, die Lilja bewachten. »Gebt dem Drachen das Mädchen!«
»Nein«, rief Bendik. »Nehmt lieber mich!«
Dann bekam er von der Wache hinter sich einen Schlag auf den Kopf. »Schweig, Junge, du kommst noch früh genug dran.«
Verzweifelt musste Bendik zusehen, wie Lilja zu Skimre getrieben wurde.

Lilja aber war eine echte Königstochter. Sie zeigte keine Furcht, sondern schritt mit erhobenem Kopf Skimre entgegen. Ihr langes schwarzes Haar hing offen den Rücken herunter. Sie sah den Drachen nicht an, ging einfach hinaus auf den Platz, ohne Gegenwehr zu leisten, ohne zu blinzeln, ohne einen einzigen Laut von sich zu geben.

»Lilja«, stöhnte Bendik, als er sah, dass Skimre sich zu ihr umdrehte. Dann schloss er die Augen. Er hatte nicht die Kraft zuzusehen.

»Was macht er da?«, hörte er die Wache hinter sich stöhnen.

»Nehmt euch in Acht«, rief ein anderer.

Rufe und Schreie ertönten und Bendik wurde von den vielen umherrennenden Elfen hin und her gestoßen. Dann sah er aus dem Augenwinkel, dass der Drache mit den Flügeln schlug und abhob. Skimre flog hoch, doch Bendik konnte nicht sehen, ob er Lilja im Maul hatte oder nicht. Jemand schubste Bendik, sodass er fiel. Vom Boden aus sah er Skimre über der Stadt kreisen. Er hörte ihn brüllen, Feuer und Flammen schossen aus seinem Maul, dann flog er höher und höher, bis er in der Dunkelheit verschwunden war.

»Wo ist der König der Elfen?«, hörte er plötzlich jemanden fragen. Bendik rollte herum und versuchte sich aufzusetzen, was etwas schwierig war, da seine Hände noch immer gefesselt waren. Zu seiner großen Verwunderung erblickte er Zwerge. Massenhaft Zwerge. Sie waren in Kriegsausrüstung gekleidet und trugen eine Fahne hoch oben an einer Stange. Allen voran ging Fundin.

In der Mitte des verlassenen Platzes hielt Fundin an. Er stemmte die Hände in die Seiten und rief den Elfen etwas zu.

Auf dem Platz sah es aus wie auf einem Schlachtfeld. Überall lagen Waffen herum, die die Wachen von sich geworfen hatten, als sie hinter Mauern und Gebäuden Schutz gesucht hatten. Nur Brynhild stand noch trotzig auf dem Platz. Die Zwerge rannten zu ihr, um sie zu befreien. Fundin brüllte allen zu, die ihn hören konnten: »Wo ist euer dreckiger König? Bringt ihn her, denn jetzt haben wir Zwerge genug! Jetzt wird er dafür bezahlen, was er uns angetan hat.«

Eine der Elfen trat schließlich ein Stück vor zu den Zwergen. »Was wollt ihr? Warum seid ihr in unsere Stadt gekommen?«

»Das ist ja wohl eine unnötige Frage«, fauchte Fundin. »Dieses Mal habt ihr die Grenze überschritten! Bringt jetzt den König her!«

Zwei Wachen rannten davon, um Harfir zu suchen. Plötzlich hörte Bendik eine bekannte Stimme und sah Isfrid auf sich zurennen. »Ich habe Blondschopf gefunden!«, rief sie den anderen zu. »Kommt und befreit ihn, er liegt in Ketten!«

Mehrere Zwerge kamen herbeigeeilt und befreiten Bendik von den Ketten. Anschließend nahmen sie ihn mit zu Fundin, der ihn scharf anblickte.

»Nun, da haben wir den Sohn des Jarls, nehme ich an. Du hast in unserem Frauensaal gelebt, habe ich gehört. Dafür hättest du eigentlich eine Strafe verdient, doch ich habe meiner Verlobten versprochen, dich zu schonen.«

Isfrid umarmte Fundin und strahlte ihn an. »Mein Schnurzelpurzel«, sagte sie zärtlich.

»Hehehe, mein Zuckerpüppchen«, erwiderte er.

Dann wandte er sich wieder Bendik zu. »Cousine Malmfrid, du! Das war wirklich das Frechste, was ich jemals erlebt habe!«

»Aber war er nicht süß in Frauenkleidern, mein Brummbärchen?«, zwitscherte Isfrid.
»Süß? Von wegen!«, sagte Fundin, aber es gelang ihm nicht, den strengen Gesichtsausdruck beizubehalten. Er deutete mit dem Kopf in Bendiks Richtung. »Du bist frei«, sagte er. »Geh dahin zurück, woher du gekommen bist, und komm nicht wieder!«
Für einen kurzen Augenblick spürte Bendik Erleichterung. Dann dachte er an Lilja und schaute sich verzweifelt nach ihr um. »Lilja?«, rief er.
»Er meint den Feuermeister«, sagte Isfrid. »Wo ist sie?«
»Ich glaube, der Drache hat sie geholt«, antwortete Bendik und fühlte, wie sein Herz in seiner Brust schwer wie Blei wurde.
»Nein, nein, sie ist hier bei uns«, sagte ein Zwerg. Und da stand Lilja und lächelte Bendik vorsichtig an.
»Ihr könnt gehen, alle beide«, sagte Fundin. »Ich werde ein paar Krieger mit euch schicken, die euch den Weg hinaus zeigen können, ich selber bleibe hier, um mit dem verräterischen König der Elfen abzurechnen.«

~ 36 ~

Zwei stattliche Zwergenkrieger blieben bei Bendik und Lilja, um ihnen den Weg zu zeigen. Isfrid und Brynhild kamen auch mit, denn Fundin hatte Angst, dass zwischen den Zwergen und den schwarzen Elfen Krieg ausbrechen könnte, und er wollte nicht, dass die Frauen in Gefahr gerieten. Es war ein ziemlich langer Marsch durch den Berg, bei dem sie durch

endlose Gänge laufen mussten. Nach einer ganzen Weile ging es dann endlich bergauf.
Schließlich kamen sie zu einem Raum mit vielen Zeichen an den Wänden. Bendik meinte, das Zeichen zu erkennen, das Even ihn für Ausgang gelehrt hatte. »Es muss dieser Weg sein«, sagte er und zeigte in die Richtung.
»Nein, der Tunnel führt hinunter zu den Kohleminen«, sagte der eine Zwerg. »Wir müssen hierhinein.«
Die Zwerge führten sie einen Gang hinauf, der steil bergauf ging. Bendik betrachtete die Zeichen, die er sah. »Das da bedeutet Krone, nicht wahr, es muss bedeuten, dass wir uns dem Hofe des Königs in Vik nähern.«
»Nein, es bedeutet Schafe«, verbesserte ihn ein Zwerg. »Wir nähern uns der Schafweide.«
»Der Schafweide in Ullvik?«
»Das sollte eine gute Stelle zum Hinausgehen für euch sein.«
Bald darauf standen sie vor einem breiten Tor. Einer der Zwerge ging dichter heran und murmelte leise etwas vor sich hin. Erst hörten sie ein merkwürdiges Summen, dann machte es Klick, und der Zwerg schob das Tor auf. Das Tageslicht schlug ihnen entgegen. Die Zwerge zogen die Kapuzen weit über die Gesichter, um sich gegen das grelle Licht zu schützen. Bendik und Lilja blinzelten und konnten im ersten Moment gar nichts sehen.
»Geht jetzt und viel Glück!«, sagten die Zwerge. »Wir werden zurückkommen und die schwarzen Steine entfernen, sobald wir mit Harfir abgerechnet haben.«
»Danke für eure Hilfe«, sagte Lilja.
»Auf Wiedersehen, auf Wiedersehen!«, sagte Brynhild.

Isfrid musste schniefen, als sie Bendik verabschiedete. »Vergiss mich nicht, Blondschopf, wenn du dort oben unter den Sternen tanzt!«, rief sie.

Dann gingen Bendik und Lilja aus dem Berg heraus. Draußen lag Schnee und es war bitterkalt. Hinter ihnen fiel das Tor zu und Bendik sah Isfrid zum Abschied winken. Dann schloss es sich, so dicht schloss es sich, dass man nicht sehen konnte, dass dort eine Tür war. Als sie sich umdrehten, sahen sie eine dünne Rauchsäule vom Jarlshof aufsteigen.

»Wir sollten uns beeilen«, sagte Bendik.

Bendik und Lilja waren sehr nachdenklich, während sie durch den Wald gingen. Es hatte viel geschneit, seit sie unter die Erde gegangen waren, und das Stapfen im Schnee war äußerst mühsam. Der Wald war fürchterlich verwüstet. Mehr als die Hälfte der Bäume war samt ihrer Wurzeln herausgerissen und auf denen, die noch standen, waren die Äste unter der schweren Schneelast gebogen. Bendik fror, er zitterte am ganzen Leib. Er hatte bereits vergessen, wie kalt es auf der Erde sein konnte. Unter dem Berg hatte immer die gleiche Temperatur geherrscht.

Als sie aus dem Wald kamen, stiegen sie die schneebedeckten Bergwiesen hoch. Der Weg war anstrengend und sie mussten lange Pausen einlegen, um wieder zu Atem zu kommen. Schließlich erreichten sie die Pferdeweide. Die Pferde standen dicht beisammen und froren. Sie trugen ja nur ihr Sommerfell und waren nicht auf Schnee und Kälte vorbereitet.

»Ich fühle mich so eigenartig«, sagte Lilja, als sie sich dem Gattertor der Pferdeweide näherten. Sie konnten den eingeschneiten Hof des Jarls bereits sehen.

»Ich auch«, sagte Bendik. »Es fühlt sich an, als ob ich Ewigkeiten fort gewesen wäre.«

Lilja nickte. »Als ob wir ein ganzes Leben unter der Erde gewesen wären.«

Sie erreichten das Gattertor und Bendik half Lilja hinüber.

»Glaubst du, dass Harfir nach uns sucht?«

»Das tut er ganz bestimmt.«

»Aber was, wenn er die schwarzen Elfen hierhinauf schickt? Weißt du, sie sind gekommen und haben mich geholt. Warum sollten sie das nicht wieder tun?«

»Wir werden auf Euch aufpassen. Ich verspreche, dass er Euch nichts tun wird.«

Lilja hob den Blick und sah Richtung Fjord. Obwohl sie weder den Fjord noch den Sonnenberg von hier aus sehen konnte, schaute sie in diese Richtung. »Und jetzt müssen wir den Sonnenstein finden und es schaffen, ihn heraufzuholen«, sagte sie. »Sonst gefrieren wir noch alle zu Eis. Obwohl ich noch nicht weiß, wie wir das überhaupt schaffen sollen. Selbst wenn sich herausstellen sollte, dass ich ihn berühren kann – was, wenn er so groß und schwer ist, dass ich ihn nicht anheben kann? Schließlich weiß niemand, wie groß er ist, niemand ist ihm jemals nah genug gewesen, um es zu wissen.«

Wie oft schon hatte Bendik genau darüber nachgedacht, aber er hatte eine Hoffnung, an die er sich klammerte: »Die Elfen müssen wissen, wie groß er ist. Sie wissen, dass Ihr ihn anheben könnt. Sonst bräuchten sie keine Angst zu haben, dass Ihr es tun könntet!«

Sie gingen den letzten steilen Abhang hinunter und traten durch das Tor hinein auf den Vorhof. Es waren zwar viele Spuren im Schnee, trotzdem wirkte der Hof des Jarls still und verlassen. Der Hofhund winselte, als er sie sah, und Bendik gab ihm einen freundlichen Klaps auf den Kopf. Lilja schaute sich um. Da wurde plötzlich die Tür zur Winterstube geöffnet und Björn der Wuchtige kam heraus.

»Ihr seid zurück!«

»Ja, jetzt sind wir zurück«, antwortete Bendik.

»Aber wo seid ihr gewesen? Prinzessin Lilja? Ihr seid so weiß wie Schnee, Prinzessin, wart Ihr krank?«

Es war Bendik, der antwortete: »Wir waren unter der Erde.«

Björn der Wuchtige war sprachlos. Dann kamen noch mehr Leute herbeigeeilt. Der Jarl sah aus, als wäre er wieder gesund und als ginge es ihm gut. »Bendik, Lilja!«, begrüßte er sie überglücklich.

Die Kälte trieb sie schnell ins Haus und sie versammelten sich um das Feuer, während Eldrid etwas zu Essen herbeischaffte. Es gab viel zu erzählen und es wurde sehr spät, bis Bendik und Lilja alle Einzelheiten berichtet hatten. Die Menschen auf dem Hof des Jarls hatten viele Fragen, vor allem aber Björn und der Jarl selbst. Sie fragten wieder und wieder nach dem Drachen, den schwarzen Elfen, den Zwergen und dem Sonnenstein.

»Der König der Elfen hat also einen Drachen in seinen Diensten«, sagte Björn und schüttelte den Kopf. »Das sind schlechte Neuigkeiten.«

»Wir reiten gleich morgen früh los«, sagte der Jarl, als die Nacht bereits dunkel über dem Hof lag. »Wir haben keine Zeit zu verlieren. Wir werden mit vielen Männern aufbrechen, denn es ist gefährlich geworden, sich tagsüber außerhalb der umzäunten

Grundstücke zu bewegen. Verbrecher streifen umher und plündern, solange sie es noch können. Gefährliche Banden sind unterwegs und die Wolfsrudel dringen jetzt schon bis zu den Häusern vor. Sie haben vor zwei Nächten ein Fohlen gerissen und von den Schafen haben wir kein einziges mehr.«

»Aber wie sollen wir es über das Eis schaffen?«, fragte Bendik.

»Wir müssen wohl laufen«, meinte der Jarl. »Es wird uns schon tragen.«

»Wir sollten Boote mitnehmen«, sagte Björn. »Wir nehmen kleine Boote, die wir über das Eis ziehen können. Wenn wir auf eine offene Fahrrinne treffen, steigen wir einfach in die Boote.«

Der Jarl nickte. »Morgen früh reiten wir los.«

~ 37 ~

Spät am nächsten Abend war das Gefolge des Jarls am Fjord angekommen. Hier unten am Wasser herrschte eine eisige Kälte. Sie verbrachten die Nacht auf einem der Höfe und tags darauf nahmen sie die Fahrt über das Eis in Angriff. Sie hatten zwei Boote dabei, die sie abwechselnd zogen. Lediglich Lilja blieb verschont. Sie ging ganz hinten und war in Gedanken versunken.

Björn klopfte mit einem dicken Stock auf das Eis. Bendik bemerkte Sorgenfalten auf Björns Stirn.

»Ich glaube nicht, dass das Eis noch sehr dick ist«, sagte er zu den anderen.

Von jetzt an mussten sie sich nah bei den Booten halten. Lilja durfte sich sofort in eines der Boote setzen. Es knackte gefährlich unter ihnen. Alle waren ängstlich und unruhig. Weiter vorne konnte Bendik bereits das offene Wasser sehen, es war demnach nicht mehr so schrecklich weit bis zum Sonnenberg. Immer noch gab es zu viel Eis, als dass sie in die Boote hätten steigen können, aber immerhin wurde das Eis bereits dünner. Hier und da sahen sie schon große Risse und Wasser, das daraus hervorblubberte.
Als sie einen Steinwurf von einer offenen Fahrrinne entfernt waren, barst das Eis plötzlich. Das Boot krachte hinab ins Wasser und alle sprangen schnell an Bord. Von jetzt an mussten sie die Ruder zu Hilfe nehmen, um voranzukommen. Es war anstrengend und schwierig und sie stießen ständig gegen große Eisschollen, die ihnen den Weg versperrten. Schließlich erreichten sie das offene Wasser und gelangten bald zum Sonnenberg.
Sie sprangen an Land und begannen jetzt mit dem Klettern. Der schwierigste Teil der Aufgabe lag immer noch vor ihnen.
Der erste Abschnitt ließ sich leicht bewältigen. Die Männer hatten lange Seile, Hacken und Stöcke mit spitzen Enden mitgenommen, aber noch war es zum Glück nicht notwendig, sie zu benutzen. Stück für Stück arbeiteten sie sich die Bergwand hinauf. Als sie endlich ein Drittel des Anstiegs geschafft hatten, legten sie eine kurze Pause ein, um wieder zu Atem zu kommen.
»Ich habe gehört, wie Ihr heute Nacht geschrien habt«, sagte Bendik. »Hattet Ihr Albträume?«
Lilja seufzte tief. »Es fühlt sich an, als sei etwas in mir zer-

stört«, sagte sie. »Als ob ich nie wieder ich selbst werde. Glaubst du, die schwarzen Elfen suchen jetzt nach uns?«

»Das tun sie vermutlich.«

»Und Skimre, glaubst du, Harfir wird Skimre hinauf auf die Erde schicken, um uns zu töten?«

»Ich weiß nicht«, sagte er. »Aber es würde mich nicht wundern.«

Lilja saß gedankenverloren da und blickte über den Fjord unter ihnen. Sie rührte sich erst wieder, als Björn zu ihnen kam und sie zum Aufbruch aufforderte. Lilja strich sich mit der Hand über die Augen, als wolle sie alle Erinnerungen wegwischen, die sie plagten. Sie wandten dem Fjord den Rücken zu und nahmen den nächsten Teil des Aufstiegs in Angriff.

Noch eine ganze Weile ging es recht gut vorwärts. Als sie sich allerdings dem Gipfel näherten, wurde es immer schwieriger. Sie waren so hoch oben, dass die Wolken um sie herum trieben und die Kleidung bereits ganz feucht war. Der Berg war so steil, dass der Jarl mutlos den Kopf schüttelte.

»Ich kann da hochklettern«, sagte Bendik. »Ich binde das Seil um meinen Bauch, und wenn ich oben bin, kann ich es so befestigen, dass ihr es benutzen könnt, um nachzukommen.«

»Wenn du es schaffst, dort hinaufzuklettern, bist du gut«, sagte Björn. »Es gibt fast nichts, an dem du dich festhalten kannst, und der Berg ist steil wie eine Wand.«

»Ich habe das oft geübt«, sagte Bendik und band sich das Seil um. »Der Riss dort reicht mir, es wird schon gehen!« Er kletterte mühelos einen schmalen Riss hinauf, bis er zwei Mann hoch über den anderen war. Jetzt wurde es schon schwieriger, denn er musste sich ganz weit strecken, um Halt für die Finger zu finden. Er atmete tief ein, machte sich so lang wie möglich, suchte nach einem Halt für den Fuß und konnte sich bald ein kleines Stück weiter hinaufziehen. Bendik kletterte mit zusammengebissenen Zähnen weiter, bis er schließlich oben ankam.

Auf dem Gipfel des Kraters war der Berg ganz schwarz und rußig. Bendik löste das Seil, während er einen großen offenen Schlund im Berg betrachtete. Dorthinein war der Sonnenstein also gefallen. Er spürte die Hitze, die ihm entgegenschlug. Es war so warm, dass er sich nicht ganz dem Loch nähern konnte. Dann sah er sich nach etwas um, an dem er das Seil festbinden konnte, und entschied sich für einen soliden Wackerstein, der nah an der Bergkante stand. Bendik lehnte sich vor und winkte den anderen zu.

Als Erster kam Björn das Seil hinaufgeklettert. Dann band der Jarl das Seil um Liljas Bauch, damit Björn und Bendik sie hinaufziehen konnten. Jomar und der Jarl sowie die anderen Männer warteten unten.

»Mein Gott, ist es hier warm«, sagte Bendik, als Lilja oben angekommen war. Er musste sein Gesicht mit dem Arm abschirmen, um es vor der Hitze zu schützen. Auch Björn schwitzte und hielt die Temperaturen kaum aus. Nur Lilja konnte ganz hinübergehen und in die Tiefe schauen.

»Seht Ihr etwas?«, fragte Björn.

»Ich sehe ein helles Licht«, sagte sie.

»Seht Ihr eine Möglichkeit, wie Ihr hinunterkommen könnt?«

»Ich kann wohl hinunterkommen. Aber ich weiß nicht, wie ich wieder heraufkommen soll.«

»Ihr könnt das Seil mitnehmen«, schlug Bendik vor. »Und dann können wir Euch heraufziehen.«

Björn hatte Zweifel. »Ich glaube, das Seil wird Feuer fangen.«
»Aber was ist mit Lilja? Wenn es so heiß ist, wird wohl auch sie brennen.«
»Was glaubt Ihr?«, fragte Björn die Tochter des Königs.
»Ich weiß nicht. Ich spüre jetzt keine Wärme, aber wer weiß, wie es da unten sein wird?«
»Lasst uns das Seil um Euch binden und versuchen, Euch runterzulassen«, schlug Björn vor. »Wenn Ihr glaubt, dass es zu warm wird, ruft Ihr einfach, dann ziehen wir Euch, so schnell wir können, wieder herauf.«
Sie machten zwei Schlingen ins Seil, sodass Lilja in der einen saß und die andere unter den Armen hatte. Vorsichtig glitt sie über die Kante, während Bendik und Björn das Seil so fest hielten, wie sie konnten. Dann verschwand Lilja aus ihrem Blickfeld. Sie konzentrierten sich jetzt nur noch darauf, langsam und gleichmäßig Seil zu geben. Als sie einige Meter nachgelassen hatten, rief Björn: »Geht es gut?«
»Ja, es geht ganz prima«, rief Lilja zurück.
»Ist es noch weit?«
»Ja, es ist immer noch weit.«
Björn und Bendik gaben mehr Seil nach. Bendik bekam vom Festhalten des Seiles bereits Krämpfe in den Händen. Er musste schwer gegen die Schmerzen ankämpfen, und sowohl er als auch Björn schwitzten enorm von der Hitze, die immerwährend aus dem Loch stieg.
Nach einer Weile rief Björn erneut: »Geht es gut, Prinzessin?«
Ihre Antwort hörte sich inzwischen schon ziemlich weit entfernt an: »Ja, sehr gut!«
»Ich hoffe, das Seil ist lang genug«, sagte Björn. Bendik warf

einen Blick über die Schulter, um nachzuschauen, wie viel Meter Seil sie noch hatten. Es war nicht mehr viel. Ohne ein Wort zu sagen, ließen sie Meter für Meter über die Kante des Lochs verschwinden.

Es war fast kein Seil mehr da, als sie plötzlich ein Geräusch von unten hörten. Sie hielten augenblicklich inne und lauschten.

»Lilja, seid Ihr in Ordnung?«, rief Bendik.

Er bekam keine Antwort.

»Prinzessin!«, brüllte Björn so laut, dass es in Bendiks Ohren schmerzte.

Da hörten sie plötzlich einen Schrei. Lilja rief etwas, es klang, als hätte sie Angst, aber Bendik konnte einfach nicht verstehen, was sie sagte.

»Wir müssen sie hochziehen«, sagte Björn. Sie begannen, das Seil, so rasch sie konnten, wieder hinaufzuziehen. Doch dann wurde das Seil plötzlich ganz leicht. Fast panisch zogen sie weiter, obwohl ihnen klar war, dass das Seil jetzt nur so leicht sein konnte, weil Lilja nicht mehr an ihm hing.

»Was ist passiert?«, fragte Bendik und zog so fest, dass er gleich mehrere Längen heraufholte. Dann erstarrten sie beide, denn das Seil stand in Flammen. Es brannte lichterloh. Björn zog verzweifelt ein allerletztes Mal ruckartig an und holte das schwarze verkohlte Seilende nach oben.

»Lilja«, rief Bendik und rannte trotz der Hitze und des Feuers zum Loch. Björn packte ihn und zog ihn weg.

»Wir haben sie verloren«, schluchzte Bendik. »Was sollen wir tun?«

»Sie ist verloren«, sagte Björn. »Wir werden es niemals schaffen, sie wieder heraufzuholen.«

Die Hitze brannte in Bendiks Augen. Er spürte, dass Liljas grausames Schicksal seine Schuld war.

»Ich werde den Berg nicht wieder hinabsteigen«, sagte er zu Björn. »Ich bleibe hier, bis das Ende auch für mich kommt.«

»Es kommt vermutlich schon jetzt«, sagte Björn. Er zeigte Richtung Norden. Als Bendik sich umdrehte, sah er etwas Großes über den Himmel fliegen.

»Ein Drache«, sagte Björn. »Und wir können uns nicht verstecken!«

»Es ist Skimre«, sagte Bendik. »Nein, er ist zu groß . . . doch, es ist Skimres Farbe, aber wie ist er auf einmal so riesig geworden?«

Der mächtige Drache, der auf sie zugeflogen kam, war Furcht einflößend. Er schwebte durch die Luft und bewegte seine Flügel nur leicht, um die Richtung zu steuern. Er flog direkt auf sie zu. Seine schuppige Haut schimmerte goldgrün und dann spie er Flammen, dass der Himmel brannte. Björn wich hilflos zurück.

Elegant landete Skimre auf der Kante des Kraters. Er richtete seinen Kopf auf eine Art auf, die Bendik nie zuvor gesehen hatte. Seine Augen glühten und er hatte ganz schmale schwarze Pupillen. Er krallte seine Klauen fest um die Klippe, auf der er saß, und Bendik stöhnte auf, als er unter dem gewaltigen Gewicht des Drachens Steinstücke abbrechen und herunterfallen sah.

»Skimre!«, rief Bendik. »Wie groß du geworden bist!«

»Nicht wahr«, entgegnete der Drache. Selbst seine Stimme war auf einmal verändert, sie war tief und mächtig.

»Hat Harfir dich hinter uns hergeschickt?«, fragte Bendik.

»Harfir?«, schnaubte der Drache.
»Ja, der König der schwarzen Elfen. Er hat dich doch gefangen . . .«
»Ich habe ihn gefressen«, sagte Skimre und schaute Bendik herausfordernd an. »Ich habe Harfir, den König der schwarzen Elfen, gefressen und viele von seinen Männern. Ich habe einen Riesen gefressen und fünfzehn Wachen, die versuchten, mich aufzuhalten.«
»Und Harfir hat sich so einfach fressen lassen?«, fragte Bendik verwirrt. »Alle sagen doch, dass er so klug ist.«
Da lachte der Drache ein höhnisches Lachen. Flammen tanzten um sein Maul und in seinen Augen lag eine tiefere Glut als zuvor. »So sagt man«, antwortete Skimre. »Und ich will nicht verschweigen, dass er mich zuerst getäuscht hat, aber ein Mal hat gereicht, kleiner Mensch! Als er zu meinem Verlies herunterkam, um mir ein Angebot zu machen, war ich es, der einen Trick anwendete. Er wollte mich dazu bringen, in seine Dienste zu treten, und er wusste, dass er mir Blut geben musste, um die Abmachung bindend zu machen, doch ich nahm das Blut nicht, das er mir zugedacht hatte. Ich habe den König selbst genommen mit all seinem Blut. Jetzt gibt es also keinen mehr, der mir Befehle erteilen kann!«
»Harfir selbst ist also tot?«, war alles, was Bendik sagen konnte.
»Ja, jetzt gibt es keinen Harfir mehr«, sagte Skimre. Als er seine Flügel ausstreckte, konnte Bendik sehen, wie groß er geworden war. »Die vielen Fleischmahlzeiten haben mir gut getan, kleiner Mensch! Jetzt werde ich über das Große Meer fliegen und auf echte Drachenart wüten.«
»Ja, das wirst du wohl«, sagte Bendik.

»Du kannst immer noch mitkommen«, schlug Skimre vor. »Ich habe nicht vergessen, dass ich einmal versprochen habe, dir zu helfen. Ich bin jetzt stark genug, ich kann dich von diesem Ort wegbringen zu den Ländern, die südlich vom Großen Meer liegen. Was meinst du, wollen wir zusammen fliegen?«

»Nein, flieg du allein«, sagte Bendik traurig. »Ich bleibe hier. Ich habe Lilja verloren.«

~ 38 ~

Lilja wachte zwischen Kies und Steinen wieder auf. Ihre Kleider waren verbrannt, und sie war schmutzig von Ruß und Asche. Als sie die Augen aufschlug, sah sie als Erstes den Sonnenstein. Sie hatte gewusst, dass er dort war, bevor sie die Augen geöffnet hatte. Nicht, weil sie seine Wärme gespürt hätte, sondern, weil sein Licht so stark war, dass sie es durch die geschlossenen Augen sehen konnte.

Der Sonnenstein war nicht so groß, wie sie erwartet hatte. Er war nicht größer als ein Stierkopf, aber die Flammen, die aus ihm schlugen, ließen ihn viel größer erscheinen. Sie kam auf die Beine und ging hinüber. Lilja konnte fühlen, wie die Flammen als leichter Hauch gegen sie schlugen. Dann streckte sie eine Hand aus und berührte den Stein. Das Feuer leckte an ihren Fingern und ließ sie gleichsam in der Wärme verschwinden, dennoch verbrannte sie sich nicht. Dann bückte sie sich und hob ihn an. Er fühlte sich an wie ein

Klumpen weicher Lehm und er war schwer, trotzdem schaffte sie es, ihn zu tragen.
Als sie ihn unter das Loch trug, durch das sie gefallen war, wurde ihr klar, dass es nicht leicht werden würde, auf diesem Weg hinauszugelangen. Es war steil und es gab nur ein paar Risse, an denen sie sich festhalten konnte. Sie musste sich mit beiden Armen hochziehen, aber mit dem Sonnenstein in der Hand hatte sie nur einen Arm frei und Lilja war nicht stark genug, sich mit nur einem Arm hinaufzuziehen. Sie versuchte, den Stein mit der Hüfte zu stützen, während sie hinaufkletterte. Doch der Sonnenstein wurde schnell schwer und unhandlich. Sie war erst ein paar Meter weit gekommen, als sie abrutschte und wieder hinunterspringen musste.
Lilja überlegte, ob Bendik und Björn sie hören würden, wenn sie rief.
»Bendik!«, rief sie, so laut sie konnte.
Es kam keine Antwort.
»Björn und Bendik!«, rief sie noch einmal.
Lilja wartete auf eine Antwort, aber es blieb still. Da wurde ihr klar, dass es ihr gelingen musste, allein hinaufzuklettern. Sie strengte sich an, so sehr sie konnte, und drückte den Sonnenstein fest an sich. Sie schaffte ein paar Meter, aber dann spürte Lilja verzweifelt, dass sie nicht stark genug war. Es nutzte nichts. Sie konnte mit dem Sonnenstein nicht hinaufklettern. Lilja glaubte nicht einmal, dass sie es schaffen würde, ohne ihn hinaufzuklettern.
Sie kletterte zurück zum Boden und ging mit dem Sonnenstein ein wenig weiter in die Höhle hinein. Vielleicht konnte sie einen anderen Weg hinaus finden? Die Zwerge hatten

doch einen Tunnel gebaut, der hierherführte. Lilja sah sich um und entdeckte die dunkle Tunnelöffnung.
Der Tunnel führte bergab in den Berg hinein und war breit genug, damit ein kleiner Wagen hindurchgelangen konnte. Aber Lilja erinnerte sich daran, was die Zwergenfrauen gesagt hatten. Der Tunnel war am anderen Ende mit großen Steinblöcken verschlossen. Sie konnte keine großen Steinblöcke bewegen und sie konnte niemand anderem Bescheid geben, der sie für sie verschieben könnte. Allmählich ging Lilja auf, wie verloren sie eigentlich war. Niemand konnte zu ihr herunterkommen und die Menschen auf der Oberfläche konnten ihr auch nicht helfen, sie konnten nicht einmal Essen und Trinken hinunterwerfen, denn der Sonnenstein würde alles augenblicklich zu Asche verbrennen.
Lilja legte den Stein weg und sank in sich zusammen. Sie war in einem noch schlimmeren Gefängnis als dem Verlies der schwarzen Elfen eingesperrt. Hier würde sie niemals herauskommen. Lilja verbarg das Gesicht in ihren Händen. Sie fühlte sich unendlich einsam.
Da hörte sie plötzlich das Geräusch von fallenden Steinen. Sie fuhr herum und bemerkte, dass aus dem Loch, in das sie gefallen war, kein Licht mehr kam. Ein Gefühl von Panik durchfuhr sie. Was taten sie? Verschlossen sie das Loch? Wollten sie sie trotz allem lebendig begraben?
»Bendik! Björn!«, rief sie und rannte zurück. Im selben Augenblick sah sie orange Augen, die wie Feuer glühten, und fürchterliche Klauen, die immer näher kamen. Durch das Loch zu ihr hinab kam ein Drache.
Lilja wich mit weit aufgerissenen Augen bis zur Bergwand zu-

rück. Langsam wurde der Drachenkopf sichtbar. Aus den Nasenlöchern tanzten Flammen und er hatte schrecklich scharfe Hauzähne.
»Skimre«, schluchzte sie.
»Wir treffen uns wieder, Prinzessin«, sagte der Drache und ließ seine kräftige Zunge aus dem Mund fahren. »In der Stadt der schwarzen Elfen, wo ich Euch zuletzt sah, war es eleganter. Aber Euch gefällt es hier vielleicht trotzdem besser?«
»Hat er dich geschickt?«, fragte Lilja und dachte an Harfir.
Der Drache nickte und musterte sie. Lilja bewegte sich seitwärts zur Tunnelöffnung der Zwerge.
»Ihr habt Angst vor mir, oder?«, fragte Skimre und kam ein wenig näher. »Das solltet Ihr auch. Ich bin Skimre der Schreckliche, habt Ihr jemals meinesgleichen gesehen?«
Lilja schüttelte den Kopf und schluckte. Sie schaffte es nicht, die Augen von den scharfen Zähnen des Drachens abzuwenden. »Wirst du mich jetzt fressen?«
»Euch fressen? Das ist eine glänzende Idee. Ihr seid jung und zart, eine echte Prinzessin, genau, was Drachen am liebsten mögen.«
»War er wütend, weil du uns nicht in der Stadt unter der Erde gefressen hast?«
»Oh, Ihr redet von Harfir«, sagte Skimre. »Er wäre wohl wütend gewesen, könnte ich mir vorstellen, aber das ist nicht mehr wichtig. Der König der schwarzen Elfen hat dem falschen Drachen eine Falle gestellt.«
»Was meinst du damit?«
»Ich habe ihn aus dem Weg geräumt«, sagte Skimre und leckte sich das Maul. »Er war der Erste, den ich fraß, und ich habe

seitdem viele gefressen, sowohl Zwerge als auch schwarze Elfen.«

Lilja bewegte sich noch ein Stück weiter in Richtung des Zwergentunnels. Jetzt stand sie so, dass der Sonnenstein genau zwischen ihnen lag. Ihre Augen ruhten jedoch immer noch auf dem Drachen.

Skimre schien fasziniert davon, wir ihr Haar abstand und sich von der Hitze kräuselte. Es wand sich wie Schlangen auf ihrem Kopf.

»Ich hätte nicht gedacht, dass jemand Feuer besser verträgt als ich«, sagte er ein wenig verwundert. Dann betrachtete er den Sonnenstein. »Ihr braucht Hilfe, um den Glutball an die Oberfläche zu schaffen.«

»Es gibt niemanden, der helfen kann.«

»Ich kann es. Deshalb bin ich gekommen. Ich habe dem Sohn des Jarls versprochen, Euch zu helfen. Wenn Ihr auf meinen Rücken aufspringt, werde ich Euch hinaustragen.«

»Kannst du das schaffen?«

»Ich habe starke Krallen und es gibt viele Spalten, die meinen Füßen Halt geben können«, sagte er.

Lilja sah ihn zweifelnd an. Konnte sie Skimre vertrauen? Was, wenn er sie nur näher heranlocken wollte, um sie dann zu fressen? Sie schaute in die glühenden Drachenaugen.

»Wenn Ihr keine Hilfe haben wollt . . .«, begann Skimre.

»Doch, ich will«, unterbrach sie ihn und hob den Sonnenstein an. Selbst gefressen zu werden, war vermutlich besser, als hier unten zu verhungern. Sie schluckte die Angst hinunter und ging zum Drachen hinüber. Der Geruch von Schwefel zog in ihre Nase, und als sie ganz nahe an ihn herankam,

drehte er den Kopf und betrachtete sie mit seinen glühenden Augen.
»Er brennt«, bemerkte Skimre.
Lilja hielt an.
»Versucht, dass der Sonnestein mich nicht berührt«, sagte Skimre und legte sich auf den Boden, damit es für Lilja leichter war, auf seinen Rücken zu steigen. Lilja kletterte, so vorsichtig sie konnte, hinauf, setzte sich hin und verhakte die Beine vor seinen Flügeln.
Es wurde eine anstrengende Klettertour. Lilja klammerte sich auf dem Drachenrücken fest und versuchte, den Sonnenstein so zu halten, dass er Skimre nicht berührte. Der Drache musste viele Pausen einlegen, während derer er wie eine Fledermaus an der Bergwand hing.
Schließlich erreichten sie den Gipfel. Lilja schwang sich herunter und legte den Sonnenstein an einer sicheren Stelle ab. Skimre keuchte, so warm war ihm. Lilja sah sich nach Björn und Bendik um, aber sie waren verschwunden. Sie ging an den äußersten Rand des Kraters und schaute hinab. Weit unterhalb konnte sie Björn und Bendik sehen, die zu ihren Booten rannten.
Skimre begann damit, Felsblöcke zu verschieben. Er dichtete das Loch, durch das sie hinaufgeklettert waren, so gut es ging, ab.
»Steigt jetzt auf meinen Rücken, dann werde ich Euch zu den anderen hinunterfliegen«, sagte er, als er fertig war.
»Vielleicht kannst du mich lieber zum Hof des Jarls bringen«, sagte Lilja. »Denn ich habe keine Kleider und ich will nicht, dass die Menschen mich nackt sehen.«

Dann flog Skimre mit Lilja auf dem Rücken los. Die Sonne strahlte ihnen entgegen und gab dem Sonnenstein auf dem Gipfel des Sonnenberges neue Kraft. Unter ihnen begannen Schnee und Eis zu schmelzen. Nasser Schnee fiel in großen Klumpen von den Ästen der Bäume.

Skimre setzte Lilja gleich hinter dem Hof des Jarls ab. Dort blieb sie eine Weile stehen und sah sich um. »Glaubst du, dass alles so wird, wie es vorher war?«, fragte sie den Drachen.

Skimre sah sie lange an. »Das Land wird bestimmt wieder werden, wie es vorher einmal war«, antwortete er. »Aber Ihr nicht, Prinzessin.«

»Manchmal denke ich, dass ich zu leicht nachgegeben habe«, sagte sie und starrte vor sich. »Wenn ich jetzt darüber nachdenke, habe ich das Gefühl, dass ich dem König der schwarzen Elfen länger hätte widerstehen müssen.«

»Ihr habt ihm länger widerstanden als ich«, sagte der Drache. »Harfir war sehr gefährlich.«

Lilja wandte sich ab.

»Seid Ihr in Ordnung, Prinzessin?«, fragte Skimre nach einer Weile.

»Nein«, antwortete sie und schüttelte den Kopf. »Es klingt vielleicht komisch, aber ich fühle mich kalt. Ich friere, und das ist eine üble Sache für jemanden, der keine Wärme spüren kann. Als hätten sich da unten in Harfirs Verlies eine Dunkelheit und eine Kälte über mich gelegt, die nicht mehr verschwinden.«

»Das ist der Zauber der schwarzen Elfen«, sagte Skimre. »Aber Harfir ist jetzt weg! Er kann Euch nicht mehr erreichen.«

»Nein, das kann er wohl nicht. Und jetzt muss ich los und etwas zum Anziehen finden«, sagte sie.

»Tschüss dann, Feuermeister!«

»Fliegst du jetzt fort?«

»So hatte ich mir das gedacht«, sagte Skimre. »Ich bin ein Drache, wisst Ihr, Feuer speiend und schrecklich. Es gibt niemanden, der mich hier haben will.«

»Doch, ich will!«, sagte sie und sah ihn bittend an. »Ich habe keine Angst vor Feuer!«

»Aber Ihr solltet Angst vor mir haben, denn bald werde ich wieder Hunger haben, und Ihr seid immer noch eine Königstochter.«

»Ich verstehe. Wohin ziehst du?«

»Nach Süden. Über das Große Meer.«

Sie stand noch eine ganze Weile gedankenversunken da, dann seufzte sie und sagte: »Dann leb wohl, Skimre der Schreckliche! Ich werde dich niemals vergessen!«

Skimre blinzelte. »Ich werde Euch auch nicht vergessen, Prinzessin. Lebt auch Ihr wohl. Wenn Ihr eines Tages Bendik heiratet und viele Kinder bekommt, dann werdet Ihr einen alten hässlichen Drachen wie mich auch gar nicht mehr vermissen.«

Lilja schenkte ihm einen letzten Blick, dann rannte sie weg. Skimre flog über die Hausdächer zurück zum Fjord, um Bendik Lebewohl zu sagen.

~ 39 ~

Fünfzehn Jahre waren vergangen, seit Skimre das Land verlassen hatte. Der Herbst war mit seinen goldenen Farben gekommen. Es wurde früh dunkel, doch selbst in den Nächten konnten sie das Licht vom Gipfel des Sonnenberges sehen. Am Hofe des Königs brannten überall Fackeln, denn man feierte ein Fest für den neuen kleinen Prinzen.

Die Menschen waren von nah und fern gekommen. Selbst eine große Gruppe Zwerge hatte sich auf den Weg gemacht. Jetzt herrschte Freundschaft zwischen Menschen und Zwergen. So war es gewesen seit dem Herbst, in dem eine Hungersnot das Land bedroht hatte und die Zwerge mit Essen aus dem Berg gekommen waren. Fundin war der Botschafter des Zwergenvolkes und heute war er mit seiner Frau Isfrid und seinen drei Söhnen beim Fest. Brynhild war auch gekommen und Kårhild und viele andere Zwergenfrauen. Auf dem Wall vor der Königshalle, wo all diejenigen sich aufhielten, die drinnen keinen Platz gefunden hatten, wurde bereits getanzt. Auf dem Thron in der Königshalle saßen König Bendik und Königin Lilja. Lilja hatte den kleinen Prinzen auf dem Schoß. Er war nicht der Erstgeborene, zwei kleine Prinzessinnen und ein Prinz saßen zusammen mit dem Kindermädchen ein wenig abseits. Plötzlich wurde es in der Königshalle mucksmäuschenstill, denn der hellsichtige Even war zu den Eltern und dem Kind getreten.

Even hatte sich nach Bendiks und Liljas Hochzeit am Hofe des

Königs niedergelassen und die Zukunft all ihrer Kinder vorausgesagt. Der weißhaarige Mann hatte einen ernsten Gesichtsausdruck.

»Er hat Eure Gabe geerbt«, sagte Even zu Lilja. »Er ist ein Feuermeister.«

Even hatte das Kind nicht berührt, er stand nur vor ihm und schaute es an. Der Prinz war noch zu klein, um zu verstehen, was vor sich ging. Er lag zufrieden im Arm seiner Mutter und ruderte mit seinen Armen. Dann nahm Even seine Hand. Blitzschnell ließ er sie wieder los und schüttelte den Kopf.

»Was hast du gesehen?«, fragte Bendik.

»Ich muss damit aufhören«, sagte Even. »Meine Visionen sind nicht mehr so gut, wie sie einmal waren. Ich bin müde, ich muss mich ausruhen.«

Lilja sah Even bekümmert an. »Du hast etwas Böses gesehen, nicht wahr?«, fragte sie.

Evens Blick flackerte. »Ich habe einen Drachen gesehen. Aber bittet mich nicht darum, mehr zu sehen, ich kann es nicht.«

»Skimre«, sagte Lilja. »Es war Skimre, den du gesehen hast, oder?«

Even nickte.

»Ich hatte einen Traum, bevor der Junge geboren wurde«, sagte Lilja da. »Ich habe geträumt, dass Skimre wegen dieses kleinen Kindes über das Große Meer zurückkehrt.«

»Stellt Euch vor, etwas so Kleines wird aufwachsen und ein Held werden«, sprach Bendik.

Schwarzäugiger Sohn
Wartet still
Harrt des Augenblicks
An dem der Drache kommt

»Oh Bendik, hör auf damit«, bat Lilja ihren Mann und küsste das Kind. »In all den Jahren hast du immer noch nicht gelernt zu dichten. Aber es stimmt wohl, was sie sagen, man kann sein Wesen nicht verändern und man kann auch sein Schicksal nicht ändern.«

Von draußen hörten sie fröhliche Musik. Even schlurfte langsam durch die weit geöffneten Türen hinaus. Bendik sah ihm nach. »Even ist alt geworden«, bemerkte er. »Ich habe heute Abend zum ersten Mal bemerkt, wie alt er mittlerweile aussieht.«

»Er hat ein hartes Leben gelebt«, sagte Lilja. »Er war so viele Jahre in Harfirs Gewalt.«

»Ohne ihn hätten wir es damals nie geschafft«, sagte Bendik. Da lächelte Lilja und sagte: »Even war eine große Hilfe, und das war auch Skimre. Aber ohne Bendik, den Sohn des Jarls, wäre nichts geschehen. Du selbst warst der größte Held.«

Harald Parigger

Der Dieb von Rom

Rom, 23 v. Chr. Die Familie des 15-jährigen Marius wurde von ihrem Landgut vertrieben und ist völlig verarmt. Der Junge schwört, es den reichen Bürgern der Hauptstadt heimzuzahlen. Bald schon ist kein Schatzkästchen und keine Patriziervilla mehr sicher vor dem geheimnisvollen „Dieb von Rom“.

304 Seiten. Arena-Taschenbuch. Ab 10 Jahren.
ISBN 978-3-401-02901-6
www.arena-verlag.de

Arena